新时期以来
文学研究的现状、理念与方法

王兆胜　李琳 等◎著

中国社会科学出版社

图书在版编目(CIP)数据

新时期以来文学研究的现状、理念与方法/王兆胜等著. —北京：中国社会科学出版社，2022. 12

ISBN 978-7-5227-0933-8

Ⅰ. ①新… Ⅱ. ①王… Ⅲ. ①中国文学—当代文学—文学研究 Ⅳ. ①I206. 7

中国版本图书馆 CIP 数据核字(2022)第 193613 号

出 版 人 赵剑英
责任编辑 郭晓鸿
特约编辑 杜若佳
责任校对 师敏革
责任印制 戴 宽

出 版 中国社会科学出版社
社 址 北京鼓楼西大街甲 158 号
邮 编 100720
网 址 http://www.csspw.cn
发 行 部 010-84083685
门 市 部 010-84029450
经 销 新华书店及其他书店

印 刷 北京明恒达印务有限公司
装 订 廊坊市广阳区广增装订厂
版 次 2022 年 12 月第 1 版
印 次 2022 年 12 月第 1 次印刷

开 本 710×1000 1/16
印 张 14. 5
插 页 2
字 数 208 千字
定 价 79. 00 元

凡购买中国社会科学出版社图书，如有质量问题请与本社营销中心联系调换
电话：010-84083683

目　　录

第一辑

第二辑

第三辑

第一辑

新时期以来中国文学研究的理论与方法

王兆胜

近现代以来，中国文学研究一直比较重视观念更新、理论突破与方法论革命，其中，有两大高峰最为显著：一是“五四”前后，二是改革开放以来的新时期。对于前者，学术界已有相当丰硕的研究成果；而对于后者，虽不乏有价值的著述，但却存在着零散、随意、表面化、简单化甚至不无偏激的探讨、理解和认识，更缺乏系统的梳理和有深度的总结性研究。究其因，这当然与学者理性自觉的缺乏有关，也与研究者相对忽略理论与方法的价值意义有关。本书拟站在中国立场，以历史的态度、世界性视野、前瞻性眼光，对新时期以来中国文学研究的理论与方法进行辨析，努力寻找其内在规律，探讨其问题的关节点，评估其功过得失，从而为文学研究提供某些有益的参照和启示。

一　从生硬走向成熟：西方理论与方法的中国化进程

就目前情况看，对于新时期文学研究理论和方法之考察，学术界基本处于孤立和肢解状态：一是将重心放在 20 世纪 80 年代，对其他时段的研究不够，更忽略新时期的整体性、发展性和生成性；二是学科之间的隔膜有时壁垒森严，使研究难以突破，这就影响了统一性观照；三是年代综述、学术会议较多，但往往失于简单和狭窄，这就容易浅尝辄止；四是忽略了“五四”以来的新传统这一参照，易过于贬低新时期这一逻辑起点。事实上，新时期中国文学研究的理论与方法就如同一棵大树和一条河流，它有根有源、有始有终，须以动态、发展和辩证的眼光进行审视和理解。

一是大胆引进和饥渴吸纳期（1977—1989 年）。

新时期的开端确实面临着百废待举的态势：经过十年“文化大革命”，不论是社会、政治、思想和文化语境，还是学者个人身体和学术生命的被摧残，都是令人难以想象的。不过，如果将“五四”以来的传统考虑在内，并将之作为文化尤其是学术研究的前提来看，那么，对新时期就会有全新的认识。这也是为什么改革开放的大门一经打开，国外的新思想、新文化、新理论和新方法就能在短短数载进入国内，并席卷全国，如果没有五四精神这一传统的影响，那几乎是不可能的。可以说，从时间的快捷、拿来的大胆、吸收的胃口，以及影响的深远等方面看，中国在引进西方文学理论和方法上，新时期远远越过五四时期。最有代表性的是 1985 年前后掀起的“新方法热”和“新观念热”，它以革命的方式在中国文坛产生了巨大震动。

较有代表性的是厦门大学的林兴宅，他从 20 世纪 80 年代开始研究系统理论，并开始将这一理论引入文学研究，到 1984 年则开出了美丽的花朵并结出了坚实的果实，这就是《论阿 Q 性格系统》（《鲁迅研究》1984 年第 1 期）和《论文学艺术的魅力》（《中国社会科学》1984 年第 4 期）两篇文章。以《论阿 Q 性格系统》为例，以往的研究是将阿 Q 作为一个贫雇农的典型来看的，“精神胜利法”是其核心性格，从中反映了鲁迅对封建专制和奴性的批判。然而，作者却运用系统论的理论和方法，看到了阿 Q 的复杂性格，即质朴愚昧而又圆滑无赖、率真任性而又正统卫道、自尊自大而又自轻自贱、争强好胜而又忍辱屈从、狭隘保守而又盲目趋时、排斥异端而又向往革命、憎恶权势而又趋炎附势、蛮横霸道而又懦弱卑怯、敏感禁忌而又麻木健忘、不满现状而又安于现状。因此，作者认为，阿 Q 不是农民的典型，而是具有双重人格的奴才形象，鲁迅以此来批判专制主义制度，唤醒民众和改造国民性。在文末，作者这样写道：“从以上分析可以看出，阿 Q 性格是一个复杂的整体。在这一整体中，各种性格元素通过特征的联系构成一个复杂的网络结构，它们有机联系、不可分割，被奴性的典型这一自然质制驭着。如果把某种性格元素从这个网络结构中分离出来，孤立考察，那么它就失去原来的意义，而出现新的意义。孤立地考察某种性格元素，不可能正确理解阿Q性格的本质。"[①] 很显然，这样的研究是有突破和创新意义的，它成为"新方法热"的开端，说它引发了一场文学理论和方法的革命也未尝不可！不过，也应该承认，用科学方法来直接分析文学作品中的人物，包括其二元对立的多项概括，都有生硬拼对之嫌，反映了研究者将理论与方法同文学研究对象直接对接的强烈意图与明显痕迹。

另一位用西方新理论与方法研究文学的是何新。早在1980年，何新就发表了《什么是"意识流"?》(《北京晚报》1980年7月28日)。1985年，他又发表了《艺术系统分析导论》(《学习与探索》1985年第5期）和《当代文学中的荒谬感与多余者——读〈无主题变奏〉随想录》(《读书》1985年第11期）两文。1986—1987年，他连续发表了《"先锋"艺术与近、现代西方文化精神的转移——现代派、超现代派艺术研究之一》(《文艺研究》1986年第1期)、《文化学的概念与理论》(《人文杂志》1987年第1期)、《当代中国文学中的存在主义影响——再论当代文学中的荒谬感与多余者》(《文学自由谈》1986年第2期）和《〈新星〉及〈夜与昼〉的政治社会学分析》(《读书》1986年第7期)。1987年，何新出版了《艺术现象的符号——文化学阐释》(人民文学出版社1987年版）一书。值得注意的是《〈新星〉及〈夜与昼〉的政治社会学分析》一文，直接用韦伯的政治社会学对小说进行分析，其对社会结构、心理结构、官本位思想的探讨都见解独到、入木三分，达到了较好的效果。当然，这种将西方理论与方法直接用于作品分析并一一对号式的研究，也带来了文章的粗率和模式化，这是此时期向西方学习的共性特点，也是局限性所在。因为不考虑中

① 林兴宅:《论阿Q性格系统》,《鲁迅研究》1984年第1期。

西文化语境差异，将西方理论搬到中国，是一种隔膜；而不顾学科差异，用科学方法研究文学问题，也是一种隔膜。

刘再复于1984年和1985年先后发表了《论人物性格的二重组合原理》(《文学评论》1984年第3期)、《论人物性格的模糊性和明确性》(《中国社会科学》1984年第6期)、《论文学的主体性》(《文学评论》1985年第6期)三篇文章，后于1986年出版了《性格组合论》(上海文艺出版社1986年版)一书。其中，他明显受到西方理论和方法的影响，在分析文学作品时，刘再复能看到人物形象的内在结构、复杂意蕴以及深层心理，尤其是人物性格的内宇宙。不过，与林兴宅、何新一样，刘再复在用二重组合原理分析人物时，仍显得生硬、刻板，甚至有些僵化和雷同，因为人物形象不可能像他所分析的那样，用一把"放之四海而皆准"的尺子去进行丈量。

黄曼君在80年代发表的一系列关于郭沫若的研究文章值得注意，这为郭沫若也为中国现代文学研究带来了新鲜气息。像《论〈女神〉中象征性形象的创造》(《中国现代文学研究丛刊》1983年第4期)、《表现·创造·变形：郭沫若前期诗歌艺术新论》(《郭沫若学刊》1988年第3期)、《论郭沫若前期强调精神主体的文化观和泛神论思想》(《中国现代文学研究丛刊》1988年第4期)，都是用西方的新理论与新方法来研究文本，且充满诗性的灵光。

陈晓明是用西方新理论与方法进行文学研究和解读的另一代表人物。此间，他的文章数量多、视野广阔、具有敏锐的前卫特色，是一道亮丽的风景。较有代表性的有《文学的苦闷》(《当代文艺探索》1986年第2期)、《论文学视界——文学的文化形态学研究》(《当代文艺思潮》1987年第3期)、《论象征的审美特性》(《美学新潮》1987年第3期)、《复调和声的二元变奏——论〈金牧场〉》(《当代作家评论》1987年第5期)、《论文学文本的语义蕴涵》(《艺术广角》1988年第5期)等。1989年，是陈晓明的丰收年，仅此一年，他就发表了《拆除深度模式》(《文艺研究》1989年第2期)、《无边的存在：小说语言的临界叙述》(《人民文学》1989 年第 3 期)、《文学的巴比伦塔已经倒塌》(《文学自由谈》1989 年第 2 期)、《现代主义意识的实验性催化》(《当代作家评论》1989 年第 3 期)、《后新潮小说的叙述变奏》(《上海文学》1989 年第 7 期)、《先锋派与文明解体》(与靳大成等合作,《上海文学》1989 年第 5 期)、《后现代主义与中国当代先锋小说》(《人民文学》1989 年第 6 期,与王宁合作)等多篇文章。从某种意义上来说称 1989 年为陈晓明的“方法年”也不为过。

此时段,还有一些与西方理论和方法有关,尤其是以之来研究中国文学的著述,像吴思敬的《说“朦胧”》,较早引进西方的“模糊”理论,这在诗歌界开了用自然科学的某些方法研究诗歌现象的先河。此外,还包括如下著述:张德林的《人物意识流动的深层次结构》(《文艺理论研究》1983 年第 2 期),陈辽的《文学评论与研究的方法论问题》(《文汇报》1984 年 7 月 4 日),鲁萌的《诗歌的信息系统概论》(《当代文艺思潮》1984 年第 4 期),程文超的《小议当代文学研究中的信息方法》(《文学评论》1985 年第 3 期),乐黛云的《当代西方文艺思潮与中国小说分析》(《小说研究》1985 年第 1 期—1986 年第 2 期),王一川的《从信息观点看艺术》(《当代文艺思潮》1985 年第 3 期),王春元的《文学批评和文化心理结构》(《红旗》1986 年第 4 期),鲁枢元的《论新时期文学的“向内转”》(《文艺报》1986 年 10 月 18 日),吴亮的《马原的叙述圈套》(《当代作家评论》1987 年第 3 期),陈平原的《中国小说叙事模式的转变》(上海人民出版社 1988 年版),钱理群的《心灵的探寻》(上海文艺出版社 1988 年版),程光炜的《反讽的意义——对第三代诗语言现象的一个考察》(《山花》1988 年第 4 期,与王丽丽合作)和《女性诗歌语言结构的功能分析》(《上海文学》1989 年第 6 期),张中良的《宝玉之痴——〈红楼梦〉的心理分析之一》(《西北大学学报》1989 年第 4 期)等。后来,鲁枢元这样谈自己的“向内转”与西方理论和方法的关系:“我同时发现,19 世纪以来,心理学与文学呈现出一派相互渗透、同步前进的有趣现象。威廉·詹姆斯对‘意识流’的阐释，弗洛伊德、荣格对‘主体心理结构’的剖析，格式塔心理学对‘创造性活动’的独特论证，皮亚杰对‘认识的主观性’的证明，列昂节夫等人对‘个性化涵义’的强调，使我坚信人类拥有一个复杂灵妙的‘内宇宙’，文学艺术正是这个‘内宇宙’中最美丽奇幻的景观，文学艺术的‘向内转’，即转向文学艺术自身的存在，回归到文学艺术的本真状态。”① 在此，作者对于西方理论和方法的学习和借鉴是丰富而又直接的。1989 年，程文超总结 80 年代文学批评时指出：“批评的发展，有赖于思维方式的变革。思维方式制约着批评思维。近十年来批评的每一次突破都源于或导致思维模式的变化。”② 可见此时学者关于理念与方法更新的理性自觉。需要特别指出的是赵宪章和姚文放在 80 年代关于西方理论与方法的思索与贡献，赵宪章先后发表了《心理信息的快速追踪》（《钟山》1984 年第 2 期，与安凡合作）、《20 世纪文艺学方法的基本类型》（《青春》1986 年第 2 期）、《文艺学移植“三论”科学的反思》（《南京大学学报》1986 年语言文学专辑）、《论弗洛伊德的文艺心理学方法》（《文学评论》1987 年第 3 期）、《阿恩海姆与文艺学的格式塔方法》（《当代文艺探索》1987 年第 4 期）、《文艺社会学和文艺心理学的合流与厨川白村》（《南京大学学报》1987 年第 4 期），其视野之广、思考之深及理论与方法之自觉，都是少见的。姚文放在此时期写了不少关于新理论与方法的文章，较有代表性的是：《论艺术“化丑为美”的契机》（《学术月刊》1983 年第 7 期）、《耗散结构与美的逻辑行程》（《当代文艺思潮》1986 年第 1 期）、《现代自然科学方法和辩证思维》（《文艺研究》1986 年第 2 期，与周来祥合作）、《现代自然科学方法与美学研究》（《马克思主义文艺理论研究》1987 年第 1 期）、《“阳刚之美”和“崇高”的系统论辨析》（《江汉论坛》1987

---

① 鲁枢元：《“向内转”》，《南方文坛》1999 年第 3 期。

② 刘卫国、陈淑梅：《愚公与智叟——论程文超的学术理路》，《南方文坛》2010 年第 4 期。

年第3期)、《从符号学看文艺作品的社会属性》(《天津社会科学》1989年第5期)、《文艺创作社会学新论》(《学习与探索》1989年第6期)等，这些文章涉及的新理论与方法面广，且多富有深度和启发性。

当然，在20世纪80年代中期前后，中国之所以能出现大量将西方理论与方法用于文学研究的盛况，有几个原因不可忽略：一是80年代初朦胧诗潮的兴起，随后是对其进行评论的“三个崛起”，即谢冕的《在新的崛起面前》(《光明日报》1980年5月7日)、孙绍振的《新的美学原则在崛起》(《诗刊》1981年第3期)和徐敬亚的《崛起的诗群》(《当代文艺思潮》1983年第1期)。这三篇文章虽没有强烈的西方理论和方法论追求，但其中已蕴含了对新的理论与方法论的包容与肯定。二是整个中国学术界兴起的“理论和方法论”热潮。有研究者指出：“最早有关方法论的讨论是从哲学界开始的，而把具体的方法论尤其‘三论’付诸实践的是中国的史学研究。”“1981年11月，《读书》发表了一次座谈的会议记录，题为‘数学、自然科学与哲学、社会科学的相互结合’。”① 三是有关文学的新的理论和方法论会议，为80年代西方理论与方法的培植和传播提供了更大的空间。最突出的是1985年9月，由中国人民大学主办的“文艺学方法论研讨班”，无论在规模还是实效上都是令人瞩目的。在研讨班上，胡经之、陆贵山、鲁枢元和郑国铨分别就“文艺学方法的多样与统一”、“论文艺学方法论的层次结构及其相互关系”、“文学心理学”和“文学规律研究的方法论问题——兼谈文学理论的体系”做了报告。后来，“中外文艺理论信息交流会”在天津举行，鲁枢元等学者做了“新时期文学与心理学”的发言。四是文艺理论与比较文学领域所取得的硕果对于文学研究的推进作用。作为文学研究者，欲获取新时期文学研究的理论与方法，主要有两个渠道：或是直接到西方那里拿来，或是从中国文艺理论等研究成果中撷取，而后者往往又是最直接、简便和富有成效的。

① 参见王琛《论八十年代“方法论革命”及其历史域境》，硕士学位论文，华东师范大学，2007年。

从某种程度上说，中国文学理论界既是大胆运用新的理论和方法探讨新时期文学的开路者，也是新时期文学研究向西方借鉴理论与方法的中介与桥梁。20 世纪 80 年代，在理论与方法论创新上颇具影响力的文艺理论著作有：鲁枢元的《创作心理研究》（黄河文艺出版社 1985 年版），张隆溪的《二十世纪西方文论述评》（生活·读书·新知三联书店 1986 年版），伍蠡甫、胡经之主编的《西方文艺理论名著选编》（北京大学出版社 1986 年版），胡经之主编的《西方文艺理论名著教程》（北京大学出版社 1986 年版），杨春时的《审美意识系统》（花城出版社 1986 年版），钱中文的《现实主义和现代主义》（人民文学出版社 1987 年版），王春元、钱中文主编的《文学理念方法论研究》（湖南文艺出版社 1987 年版），杨春时的《系统美学》（中国文联出版公司 1987 年版），欧阳友权与冯黎明等编的《当代西方文艺批评主潮》（湖南人民出版社 1987 年版），中国社会科学院文学所编的《文学思维空间的拓展》（工人出版社 1988 年版），胡经之、张首映合著的《西方二十世纪文论史》（中国社会科学出版社 1988 年版），乐黛云、王宁主编的《西方文艺思潮与二十世纪中国文学》（中国社会科学出版社 1988 年版），鲁枢元的《文艺心理阐释》（上海文艺出版社 1989 年版）等。

当然，20 世纪 80 年代中期出现的文学理论和方法论热不仅如此，它还包括其他多种理论与方法，可以说，在短短数年间，西方一个世纪甚至更长时间的所谓新的和旧的理论与方法，都在中国文坛亮相，尽管有的只是匆匆过客，有的甚至只见其面影，但其重大意义不可低估。不过，它存在的最大不足是带有浓重的西方崇拜意味，在过于直接的模仿和搬用时也显出生硬之感，这也是为什么许多文章很快被历史淘汰和遗忘，因为不少研究主要留下的是理论和方法的启示意义，其经典性却难以确立。

二是古今与中西互补与融通期（1990—1999 年）。

由于 80 年代中国文学研究的理论和方法论热太夸张、太直接、太大胆，其局限性也就不言自明。所以，自其产生之日起，商榷、批评甚至否定的声音就一直存在，只是它被更大的潮流冲淡和遮蔽了而已！进入 90 年代，对立的言论开始占据上风，不少学者进入理性反思的轨道，并发出较为严厉的批判之声，也开辟了新的路径。这就导致了文学研究理论与方法的古今中外整合与融通，并开始向中国化道路迈进。

最直接、重要和尖锐的批评者当属王彬彬。1991 年，他对这场轰轰烈烈的理论和方法热基本持否定态度，而对中国传统文学批评抱有好感并给予较高的评价，他说："在 80 年代中期，西方现代各种批评理论、方法同时被介绍到中国，在中国文学批评界形成一股方法热潮……在方法论之后的六七年里，中国文学批评中占主导地位的，是中国传统的印象感悟等批评……印象感悟式批评因方法热而盛行，便构成对方法热的嘲讽。"作者还提出将古今中外文学批评融合的想法："新文学其实早就要求一种既有别于中国古代文论又有别于西方文论的新文论，而只有创造出一种新文论，中国当代文学批评的理论饥荒才能得到解决。""对于中国新文学研究者来说，一种开放的眼光，一种宏大的气魄，是十分必要的。"① 在此，王彬彬希望走出 80 年代方法论热和理论热的偏狭，试图实现将古今中外进行融通的理想。

在古今中外融通方面迈出开拓性步伐的是杨义和王钟陵，这是进入 90 年代以来文学研究的一大亮点。众所周知，中国新文学是在批判、否定甚至打倒传统文学的基础上建立的，所以，"五四"以来一直存在着新旧之争、古今分离。也是在此基础上，"五四"过后，胡适、林语堂等人都试图通过整理国故寻找中国传统文化的本源，就连鲁迅也在崇尚外国文化，追求"别求新声于异邦"的同时，强调"内之仍弗失固有之血脉"，从而达到"取今复古，别立新宗"。② 不过，

① 王彬彬：《却顾所来径——80 年代文学批评思考之一》，博士学位论文，复旦大学，1991 年。

② 鲁迅：《文化偏至论》，《坟》，《鲁迅全集》第 1 卷，人民文学出版社 2005 年版，第 57 页。

在新时期开始后较长一段时间里，古代文学与中国现当代文学研究的学科划分严格，其界限也是较为清晰的，处于较为隔膜的状态。自 90 年代以来，作为中国现代文学研究学者，杨义率先进入古代文学研究领域，并先后出版了《楚辞诗学》《中国叙事学》《中国古典小说史论》等专著，在学术界产生了较大影响。在谈到中西不同的文化、理论与方法时，杨义表示："我愈来愈感到从西方文化系统中生长出来的叙事学理论，并不能涵盖中国数千年积累起来的叙事经验和文化智慧。"① 那么，如何突破简单搬用西方的理论与方法的情况呢？那就是融通与再造。他这样谈 90 年代研究中国小说时的理论与方法："西方的小说观念是和我们中国本土原有的小说概念是错位的，并不是完全吻合的。它有相通的地方，又有差异的地方，有合而不合的地方。这种差异我们过去习而不察，或者就认为西方的东西就正确，我们祖宗不符合西方观念的东西就是他们当时的智慧不够，那么在这种理解的夹缝里面就存在着值得我们重新思考的很多问题。西方的理论来了之后，给我们古典小说的研究展示了一个新的境界，但是这个新的境界是和我们原来的境界存在着差异的，存在着错位的。那么就需要你在经过西方的小说理论的洗礼，对它的整个概念，它的内涵、它的外延和它的科学论证的方式了解之后，再回到中国本身的小说观念当中，进行一番还原研究，在还原中实现深刻的创新。"② 很显然，这与 80 年代方法论热时对西方理论的态度是不同的，它强调放开心胸向外国学习，但要归于中国本位和立场，在互补与融通中进行再造。

与杨义取相反方向但理论和方法有些相似的是王钟陵，作为一个古代文学研究专家，他从古代文学的疆域进入中国现代文学和外国文论研究，相继发表了《黑格尔发展观之批判》（《江苏社会科学》1994 年第 3 期）、《论弗洛伊德精神分析学派的文艺观》（《学术月刊》1997 年第 8 期）、《20 世纪中国散文理论之变迁》（《漳州师范学院学报》

---

① 杨义：《中国叙事学》，人民出版社 1997 年版，第 429 页。

② 赵稀方：《杨义访谈录》，《东南学术》2003 年第 1 期。

1999年第2期)、《戏剧本体论及以京剧为代表的中国戏曲之特征》(《文学评论》2002年第6期)、《从浪漫派到艾略特：西方文论的世纪性转换》(《常德师范学院学报》2003年第4期)等论文。在此，王钟陵显然开始关注中国现代和西方的理论，并试图将之与中国戏曲等进行比较与融通，其理性自觉是较为明显的。当然，如果从著述数量、学术水准及其理论与方法的融合和创造方面，王钟陵的中国现代文学研究难与杨义的中国古代文学研究相提并论，但作为学术转向和理论与方法更新及其融通的研究者，二人却有些不谋而合，具有内在的一致性。

从当下性和中国立场来看待古今中西文化和文学，这是90年代中国文学研究理论和方法的第二个重要表现方面。与80年代向西方看齐的立场不同，90年代中国文学研究充分认识到中国本土的特色优势，也看到了在古今中外对话中主体身份的重要性，所以许多研究都能站稳脚跟，放开眼光，以实事求是的态度对待西方的理论与方法。如朱栋霖在90年代初，从事了一项将西方文学理念与方法"中国化"的工作，即用经过改造的西方各种批评方法解读中国文学作品，内容包括古代、现代和当代作品，以及港台作品。① 这是一种文学批评实践，也是一项理论探索与方法论变革。

首先是陈思和、朱德发、黄曼君、朱晓进、谭桂林、张光芒的中国新文学史与现代性研究。陈思和的《还原民间》(台湾东大图书出版公司1997年版)和《新文学传统与当代立场》(山东教育出版社1999年版)两书即是如此。他的"当代立场"与"还原民间"最充分说明了其历史定位与价值趋向。朱德发在90年代先后发表了多篇论文，它们是《生命意识的艺术显现：论鲁迅本体的深层结构》(《山东社会科学》1992年第4期，与刘开明合作)、《评判与建构——新文学史研究主体思维的沉思》(《文学评论》1993年第1期)、《文学史研

---

① 朱栋霖：《文学新思维》，江苏教育出版社1993年版。

究：收敛型思维的运作策略》（《东岳论丛》1995年第4期）、《新文学史研究：选择式收敛思维的优势》（《东方论坛》1995年第5期）、《开放与创造：文学史研究的发散型思维》（《山东师范大学学报》1995年第4期）、《新文学流派研究的社会学方法》（《文学评论》1996年第4期）、《五四文学文体新论》（《中国社会科学》1999年第5期，与张光芒合作）等，这些文章也包含了西方的理论与方法，但都有自己的主体性及其理解，尤其是站在中国文学和文化本体的角度处理西方的理论与方法，从而避免了简单模仿和照搬西方模式与概念的缺点。黄曼君在90年代可谓成果累累，他由80年代研究的追逐新理论和方法，一变而为更加开阔与辩证。用他自己的话说就是："大约是始于20世纪90年代，我在现代性的总命题下，授受大历史观、大文学观和一些哲学人文、美学文艺思潮的影响，开始从事整体研究的大叙事探讨。"[①] 这种理念与方法的自觉直接打开了黄曼君的学术思考。朱晓进的《历史转换期文化启示录》（辽宁教育出版社1992年版）有着理性的自觉的历史转换意识，是中国立场和本位的思考与追问。谭桂林的《论中国现代文学的漂泊母题》（《中国社会科学》1998年第2期）以"母题"研究中国现代文学，亦是用西方理论与方法阐释中国问题和中国本原，但根基却是中国传统文学和文化的本位。张光芒的《决绝与新生——五四文学现代化转型新论》（中国文联出版社1999年版）则是站在现代性的角度观照五四新文学的发展与转型，其中国式的启蒙立场是相当明确的。

其次是朱寿桐、陈晓明、张清华、吴义勤和谢有顺在90年代对现代与后现代，尤其是对中国先锋文学进行的深度研讨，其理论与方法显然偏向中国本土，也有更多的对话、比较和阐释的空间。朱寿桐的《中国现代主义文学史》（江苏教育出版社1998年版）一书最有代表性，是关于中国现代主义文学的全面梳理与概括，而在此之前他则有

---

① 黄曼君：《反思重构中探寻——我的学术之路》，《东方论坛：青岛大学学报》2007年第3期。

论文《中国后现代主义理论倡导者的价值及其迷失》(《文学世界》1994 年第 4 期)、《论我国新文学中的现代主义》(《文学评论》1996 年第 2 期)、《当代中国新批评的呼唤》(《大公报》1996 年 11 月 8 日)等，这些文章都饱含问题意识，是立基于中国当下和有着前瞻性的研究成果。陈晓明在《无边的挑战——中国先锋文学的后现代性》(时代文艺出版社 1993 年版)、《解构的踪迹：历史、话语与主体》(中国社会科学出版社 1994 年版)和《剩余的想像——九十年代文学叙事与文化危机》(华艺出版社 1997 年版)三本著作中，虽有某些焦虑与忧患，但中国立场与主体性是非常明确的。张清华的《认同或抗拒——关于后现代主义在中国的思考》(《文学评论》1995 年第 2 期)、《从启蒙主义到存在主义——中国当代先锋文学思潮论》(《中国社会科学》1997 年第 6 期)、《大地上的喜剧——〈乡村温柔〉与刘玉堂新乡村小说的意义诠释》(《小说评论》1999 年第 3 期)等文章也是如此，虽然存在紧张、焦虑甚至悖论，但是更稳实的根基则在于中国本土立场及其中国式的经验和智慧表达。吴义勤的《中国当代新潮小说论》(江苏文艺出版社 1997 年版)、《新潮小说与 21 世纪中国文学的未来》(《时代文学》1997 年第 1 期)在条分缕析中，以前瞻性的眼光思考中国文学的未来发展。谢有顺的《先锋性的萎缩与深度重建——兼谈北村〈施洗的河〉》(《当代作家评论》1993 年第 5 期)、《终止游戏与继续生存——先锋长篇小说论》(《文学评论》1994 年第 3 期)也都有着带有个人心性和体温的理性思考，其根底是深厚的中国大地和日常生活场景。

再次是吴思敬、龙泉明、王泽龙、王光东、李怡、罗振亚、王光明等人的诗歌研究，他们均为 90 年代奉献了具有主体精神的诗论著述。较有代表性的包括：吴思敬编选的《磁场与魔方——新潮诗论卷》(北京师范大学出版社 1993 年版)、《心理诗学》(首都师范大学出版社 1996 年版)，龙泉明的《二十年代象征主义诗歌论》(《文学评论》1996 年第 1 期)、《现代性与现代主义》(《文艺研究》1998 年第 1 期)，王泽龙的《新时期中国现代文学研究观念方法嬗变略论》

(《荆州师专学报》1990年第4期)、《西方现代主义诗学与五四时期中国现代诗学》(《外国文学研究》1994年第2期)、《论西方象征主义对中国现代主义诗歌的纯诗化影响》(《外国文学评论》1996年第4期),王光东的《中国现代诗歌中的象征主义》(《文史哲》1998年第1期)、《中国"现代主义"的发展与特点》(《潍坊高等专科学校学报》1999年第4期),李怡的《卞之琳与后期象征主义》(《四川外语学院学报》1994年第2期)、《中国现代主义诗歌研究的新开拓——读王泽龙〈中国现代主义诗潮论〉》(《中国现代文学研究丛刊》1998年第2期)和《对于"后新诗潮"的多种阐释》(《天津社会科学》1999年第3期),罗振亚的《中国现代主义诗歌流派史》(北方文艺出版社1993年版)、《孤寂而奇绝的风景——中国现代主义诗潮概观》(《北方论丛》1999年第3期),王光明的《艰难的指向——"新诗潮"与二十世纪中国现代诗》(时代文艺出版社1993年版)等。

最后是在文艺理论和美学方面,著述多在中西之间展开比较、对话、反思与批判,其中国立场和经验更为醒目。如叶舒宪是国内革新文学研究方法的代表性学者,他的文学人类学研究、古典的现代阐释研究影响甚大,是90年代的代表性人物。其实,早在80年代,叶舒宪就编译了《神话——原型批评》(陕西师范大学出版社1987年版)、《结构主义神话学》(陕西师范大学出版社1988年版)及《探索非理性的世界》(四川人民出版社1988年版)三部著作,90年代又出版了《英雄与太阳:中国上古史诗的原型重构》(上海社会科学院出版社1991年版)、《中国神话哲学》(中国社会科学出版社1992年版)、《太阳女神的沉浮:日本文学中的女性原型》(陕西人民教育出版社1992年版,与李继凯合著)、《〈诗经〉的文化阐释》(湖北人民出版社1994年版)、《〈老子〉的文化解读》(湖北人民出版社1994年版,与萧兵合著)、《高唐神女与维纳斯:中西文化中的爱与美主题》(中国社会科学出版社1997年版)、《中国古代神秘数字》(社会科学文献出版社1996年版,与田大宪合著)、《〈庄子〉的文化解析》(湖北人民出版社 1997 年版）、《文学人类学探索》（广西师范大学出版社 1997 年版）等十余种著作，形成了对西方理念与方法的中国化转化与运用。赵宪章有多种关于中西比较及方法论的著述，在许多方面都具有引领性和深刻性。如《文艺学方法通论》（江苏文艺出版社 1990 年版）、《中国古代文论：文艺学经验方法的历史型态》（《江海学刊》1990 年第 1 期）、《符号的转换——新时期文学本体观描述》（《学术月刊》1992 年第 1 期）、《论前苏格拉底美学的数理形式概念》（《思想战线》1993 年第 5 期）、《走向科学的文艺学》（《文学理论：回顾与展望》，河南大学出版社 1993 年版，与张辉合作）、《亚里士多德形式美学臆说》（《南京大学学报》1993 年第 4 期）、《形式概念的滥觞与本义》（《文学评论》1993 年第 6 期）、《关于文艺学能否作为科学的思考》（《文论报》1994 年第 4 期）、《形式主义的困境与形式美学的再生》（《江海学刊》1995 年第 2 期）、《形式美学：中国与西方》（《文史哲》1997 年第 4 期）、《形式与道：中西美学的元概念》（《文学理论：面向新世纪》，山东人民出版社 1997 年版）、《文化学的疆界与文学批评方法》［《文学前沿》（1），首都师范大学出版社 1999 年版］等，这些著述在将西方理论与方法转化为中国学术资源方面，向前迈出了一大步。肖鹰的《后美学与审美现代性批判——评 J. M. 伯恩斯坦〈人类的命运〉》（《国外社会科学》1997 年第 4 期）、《中西艺术本体的哲学阐释》（《学术月刊》1998 年第 5 期）、《欲望中的历史——90 年代中国小说的历史化叙事》（《浙江学刊》1999 年第 1 期）以及《从再现到存在——西方现代创造性艺术观的哲学阐释》（《中国社会科学》1999 年第 6 期）等，时时透出反思的锋芒，多为中正之论。余虹的《自然之道——中西传统诗学比较论纲》（《文学评论》1995 年第 1 期，与饶芃子合作）、《对二十世纪中国文论叙述的反思》（《文艺研究》1996 年第 3 期）、《中西形上文论：道与理念》（《中国诗学》1996 年第 5 期）、《中西传统诗学的入思方式及其历史性建构》（《文艺研究》1997 年第 4 期）、《“中西比较诗学”：其名其实?》（《中国比较文学》1998 年第 3 期)、《中西比较文艺学》(中国社会科学出版社 1999 年版)也是如此，作者一直在中西两个维度展开思考，其思想具有思辨的深度。陶东风的《80 年代中国文艺学主流话语的反思》(《学习与探索》1999 年第 2 期)也是尖锐中有见地，凸显了强烈的中国问题意识。还有张法的《中西美学与文化精神》(北京大学出版社 1994 年版)、《中国文论转型的几个维度》(《思想战线》1994 年第 4 期)、《谈谈后现代及其与中国文化的关联》(《文艺研究》1997 年第 5 期)，也是在中西之间寻找最好的契合。张辉的《审美现代性批判：20 世纪上半叶德国美学东渐中的现代性问题》(北京大学出版社 1999 年版)在思与文中行走，不论探讨的是多么西方化的问题，其审美情思与诗性才情都溢于言表。金元浦在解释学和接受美学方面做出较大贡献，著有《文学解释学——文学的审美阐释与意义生成》(东北师范大学出版社 1997 年版)、《接受美学与接受理论》(辽宁人民出版社 1987 年版，与周宁合译)等，其中《接受美学与接受理论》为国内第一部接受美学原著的中译本，也是国内翻译的第一部西方学者全面评介接受美学的著作。另外，金元浦的《解释学文艺美学的意义观》(《浙江学刊》1998 年第 6 期)和《论文学阅读的三级视野》(《文艺研究》1996 年第 5 期)都为中国读者打开了通往西方理论与方法的新视域。申丹的研究也不可忽略，她的《文学文体学与小说翻译》(北京大学出版社 1995 年版)和《叙述学与小说文体学研究》(北京大学出版社 1998 年版)一版再版，影响甚广。还有张京媛主编的《当代女性主义文学批评》(北京大学出版社 1992 年版)也是一项影响较大的成果，它带动了一批女性主义研究者的成长。与此相关的是古代文论的现代转化问题，成为学者关注的热点。如党圣元的《传统文论范畴体系之现代阐释及其方法论问题》(《文艺研究》1998 年第 3 期)和《钱钟书的文化通变观与学术方法论》(《中国社会科学》1999 年第 4 期)两文，立足于“现代转化”这一学术立场，对传统文论范畴体系进行现代阐释与整合建构，这对促进当代中国文学理论范畴体系的本土化建设无疑具有重要意义。

90年代是中国文学研究理论和方法的转型期，一方面，它连接着80年代的整体向西方看齐的情况，另一方面，又处于21世纪开旧立新的准备期，所以，有着沟通的桥梁、曲折中成长以及某些沉默与等待的特点。不过，即便如此，其向中国本土转向、重视中国化转型，以及强调主体性，这样的发展轨迹还是较为清晰的。

三是创造、发展与生成期（21世纪至今）。

进入21世纪，外国的新的理论与方法仍在引进和借鉴中，也面临着古今中外的参照、对话与整合，其中最大一个转向即是对新媒介的重视，在这方面，黄鸣奋、欧阳友权、陈定家、赵勇、黄发有等人发表了一系列文章，从而开启了21世纪文学研究的新局面。较有代表性的有：黄鸣奋的《网络时代的许诺："人人都可成为艺术家"》（《文艺评论》2000年第4期）、《超文本探秘》（《文艺理论研究》2000年第6期）、《超阅读：数码时代的文本变革》（《厦门大学学报》2001年第4期）、《网络文学之我见》（《社会科学战线》2002年第4期）、《新媒体艺术理论的起源》（《东方论丛》2009年第2期）、《屏幕美学：从过去到未来》（《学术月刊》2012年第4期）；欧阳友权的《网络文学论纲》（人民文学出版社2003年版）、《网络文学本体论》（中国文联出版社2004年版）、《数字化语境中的文艺学》（中国社会科学出版社2005年版）、《数字媒介与中国文学的转型》（《中国社会科学》2007年第1期）、《新媒体与中国文艺学的转向》（《文学评论》2013年第4期）等；陈定家的《"超文本"的兴起与网络时代的文学》（《中国社会科学》2007年第5期）、《市场与网络语境中的文学经典问题》（《文学评论》2008年第2期）、《比特之境：网络时代的文学生产研究》（中国社会科学出版社2011年版）；赵勇的《媒介文化语境中的文学阅读》（《中国社会科学》2008年第5期）、《大众媒介与文化变迁——中国当代媒介文化的散点透视》（北京大学出版社2010年版）；黄发有的《媒体制造》（山东文艺出版社2005年版）、《文学健忘症——消费时代的文学生态》(《南方文坛》2005 年第 6 期)、《传媒趣味与文学症候》(《天津社会科学》2006 年第 2 期)等。与新媒介相关，将文学与图像相联系的方法在此时期也获得了较大发展。早在 1996 年，杨义、张中良等人就出版了《中国新文学图志》(人民出版社 1996 年版)，确立了以图释文和以文说图的新的文学史书写方式；2006 年，杨义又出版了《中国古典文学图志》(生活·读书·新知三联书店 2006 年版)，其中包括宋、辽、夏、金、元和回鹘、大理国等内容。不过，这种图文并茂的文学形式还带有纸本的特点，与以往的传统有某些关联性，像唐弢、姜德明的书话都有这样的特点。在 21 世纪，姚文放和赵宪章的图像与文学研究，更多则是从电子媒介的角度展开，对图与文的关系进行了深入论述。如姚文放的《读图时代文类“内爆”的典型文本》(《文艺理论与批评》2004 年第 4 期)，赵宪章的《传媒时代的“语—图”互文研究》(《江西社会科学》2007 年第 9 期)、《文学和图像关系研究中的若干问题》(《江海学刊》2010 年第 1 期)、《语图符号的实指与虚指——文学与图像关系新论》(《文学评论》2012 年第 2 期)、《语图叙事的在场与不在场》(《中国社会科学》2013 年第 8 期)等，都是如此。

但进入 21 世纪后，更重要的则是建构与发展、创造与生成，尤其是摆脱西方理论与方法的路径依赖后，以中国本位与立场进行的创造性转换与提升。这是一个更高层次的超越，是进入大国发展后所确立的学术自信和价值高标。

首先，杨义是其中最突出的代表，这主要表现在他有强烈的自觉意识、超越意向、建构思维和灵敏悟力。他说：“不同于前者的是，21 世纪的国学思潮是全球化趋势和一个东方文明古国全面复兴的背景中出现的，是文化自尊、自立、自新、自强的一种姿态。同样一个名词，我们却发现历史不是重蹈覆辙，而是走上新台阶。对国人来讲，国学是在全球化背景中的一张崭新的、有品位的文化身份证，是我们寻找精神归宿的自信的、有趣味的精神家园。对人类来讲，我们应该点化和提升东方智慧，为当代世界贡献自己的思想、自己的创造。”“我想讲一讲最近想到的‘三字诀’原则，就是从、比、化三个字。我们在文化上应该走出狂热的‘从西’和迟暮的‘从古’的姿态，走出‘从’字而采取‘比’字，如《说文解字》所说‘二人为从，反从为比’，采取与世界民族比肩而立，比较进取，比比创新的姿态。不是有个词语叫‘比比皆是’吗？‘比比’就是多，就是采取开放兼融的态度博采广纳，以资创新。首先要在深度开发本土核心的经验、智慧和血脉的基础上站稳脚跟，同时放开眼光，敞开胸怀，接纳世界人类的文明成果和文化精华。文字学上还有一个‘倒从为化’的说法，就是‘从’字右面的‘人’字倒过来，就成了‘化’字，原来的事物翻一个筋斗就进入化境。比如外来的佛教翻一个筋斗成为禅宗，它也就成了国学，而且以中国思维方式影响东亚，影响世界。因此，无论对传统文明还是外来文明的成果，中国语义学上相互关联的从、比、化三个思维程序都是饶有深意的，从以深入，比而对话，化出新创。这也是我们国学研究中，应该综合使用的‘三字诀’思维程序。”① 杨义甚至形象地表示：“现代中国学术发展，世界视野是敞开的天，文化还原是落实的地，二者相辅相承，学术便是此天地间获得自己存在空间和存在的意义。最佳的学术姿态是顶天立地的，不可偏执一端，或飘浮如云，或沉落尘埃。”② 由此可见，杨义的学术理念与方法在 21 世纪已相当自觉和清晰，也达到了开新和创造的宏阔境界。

在这样的理性自觉下，杨义提出了“大文学观”“重绘中国文学地图”“文学地理学会通”“以图出史、图文互动的文学史写作模式”，并强调返本还原和融通再造的现代学术创新之路，从而将中国文学研究的理论与方法提升到一个新高度。他说：“大文学观吸收了纯文学观的学科知识的严密性与科学性，同时又兼顾了我们杂文学观所主张的那种博学深知和融会贯通，把文学生命和文化情态沟通起来，分合

① 计亚男、柳霞：《清学“三弊”——杨义访谈录》，《中华读书报》2009 年 7 月 22 日。

② 杨义：《现代中国学术方法通论》，山东教育出版社 2009 年版，第 81 页。

相参，内外互证。”[1] 之所以要“重绘中国文学地图”，第一，就是因为以往所“绘”是不完整的，基本上是一个汉语的书面文学史，忽略了我们多民族、多区域、多形态、互动共谋的一个历史实际。第二，以往的绘制存在着唯一、简单的模式化。第三，以往的绘制过多套用外来的一些概念，这就不同程度上忽视了中国特色的那种原创的智慧的专利权。所以现在必须在重绘时，改变我们原来的文学观念。[2] 对此，有人概括说：“‘重绘中国文学地图’这一构思，对于以往研究范式的承继、突破和超越，不仅使研究学者有了更为开阔的学术视野，同时也带给我们学术研究方法以意蕴深远的启示，有助于将文学和文化研究推向到一个更高的层次。”[3] 可以说，正因为有像杨义这样在理论与方法上进行突破和创新的学者，才带来了21世纪学术研究的新局面和新气象。

其次，陈思和、李建军等人的文本细读也是21世纪一道亮丽的风景。应该说，借鉴英美新批评方法对作品进行细读，是新时期以来一个重要的趋势，只是到了21世纪后，这种方法渐趋成熟。不过，在这一过程中，仍有从生硬走向成熟和不断完善的过程。陈思和的文体细读则克服了生硬尤其是西化的痕迹，而且赋予了其中国化特色。早在2002年，陈思和即出版了《中国当代文学关键词十讲》，这是一本注重文本细读的著作，其中“当代文学中的战争文化心理”尤其突出。通过细读作品，笔者发现，在中国当代文学创作和批评中有一种特殊现象：军事词汇的大量使用，战争期间是如此，和平时代仍是如此；描写战争的作品是如此，而关于非战争的作品也是如此。像战役、斗争、重大胜利、锋芒所指、拔白旗等语词随处可见。评价一部作品获

① 杨义：《读书的启示——杨义学术演讲录》，生活·读书·新知三联书店2007年版，第44页。

② 杨义：《为什么必须重绘中国文学地图？——中国社会科学院文学研究所所长杨义先生访谈录》，《中国教育报》2004年12月20日。

③ 冷川：《评杨义〈重绘中国文学地图通释〉》，《文学评论》2007年第6期；参见周琼琳《论杨义的文学观及其文学研究方法》，硕士学位论文，中南大学，2011年，第11页。

得成功，称之为“打响了”“有突破”。于是他认为，战争文化要求把文学创作纳入军事轨道，成为夺取战争胜利的一种动力，它在客观上的成绩是明显的。战争结束后，随着全国革命的胜利，党的工作重点由乡村转移到城市，但从历史发展来看，战争对社会生活的影响要比人们所能估计的深远得多。当带着满身硝烟的人们从事和平建设事业后，文化心理上依然保留着战争的印痕。战争文化心理作为特定时期的文化特征，对当代中国文学观念产生了相当广泛的影响，它包括文学的批评领域和创作领域，还渗透在生活的各个领域，成为日常生活的普遍现象。[①] 还有对于曹禺《雷雨》的细读，像对于周朴园在侍萍之后和蘩漪之前娶的那个女人的被遗漏，陈思和进行了“缝隙”阅读。他认为，在“缝隙”里隐藏着大量密码，可帮助读者让这个故事完美。于是，陈思和得出一些颇有启示的新解。陈思和还从民间与启蒙的关系、从老舍创作心理的角度，对《骆驼祥子》进行文本细读。[②] 这样精心和深入的作品细读，除了吸收英美新批评的理论与方法，更重要的是对于中国文学、文化、日常生活及其心理的会心与体悟。

李建军的文本细读颇见功力，且有“十目一行”的功夫，这不仅表现在他的文学评论中，也表现在他的《小说修辞学研究》等理论著作中。他说过：“要有说真话的勇气，要有不看别人脸色的勇气，要有以为敌的方式为友的勇气，要有眼光，要看得见皮下的肉，要看得见肉中的骨。”这里所说的能洞见“皮下的肉”和“肉中的骨”，没有细研的功夫和能力是不可能做到的。另外，许多批评家和研究者往往用诸多高玄的理论对研究对象进行概括、判断甚至唬人，常给人云山雾罩之感，但李建军的批评和研究总是注重常识与合情入理，甚至从细枝末节打量本质，从而带来其研究的“从小处入手”和“从大处着眼”，以彰显大千世界的纵深地带和生命本质。就如他自己所言：“我

① 陈思和：《中国当代文学关键词十讲》，复旦大学出版社2002年版，第68页。

② 陈思和：《〈骆驼祥子〉：民间视角下的启蒙悲剧》，《陕西师范大学学报》2004年第3期。

常常用最简单的实证方法，从标点符号、错别字及语法和修辞病象等方面入手来细评作品。”[①] 因为“小处”是最容易被人忽略的，但也最能显示出一个作家和学者的功夫、态度、心性、德性与境界，这就是所谓的“细节决定命运”“一招不慎，满盘皆输”。老子不是也说过这样的话：“合抱之木，生于毫末；九层之台，起于累土；千里之行，始于足下。”当然，许多作家甚至批评家对李建军的细读式批评往往不以为然，其实这是一种错误理解，也是一种无力的成见和反批评，因为在一些观念与理论上可以见仁见智，但在细节尤其是硬伤上是不能躲闪的。经不起细读的作品，即使你的水平被抬得高上天，也是无力的，那无异于在沙上筑塔，更何况无深厚地基的支撑，是不可能建成高楼大厦的。

王彬彬、朱国华、张辉等人的作品细读也颇值得注意。针对汪晖博士学位论文的学风问题，王彬彬进行了极其细致的解读，小至一个句子表达得别扭，大到一个句子的语法错误，再大到剽窃问题，作者都给予了严厉批评，他所凭借的就是“挑剔”的眼光和“细读”的功夫，这是一种令批评对象无法藏身的针刺法和点穴法。像朱国华的《选择严冬：对鲁迅虚无主义的一种解读》（《文艺争鸣》2000 年第 3 期），针对鲁迅虚无主义思想长期遭受忽视和误读的情况，他从希腊的求真话语、基督教的救赎话语、中国传统的实践——逍遥话语，来理解鲁迅的积极的虚无主义。张辉在《文学与思想史论稿》中，也多用细读之法，像《诗与政治哲学：一部戏剧的七个问题》即是对“柏拉图对话式戏剧”“剧名 · 场景 · 叙述方式”“人物与位置关系”的探讨，其中细如发丝的观察和条分缕析非常突出，反映了作者深厚的功力和所受西方理论和方法的深刻影响，更可见作者对于中国文化诗性与精神的崇尚。还有钱理群的《名作重读》和孙绍振的《名作细读》，均由上海教育出版社于 2006 年推出，它们也是 21 世纪用心细读的代

① 李建军：《时代及其文学的敌人》，工人出版社 2004 年版，“后记”第 406 页。

表性作品。

再次，将生命、感觉、智慧与审美融入学术研究，这是21世纪中国文学研究理论与方法最鲜明的特色，从而大大突破了前两个时段学术研究的沉重、刻板与偏向。众所周知，基于理念或理论尤其是西方理论与方法所进行的研究，最大的问题是半生不熟的搬用和套用，从而导致研究者与文本和中国本土的距离甚至隔膜。经过近三十年的发展，到21世纪，尤其是近些年，中国文学研究开始出现学术与人生会通、以生命与智慧引领学术、又在学术中体味和丰富人生的转变，这是一种学术研究的脱胎换骨，是生命和智慧的羽化状态，从中可见学术与人生的相得益彰、相生相长。杨义说："好的学术研究其实是一种生命投入，它是另一种带有智慧的生命形式，它蕴涵着生命和智慧的体温。"① 钱理群说："搞学术首先要承担的是自己对得起自己，你的自我生命能不能在学术研究中得到自我创造、自我更新，是否有意义、有价值。不要太在乎别人怎么评价，更重要的是学术研究跟我的生命有什么关系：它是外在于我的生命的还是内在于我的生命的？在学术中得到生命的价值与意义，这是更重要的问题。"② 陈思和的学术思想中有一个关键词，那就是"喜欢"，有人这样描述说："有个学生问陈老师，你当时为什么要考中文系，他想了一想说，我喜欢文学。我注意到他说'喜欢'这个词的时候眼睛里充满了温情。这份'喜欢'，大约是一个宿命，也是冥冥中神秘力量的召唤。'喜欢'是一种主体的投入，因为喜欢，才能与对象之间形成生命的交流。文学的魅力需要真正的知音来解读，如同美丽的生命，情感是靠感性唤起的。"③ 这种起于"喜欢"而止于"美丽的生命"的研读，远远超越了机械式的理性和概念式研究。张辉也表示："诗与哲学的方式，至

① 参见孙伊《把文学研究做厚做深做大做活——评杨义新著〈读书的启示〉》，《文艺报》2008年3月6日。

② 2008年4月1日，钱理群在北京大学的演讲，题目是《文学研究的承担——我所理解的学院派或学术派》。

③ 罗兴萍：《文本如何细读——陈思和文学评论的特点》，《文艺争鸣》2009年第7期。

少在一个极其重要的方面是契合的——那就是，对最永恒的问题、对人类的根本处境，永远保持好奇和‘无知’。永远准备对已有的答案和约定俗成的成见保留质疑的权利和能力，并永远像写作和阅读一首新‘诗’那样随时准备重新出发。”① 李建军和陈定家将理论与诗性结合起来，从而使其研究既具有理性的力量、现代的意识，又具有灵性和光泽，是一种透明的、绿色的生态式研究。纵观古今中外那些伟大的作家、理论家、学者，哪一个不是因为喜欢、热爱、投入，以心灵的温度、真挚的情感、生命的脉搏以及智慧的创造，与创作和研究对象相拥相抱、融合会通和水乳交融的？一个突出的例子是，朱德发对于学术的真诚、奉献与敬畏。进入21世纪时，朱德发已是66岁高龄，但他却没有像有的学者那样坐享其成、安度晚年，而是取得了更丰硕的成果。朱德发已发表的大量论文姑且不计，仅在数年间就出版了《跨进新世纪的历程：中国文学由古典向现代转换》等四部著作，且每部都是大部头，由此可见其学术精神及境界。用他自己的话说就是：一个“真学者”就要将学术研究当成自己的“生存方式”，并“具有一种自觉的以身殉业的奉献精神”。②

总之，21世纪的中国文学研究的理论与方法具有广阔性，像古代文学引入计量学研究的理论与方法、女性主义批评的深化、资本理论等的使用、文学地理学会的成立等都是如此。以乔以钢和杨联芬为例，她们在新时期发表了大量从女性以及女权主义角度探讨文学的文章，产生了较大反响。如乔以钢在此方面的主要著述有：《论中国女性文学的思想内涵》（《南开学报》2001年第4期）、《女性写作与文化生存》（《甘肃社会科学》2002年第1期）、《“五四”传统与新时期女性文学》（《江汉论坛》2005年第7期）、《新时期女性文学与现代国家意识》（《天津社会科学》2006年第3期）、《性别：文学研究的一个

① 张辉：《文学与思想史论稿》，复旦大学出版社2013年版，第308页。

② 朱德发：《在困惑中突围 在探索中求新——现代中国文学研究三十载有感》，《东方论坛（青岛大学学报）》2004年第1期。

有效范畴》（《文史哲》2007年第2期）、《性别批评的构建及其基本特征》（《天津社会科学》2007年第4期，与张磊合作）、《中国当代女性文学的文化探析》（北京大学出版社2006年版）、《近百年中国古代文学的性别研究》（《中国社会科学》2008年第3期）、《论当代女性文学批评的空间概念》（《文艺理论与研究》2008年第4期，与洪武奇合作）、《晚清"女国民"话语及其女性想像》（《中山大学学报》2010年第1期，与刘堃合作）、《中国现代女性文学史观的初建及其反思——以〈浮出历史地表〉和〈二十世纪中国女性文学史〉为中心》（《中国社会科学》2010年第3期）、《论生态女性主义批评及其本土实践》（《天津社会科学》2011年第2期，与李晓丽合作）、《"性别"：在"文化政治"的视野中——评董丽敏〈性别、语境与书写的政治〉》（《妇女研究论丛》2012年第6期）等。杨联芬较有代表性的论文有：《20世纪初中国的女权话语与文学中的女性想象》（《海南师范学院学报》2004年第2期）、《清末女权：从语言到文学》（《文艺争鸣》2004年第2期）、《晚清女权话语与民族主义》（《励耘学刊》2007年第5辑）、《女性与革命：以1927年国民革命及其文学为背景》（《贵州社会科学》2007年第10期）、《五四社交公开运动中的性别矛盾与恋爱思潮》（《现代中国》2008年第10辑）、《个人主义与性别权力——胡适、鲁迅与五四女性解放叙述的两个维度》（《中山大学学报》2009年第4期）、《新伦理与旧角色：五四新女性身份认同的困境》（《中国社会科学》2010年第5期）、《"恋爱"之发生与现代文学观念变迁》（《中国社会科学》2014年第1期）等。这样丰富而具体、宏观又微观的研究，确实难能可贵！而从女性主义理论与方法的角度来研究中国文学，其贡献和意义是不言而喻的。

在中国化过程中，强调本土性创造，尤其使学术研究在生活化、人生化和艺术化方面迈出了重要一步，这是21世纪中国学术研究走向完整、成熟的一个显著标志。当然，也应看到，在21世纪过去十多年的时间内，有更多的文学研究在对待西方的理论与方法上，仍在生搬硬套甚至生吞活剥，这在一些硕士和博士的学位论文中表现得最为明显：开始是叙述和复制一大堆西方理论，而后是进行学术研究综述，但到了作者自己的研究论题时则是草草收场，整个研究多是别人的话，少有自己的话，更谈不上独特见解了！当然，即使在许多知名学者的研究中，简单地从西方拿来理论进行套用者也相当普遍，这可能是当下中国文学研究的一个困局。但无论如何，21 世纪毕竟出现了不少富有创造性的学人，他们用自己的思考、智慧与心灵开启了新的学术研究之路，这是对西方学术理论与方法进行的新的跨越。

二　稳固基石：中国文学研究理论与方法共时性特征

从新时期以来中国文学研究理念与方法的推进看，它具有历时性特征，这主要表现在以下几方面：起点较高、稳步推进、逐步深化、臻于完善。所谓起点较高，指的是在 20 世纪 80 年代，文学研究的理论与方法就建在较高的基点，这与许多研究者对其进行简单否定是不同的。不少学者总以为，20 世纪 80 年代是基于“文革”十年的百废待兴，但却忽略了它与五四时期的同构关系及其传承性，因此，前者是对后者螺旋式的超越，否则就很难理解，在 80 年代，人们何以对西方新理论与方法的引进和运用如此广阔、迅捷和有效。正因此，在看似一无所有的 80 年代，却突然掀起席卷全国的理论与方法热潮。所谓稳步推进，指的是自新时期以来的三十多年，基本每个阶段都是十年，且从“生硬”到“融通”再到“中国化”，其间走过了平稳中提升的发展过程。所谓逐步深化，是指从大胆引进西方理论与方法始，经由中国本土化调整，然后进入中国智慧与心灵的参与，这是一个逐渐深化的过程，也是由表及里的理解、学习和创造。所谓臻于完善，指的是与 80 年代的生搬硬套式学习不同，21 世纪已出现将西方理论与方法进行“内化”的景象，许多学者从内外双修的角度理解学术生命及其意义，这是中国现代学术不断走向完善的新动向。可以说，就新时期以来中国文学研究的理论与方法而言，尽管其间不乏律动甚至波折，但总体而言是在学术高地上画出了一条平稳、优雅、健康发展的上升曲线。

当然，中国文学研究的理论与方法能获得历时性推进和提升，又离不开其共时性的支撑，因为后者既具支点作用，又有调适之功，还是内生动力之源泉。概言之，新时期以来中国文学研究的理论与方法有以下四个方面的共时性特征。

第一，思想与文化作为深厚的软实力，成为新时期以来中国文学研究在理论与方法创新过程中的一块基石，也是压舱石。

思想与文化研究作为一种理论与方法，在新时期以来的三十多年中贯穿始终，且一直具有更大的受众面，也内含于更多的学人研究之中。

首先，在20世纪80年代，思想与文化热悄然升温，人们乐谈思想与文化，而和思想及文化有关的书籍则受到热捧，以至于“思想”与“文化”成为最响亮的学术名词，当时影响最大且颇受好评的是孙隆基的《中国文化的深层结构》。孙隆基祖籍浙江，生于重庆，长于香港，在台湾读大学，在美国获硕士和博士学位，这样的人生和学术背景使他兼受中西文化熏陶。有趣的是，本书最初为非正式出版物，只是一个自制品，不过，即使如此，它也是广得流传，影响深远。在80年代，从思想与文化角度尤其是深层文化角度研究文学，较为突出的有两个人和两本书，一是王富仁的《中国反封建思想革命的一面镜子——〈呐喊〉〈彷徨〉综论》（北京师范大学出版社1986年版），二是林非的《鲁迅和中国文化》（学苑出版社1990年版）。前者的创新性在于将长期以来被视为革命家的鲁迅变为思想家的鲁迅，书中虽有诸如本体、结构、叙事、因果链、两极对立等新理论与方法的运用，但其核心则是深层的文化思想，这是一个结构性变化。更重要的是，因为有丰厚的思想文化作为支撑，本书新的理论与方法并不过于直露和生硬，而是与研究对象较为贴近和默契，从而给人以浑然一体、深入透彻、坚实可信的艺术感受。有学者这样概括其学术影响力：“王富仁已经与新时期以来的中国启蒙文化思潮深深地熔铸在了一起，他的整个学术活动已经成为了影响中国20世纪最后二十年这一磅礴思潮的最动人的图画之一……无论是‘回到鲁迅’还是‘思想革命’，都大大拓宽了鲁迅研究的发展道路，甚至可以说是从本质上显示了新时期文学研究如何在自我否定中回到文学自身的轨道。”[①] 后者虽出版于1990年，但其书中的不少章节和内容都发表于80年代后期，因为当时影响甚大，加之数年间林非在散文研究上所取得的丰硕成果，所以被称为“林非现象”。[②] 在本书中，林非尽管并未标示出用什么样的西方理论和方法，但其所具有的深层思想、文化、心理的结构形态还是非常明显的，这从他后来的观点中可得到证实。林非对80年代初期以来从西方介绍过来的系统论、原型批评、结构主义、心理分析、接受美学这些研究方法都进行了简括阐述，并认为，“在自己原来掌握的研究方法中间，应该发扬其依然具有生命力的因子，再对那些从西方引进的方法进行积极的探讨和借鉴，融入自己历来从事的研究程序，正是要在这样不断地扬弃中间，从容裕如地漫步前进”。[③] 有学者这样概括道：林非的《鲁迅和中国文化》一书具有更为恒久的学术生命力，其特点表现如下。一是对历史的熟稔、感悟的深刻、辨析的精微，凸显了鲁迅的独特之处。二是以鲁迅精神正视鲁迅自身的矛盾，把鲁迅放到他所处的历史环境去进行全面、辩证、具体的分析。三是从深邃的、丰厚的文化内蕴中发出对“人”的呼唤和对鲁迅“立人”思想的深刻阐发。[④] 可见，林非对于中国传统文化与鲁迅思想的深刻认识与理解。

其次，进入20世纪90年代后，文化研究在中国兴起与壮大，它突破了80年代重思想与文化的研究格局，而更多的是一种价值取向和研究方法，这与中国市场经济的快速发展和大众文化的兴起有关。正如有学者指出的：“自80年代中期特别是90年代以来，由于市场经济

① 李怡：《王富仁与中国二十世纪晚期的启蒙文化思潮》，《当代作家评论》1997年第6期。

② 曾绍义：《散文论谭》，四川大学出版社1989年版，第71—77页。

③ 林非：《我的学术生涯》，《东方论坛》2005年第1期。

④ 张梦阳：《文化的内蕴与对“人”的呼唤——写于林非先生著〈鲁迅和中国文化〉再版的时候》，《广播电视大学学报》2001年第1期。

的迅速发展，文化市场和文化工业突然‘崛起’，大众文化有如一片燎原大火蔓延全国，使中国的文化景观在短短几年内一下子改观，批评界和理论界对此应做出什么样的反应？……而文化研究对回应这些问题有一定的优越性。”[①] 此时，较有代表性的学者有刘象愚、罗钢、陶东风、王宁、金元浦、周宪、王岳川、戴锦华、孟繁华、乔以钢、汪民安、金惠敏、路文彬等。在这中间，文化研究一个很大的特点是从西方语境向中国本土转换，即如何以西方的大众文化理论解释中国的文学和文化问题，这成为学术研究的焦点问题。就如陶东风所言：作为文化研究，“它的研究方法、理论范型、价值取向，尤其是批判对象，必须根据新的社会文化语境而作出调整”。[②] 也是在此基准下，文化研究在90年代的中国，可谓内容丰富、类型多样、异彩纷呈，并形成了相当大的辐射力和影响力，成为文学研究理论与方法中的显学。其中的大众文化研究、性别文化研究、生态文化研究等比较突出。不过，也应该看到，文化研究在此时仍有局限性，那就是模糊不明甚至处于混乱失序的状态，尤其是被文化性遮蔽甚至消解了文学性之后，所带来的研究困局，这是人们争论不休甚至互为指责的原因所在。

最后，进入21世纪，文化研究虽然仍按照20世纪90年代的思路继续发展，但又有了某些新变，最突出地表现在：研究者更为理性和清醒，更重辩证思维和文学性，尤其从深刻性的角度来探讨与把握文学现象。如党圣元的《当前消费文化研究与实践中亟须高度关注的问题》（《红旗文稿》2007年第9期，与刘方喜合作）、《当前文化研究的误区及理论应对》（《河北学刊》2008年第1期，与刘方喜合作）、《大众媒介文化及其社会影响辨析》（《西北师范大学学报》2009年第6期）、《新世纪中国生态批评与生态美学的发展及其问题域》（《中国社会科学院研究生院学报》2010年第3期）、《当前文学界理性主义与非理性主义之争》（《中国社会科学内刊》2007年第1期）等论文，均

① 《犹在镜中：戴锦华访谈录》，知识出版社1999年版，第214页。

② 陶东风：《文化研究：西方话语与中国语境》，《文艺研究》1998年第3期。

具有强烈的理性和文化自觉，注重反思意识、问题意识、当下意识、批判意识和前瞻性研究，是一种充满辩证思维的有深度的研究。杨剑龙的《论上海文化与二十世纪中国文学》（《文学评论》2006 年第 6 期）、《大都市文化发展趋势与上海文化发展坐标、定位问题研究》（《科学发展》2009 年第 7 期）和《都市文化研究的学科建构和发展路径——上海师范大学都市文化研究中心主任杨剑龙访谈》（《社会科学家》2011 年第 6 期）偏重于上海都市文化研究，且问题意识和建构意识比较突出。汤哲声的通俗文化与文学研究比较突出，这包括《新文学对市民小说的三次批判及其反思》（《中国现代文学研究丛刊》2004 年第 5 期）、《20 世纪中国文学的雅俗之辨与雅俗合流》（《学术月刊》2006 年第 4 期）、《中国当代通俗小说史论》（北京大学出版社 2007 年版）、《中国现代大众文化与通俗文学三十讲》（高等教育出版社 2011 年版）等。于文秀的文化研究具有哲学高度，视野广阔和理论性强是其突出特点，如《阿尔都塞的“意识形态”理论与“文化研究”思潮》（《哲学研究》2002 年第 6 期）、《后现代差异理论：“文化研究”的理论基石》（《天津社会科学》2003 年第 3 期）、《标举差异　抵抗霸权——“文化研究”思潮中的反权力话语研究》（《哲学研究》2004 年第 9 期）、《“文化研究”学派的知识分子理论研究》（《学术界》2005 年第 3 期）等均是如此。朱晓进突破了 90 年代文化研究的误区，将原来忽略政治对文学影响甚至去政治化的倾向，转为将文化与政治等量齐观的研究，这就是他的政治文化研究。朱晓进较有代表性的著述有：《政治文化心理与三十年代文学》（《文学评论》2000 年第 1 期）、《从政治文化的角度研究中国二十世纪文学》（《文学评论》2001 年第 5 期）、《政治化思维与三十年代中国文学论争》（《中国社会科学》2002 年第 6 期）、《政治文化语境与三十年代左翼文学批评》（《中国现代文学研究丛刊》2006 年第 5 期）、《政治文化语境与 20 世纪 30 年代特殊文学文体的盛行》（《江海学刊》2007 年第 1 期）等，这些都是站在政治文化的视点、理论与方法上研究文学，给人以文化的厚重与思想的深沉感。张中良将叙事研究方法用到文学研究，尤其在中外关系包括翻译文学的研究上颇有特色，充分显示了他的文学性、文化功力和深刻见解，如《论五四时期的传统文学观》（《中国社会科学》2001年第6期）、《荆棘上的生命——20世纪三四十年代中国小说叙事》（春风文艺出版社2002年版）、《五四时期的翻译文学》（台湾秀威出版公司2005年版）、《张中良讲现代小说》（湖南教育出版社2011年版）等，都是如此。杨义在谈到“文学的精神深度：把握文学的深层文化意义”时，有这样的论述：“比如《三国演义》、《水浒传》、《西游记》，三者的人物结构都是‘主弱从强’现象，第一把手比较懦弱，但辅佐他的人比较精明强大。《三国演义》中刘备与诸葛亮、关羽、张飞、赵云是这种关系；《水浒传》中宋江与吴用、林冲、李逵之间也是这种模式；《西游记》中唐僧和孙悟空、猪八戒、沙和尚四者之间的关系亦是如此。如果一两部小说也就罢了，但是中国古代三部出于民间的最重要的著作都有这种现象，还不止如此，以前瓦岗寨故事的人物结构也是如此，那我们就要问问这是为什么？这背后的无形的手是什么？”这是从深层思想文化角度进行研究。作者后来得出这一结论：“实际上这种人物结构涉及中国文化的一个深层的问题，那就是中国民间社会中怎样看待‘仁’与‘自由’的关系。第一把手代表的是仁，仁赋予自由以价值，没有唐僧那种坚定的信仰赋予孙悟空和猪八戒他们的行为以价值的话，那么孙悟空和猪八戒充其量只是两个妖精。没有刘备的仁政思想赋予诸葛亮、关羽、张飞、赵云他们的行为以价值的话，他们只不过是些谋士和有勇无谋的匹夫而已。仁赋予自由以价值，自由才能进入历史。同时自由又反过来赋予仁以动力，没有这个动力，仁就是空话。而在中国哲学里，仁对自由的制约和驾驭是以柔克刚，以柔来驾驭刚的。这就是破解这种人物结构模式所以如此的密码。”[①] 这种从文化深层结构进行研究的方法颇有意义，给人带来不

① 杨义：《重绘中国文学地图的方法论问题》，《学术研究》2007年第9期。

少启示。

此时期，文化研究还有一个重要现象和倾向，即与文学相关或有着亲缘关系的学科被“文化化”和“理论化”了，这既是跨学科研究的一个表征，又是文学研究的扩展与深化。最有代表性的是丁亚平，他原以研究中国现代文学尤以研究萧乾成名，进入21世纪后，他主要转向电影文学与艺术研究，并取得了丰硕成果。期间，他出版了《文化艺术学》（文化艺术出版社2005年版）一书，本书从文化诗学角度研究艺术的著作，为长期以来艺术研究的简单化和薄弱状况开辟了一条通途，其中理论和方法论的意义不可低估。作者用“在场”“文义政治学”“艺术符号”“艺术话语”“语言场”“原型”“本文”“模糊性”等，来探讨人与文化、公众、宗教、科学、社会和性别等复杂的关系，既是一种新方法运用，更是将艺术学研究推进到文化研究的高度和深度。从文化的角度研究电影（包括电影文学）是21世纪丁亚平最突出的贡献，他发表了一系列文章，在学界和业界产生了较大反响。这些文章包括：《电影的成长与话语空间的拓示——1900—2000年中国电影综论》（《电影艺术》2000年第5期）、《20世纪中国电影话语与夏衍》（《当代电影》2000年第6期）、《论二十世纪中国电影与通俗文化传统》（《电影艺术》2003年第6期）、《镜与真——四十年代正统电影、商业电影及电影文化趋向》（《文艺研究》2005年第9期）、《传媒时代的影视、艺术及其开放性》（《中国艺术报》2006年12月15日）、《电影媒介化的得失》（《人民日报》2007年5月17日）、《主流文化与民族电影表现的多元向度——第10届“五个一工程”获奖电影作品漫评》（《中国文化报》2007年10月12日）、《意识形态、象征形式与自生能力——改革开放三十年中国电影体制变迁的路径》（《文艺研究》2009年第1期）、《理论思维的前提假设与实证价值的祛魅》（《北京电影学院学报》2009年第2期）、《国产电影创作与市场空间不断拓展》（《中国艺术报》2009年11月20日）、《论民营电影公司与当下中国电影的发展趋向》（《上海大学学报》

2010 年第 3 期)、《深入电影本体 透视历史脉络——评〈中国电影市场发展史〉》(《文艺报》2010 年 10 月 13 日)、《市场化与当代中国电影的转折——2010 年中国电影业回眸》(《中国电影报》2011 年 1 月 13 日)等。丁亚平的电影艺术研究与以前不同的是，注入了新理念与新方法，更增加了文化内蕴和思想深度，从而将 21 世纪中国电影艺术研究提升到一个新的高度与境界。

第二，现代性问题在中国学界逐渐发酵，这成为新时期以来中国文学研究理论与方法创新的一个晴雨表。

在 20 世纪 80 年代，“现代性”概念在中国学界就已被提出，这既包括对现代社会的赞扬，也包括对其批判的态度，较有代表性的是 1988 年甘阳的观点，他表示：现代性问题“必然会对正在思索中国现代化之路的中国知识分子造成极大的‘困惑’，因为它意味着：现代化的进程并不只是一套正面价值的胜利实现，而且同时还伴随着巨大的负面价值，而最大的困惑更在于：至少在西方，这些正面价值与负面价值并不是可以一刀切开的两个东西，而恰恰是有着极为深刻的内在关联的。简单点说，自由、民主、法制这些基本的正面价值实际上都只是在商品化社会中才顺利地建立起来的，但是商品化社会由于瓦解了传统社会而必然造成‘神圣感的消失’，从而几乎必然导致人(尤其是敏感的知识分子)的无根感、无意义感，尤其商品化社会几乎无可避免的‘商品拜物教’和‘物化’现象及其意识以及‘大众文化’的泛滥，更使知识分子强烈地感到在现代社会中精神生活的沉沦、价值基础的崩溃。人类在现代社会中所面临的最根本二难困境正是在此。在我看来，近现代以来，尤其是本世纪以来西方大思想家的中心关注实际上都是围绕着这个根本困惑而进行的，因此我们对于现当代西方文化的把握必须紧紧抓住这个人类共同面临的中心性大问题即所谓‘现代性(Modernity)’的问题”。[①] 这是 26 年前反思现代性的

---

① 甘阳编：《中国当代文化意识·编者前言》，三联书店(香港)有限公司 1989 年版，第 V 页。

观点，显示了甘阳的超前意识，不要说在80年代，即使在今天，这样的认识也不过时。当然，此时期，也出现了关于现代主义和后现代主义理念和方法的研究文章，虽然这些文章没有直接提出“现代性”概念，但其中的启蒙理念、荒诞意识、无意义感还是存在的，这在何新、姚文放、陈晓明的研究中并不鲜见。其实，早在甘阳反思现代性前，即80年代初，对于中国文学的研究就已出现“现代性”意识与概念，最具代表性的是李欧梵，他将“现代性”概念首次引入中国现代文学研究，以“文学激流：现代性探索，1895—1927”来概括和阐释中国现代文学思潮，令人感到耳目一新，也以此带动了海派文学研究以及整个中国现当代的“现代性”研究，如魏建的《“倡优士子”模式的创造性转化——兼论前期创造社小说的文体构成》（《中国现代文学研究丛刊》1989年第4期）即是如此。

90年代是中国文学研究关于“现代性”思考的高涨期，这一方面与“现代性”的理论热有关（如汪晖的《当代中国的思想状况与现代性问题》[①]），另一方面又与中国文学研究寻找新的学术增长点有关，当然也与中国当时现代化进程的快速发展有关。一时间，从“现代性”的角度研究中国文学既是一种新发现，又是一种路径依赖，还是风云际会的时尚。可以说，在不同学科、领域、文类以及作家和作品研究中，都可见到“现代性”研究的成果。像龙泉明的《现代性与现代主义》（《文艺研究》1998年第1期）、耿传明的《无政府主义与中国现代文学现代性的起源》（《华东师范大学学报》1999年第2期）等即是如此。其中，最引人注目的文学事件，是杨春时、宋剑华于1996年发表的关于“新文学”是“近代性”而不是“现代性”的文章引起热议。一时间，反驳者甚众。之后，学术界也发表了一些关于“现代性”的研究文章，像张辉的《论哈贝马斯与现代性》（《天津社会科学》1997年第4期）、黄曼君的《短篇叙事文体的“现代性”建构》（台湾《中国现代文学理论

---

① 此文最早发表于韩国刊物《创作与批评》1994年第86期，后在《天涯》1997年第5期发表。

季刊》1997年11月)、傅瑾的《20世纪中国戏剧的现代性追求》(《浙江社会科学》1998年第6期)、张辉的《审美现代性批判》(北京大学出版社1999年版)等。有学者这样评价黄曼君的文学研究:"从90年代开始，现代性研究成为了贯穿他学术研究中的主要思想理论资源与学术方法。"[①] 像黄曼君这样的年长学者，如此早就进入中国文学的现代性研究，可谓弥足珍贵。1999年8月8—12日，中国社会科学杂志社和吉林大学、延边大学联合举办了"20世纪中国文学现代性问题"研讨会，这是90年代关于"现代性"的文学研究的一次重要会议。在此次会议上，宋剑华仍坚持他在1996年的观点，即认为20世纪中国文学没有走向"现代性"，而是属于"近代性"的范畴，因此，必须厘清现代性、现代意识和现代化之间的关系。据此，与会学者展开讨论，并提出不同的看法。高远东不同意宋剑华"以现代文学中的现代主义作为现代性标志"的说法，认为文化的现代性与美学的现代性相伴相生。龙泉明则坚持认为，20世纪中国文学的主导性质是现代性的，虽在整体中，却是经历了艰难与曲折的。同时，他也不赞同将20世纪中国文学的现代性与现代主义画等号，认为中国文学的现代性并不主要表现在对于西方现代主义的追寻上，而是适合中国国情，对包括现代主义在内的一切外来文学资源的借鉴和运用。王学谦主张，应立足于文学本位来谈现代性，而不能只从社会现代性上来考量20世纪中国文学的现代性，尤其不能以现代主义为衡量中国文学现代性的标准。面对关于"现代性"的众说纷纭，王富仁提出"两个时空转换"的"中国特有的现代性"的"涡流"观念。他认为，西方与我们的现代性有共识，但更主要的是非共识性差异。因此，对于现代性的不同理解也是在不同时空中形成的。加之中国近现代以来社会的复杂性和特殊性导致的现代性"涡流"，主要是由于理想性反思与压迫性反思形成的。因此，不要试图寻找同一标准，只有意识到个体价值，并将之转化为社会性，才能让人感到一种现代性。基

---

① 王泽龙:《黄曼君的现代文学研究思想与方法》,《中国现代文学研究丛刊》2012年第11期。

于以上争论，专家学者开始从更深层面探讨现代性问题。肖鹰指出，20世纪中国历史可概括为，现代化渴望与现代性焦虑之间的矛盾，从而带来生存个体的自我存在和自我意识的压迫感。另外，人为地将现代与后现代对立起来，包括对于后现代的严重误解，都增加了这种焦虑。作为文学来说，其基本立场应是，站在现代化土壤，深入体验和把握这种现代性焦虑，并从中思考人类文化及其命运，这可能更为重要。谭桂林认为，要探讨中国文学及其社会的现代性，就要有一种基本语言和理论范畴。于是，他提出“民本”的概念，并认为“民本主义”是20世纪中国文学现代性的核心与灵魂。民本思想与人本思想的整合是五四新文化运动最为显著的特征之一。杨匡汉指出，现代性并不只是时间概念，还是意义概念，是根源于社会底层与灵魂深处的一种精神的内动力。真正追求现代性的人应引导社会和对社会不断进行思考，是寻找精神家园和关心意义的人。由此，他从四个层面概括了20世纪中国文学现代性的基本含义：社会现代性、文化现代性、审美现代性和主体现代性。本次会议最为热烈也是最醒目的是，对于20世纪中国社会及其文学现代性的反思。陶东风主要梳理了现代性反思的理论资源，认为中国版的“后学”往往违背了西方“原版”的理论旨趣与批判取向，以中国身份的“中华性”来证明，中国的社会转型是对西方“现代性”的超越，这很容易导致不同文化之间无法进行理性对话与沟通。而90年代的一些中国学人往往在世界体系理论的启示下，反思现代性思潮，其认识视野也从民族国家内部转向民族国家之间。他认为，对20世纪中国文学现代性的反思，首先应基于中国社会的现代化过程本身。刘克敌和黄开发从20世纪中国文学的功利性角度来谈现代性，认为它一方面给文学带来辉煌，另一方面则带来缺憾与不足，即压抑感性、窒息想象，阻隔了本能与潜意识的表现空间。一味强调文学的认识和社会功能，必然会造成文学和民族生存现实的脱节，阻碍文学的健康发展，这与文学的现代性追求是背道而驰的。李怡强调“重估现代性”的背景和重要性，并认为其结果之一即是有助于对中国现代文化和文学发展中的一些复杂问题和现象，找到独特与合理的新解释。当然，作为一种思想和方法，现代性话语只是一种解释，而不是全部。吴晓东提出，反思现代性最需要一种独立的声音，而现在20世纪中国文学史内在理念正成为一种“普遍主义的知识体系的现代性”，这样就将充满复杂与悖论的文学史原初景观整合和抽象掉了。因此，反思中国现代文学的审美视域和现代性问题的内在关系，还原中国现代文学中审美现代性的固有复杂景观，就成为一个令人瞩目的问题。逄增玉对中国现代反现代性文化思潮与文学叙事进行了评析，认为反现代性与现代性之间的张力和联系，是中国现代文学发展的基本动力，预制了中国现代文学的基本结构框架，丰富了中国现代文学的精神内涵。张福贵、孔朝蓬则从20世纪中国文学的几种反现代意识的思想局限，以及这一局限给并不成熟的中国现代环境所带来的后果中，重审中国社会与文学现代化进程的艰辛与隐忧。他最后总括说：文学主题中的反现代性意识一直在中国20世纪文学中占有主潮地位。[①] 总之，这次会议既是关于90年代中国文学现代性研究的一个总结，亦对21世纪从现代性角度研究文学具有开启之功。

21世纪中国文学的现代性研究显得更为宏大与壮阔，其深度也得到了进一步掘进。其中有几次学术会议与“现代性”有关，这包括2004年7月5—9日由厦门大学和《文艺研究》编辑部主办的“现代性与20世纪中国文学思潮”全国学术研讨会，2004年9月23—24日由中国社会科学杂志社、中山大学、广州大学主办的“传统文学与现代性”国际学术研讨会，以及2013年由中国社会科学杂志社与暨南大学举办的“中国古代文学研究走向与方法”学术研讨会等。第一次会议与1999年的现代性研讨会有联系，不论参会学者还是讨论的问题都有重叠，但它的突破性在于：探讨用现代性理论研究中国文学的有效性、局限以及要注意的问题，从而使研究更加具体和深入文学本体。俞兆平认为，把现代性理论视点引入中国现代文学研究很有必要。他

① 参见张福贵、孔朝蓬《现代化之路：在历史与未来之间反思——“20世纪中国文学现代性问题”学术研讨会述评》，《中国社会科学》2000年第1期。

说，这种引入可突破意识形态对现代文学研究的框定，可消解现代文学研究根深蒂固的二元对立思维模式及其惯性，可调整旧有的价值标准。李怡认为，不能简单将20世纪中国文学纳入现代性的类型中加以概括，否则就会导致文学阐释的简单化与理念化。朱水涌提醒研究者，在运用现代性理念研究中国文学时，一定要注意其独特性，更不能脱离中国现代性的诉求是在反抗西方语境中萌生的这一事实，否则就会陷入简单化。席扬提出现代性是否具有普遍意义，现代性研究应导向差异研究。高玉认为，用现代性这一概念描述中国现代文学，却把反现代性、非现代性文学现象排除在外，其合法性必须追问。[①] 后两次会议是关于古代文学和现代性及其理论与方法的研讨会，因为相对于文学理论与中国现当代文学研究，古代文学在新理论与方法的运用上较为滞后，仅从这一方面来说，它们都具有理论开拓和方法论的意义。如在“传统文学与现代性”会议中，傅璇琮的《探索古代文学研究的新思路——在“传统文学与现代性”国际学术研讨会上的讲话》即具有宣言性质。黄霖在《原人：文学传统与现代性血脉相连》中，倡导原人精神、以人为本、为人服务、张扬人性精神，是检验文学现代性与当代文论科学性的标尺。朱德发在《古今文学在审美现代性上的互通点》中认为，古今文学审美现代性上的互通点在于：人道原则、创作主题自觉、文化传承和审美文本的永恒性、人本主义思潮铸就的作家主体以及以人为本的艺术思维方式。蒋述卓的《当代文学的诗意》提出：传统文学与现代性有着统一的诗意。吴承学和沙红兵的《中国古代文学的经典》认为，可从现代学语境与问题出发，把中国古代文学经典视为平衡传统与现代张力的古典新资源。[②] 这些文章和观点打通古今，赋予了中国传统文学以现代性，但更重要的是对于现代性的

---

① 参见王烨、李晓林《“现代性与20世纪中国文学思潮”全国学术研讨会在我校召开》，《厦门大学学报》2004年第4期。

② 王永侠、肖岸芬、王甘浦：《“传统文学与现代性”国际学术研讨会综述》，《广州大学学报》2004年第11期。

深入理解，因为它们突破了简单地站在西方或中国现当代视角进行思考的局限，而具有更人文化、人性化及人类情怀的高度与深度。在“中国古代文学研究走向与方法”会议上，“现代性”仍是其主题词，王兆胜在开幕式发言中提出：“选择‘中国古代文学研究走向与方法’这一宏大主题，是基于中国古代文学研究的历史现状和未来发展的思考。中国古代文学有着几千年的辉煌历史，因此其研究成果也极为丰富，‘然而在进入新世纪之后，如何将其融会贯通，并在中国传统与现代性维度中展开，确立中国智慧与独特的研究方法显得尤为重要’。”左东岭也认为，一面要搞清中国文学思想史的实际状况，一面又要用现代的文学观念进行价值判断，强调审美性与文学性的观念，这样才能为今天的文学理论建设提供有益的思想资源。程国赋认为，进入21世纪，文化学研究方法在中国古代小说研究中得以广泛运用。这样有助于突破学科壁垒和学科分工过细的弊端，以拓展研究视野和创新思维。[①] 这样的认识，对于以往的中国古代文学研究是有突破意义的。

与此相关的是，21世纪中国文学的现代性研究还有其他成果。如陈晓明的《现代性与文学研究的新视野》（《文学评论》2002年第6期）、傅瑾的《二十世纪中国戏剧的现代性与本土化》（《中国社会科学》2003年第4期）、丁晓原的《“五四”散文的现代性阐释》（苏州大学出版社2003年版）、杨联芬的《晚清至五四：中国文学现代性的发生》（北京大学出版社2003年版）、王本朝的《文学制度与文学的现代性》（《湖北大学学报》2003年第6期）和《现代性与中国现代文学史写作——评王晓初〈中国现代文学发展演变史1898—1989〉》（《湖北民族学院学报》2004年第3期）及《从现代性到全球性——中国现代文学研究的学术资源问题》（《福建论坛》2005年第10期）、李怡的《论中国现代诗论的现代性问题》（《西南师范大学学报》2004

① 李永杰：《在现代性维度中展开中国古代文学研究》，《中国社会科学报》2013年12月11日。

年第6期）和《现代性：批判的批判》（人民文学出版社2006年版）、季进的《抒情传统与中国现代性——王德威教授访谈录》（《书城》2008年第6期）等都有突破意义。值得一提的是，张光芒从现代性角度进行的文学研究。自21世纪以来，他发表和出版了大量关于启蒙的研究著作和文章，可谓这方面的代表性学者，被学术界戏称为“张启蒙”。在近十年时间里，张光芒先后发表和出版的与现代性有关的著述有：《论清末民初中国“前启蒙主义”的内在矛盾——中国近现代启蒙主义文学思潮新论之一》（《中国文化研究》2001年第1期）、《中国近现代启蒙思潮研究的现状与反思》（《中国比较文学》2001年第2期）、《论中国现代启蒙文学思潮的深层文化逻辑》（《学习与探索》2001年第3期）、《从“鸳派”小说看中国启蒙文学思潮的民族性》（《学术界》2001年第4期）、《中国现代启蒙文学思潮的内在思想资源》（《文艺争鸣》2001年第6期）、《中国近现代启蒙文学思潮的哲学建构》（《文学评论》2002年第2期）、《启蒙论》（上海三联书店2002年版）、《中国近现代启蒙文学思潮论》（山东文艺出版社2002年版）、《人性解放“三部曲”——论新时期启蒙文学思潮》（《南京大学学报》2003年第1期）、《混沌的现代性——对中国现代文学思潮总体特征的一种解读》（《南京大学学报》2004年第3期）、《胡风启蒙文学观新论》（《人文杂志》2003年第3期）、《现代性视野中的现代都市文学》（《学习与探索》2003年第4期）、《反观与重构：中国现代启蒙主义研究范式》（《郑州大学学报》2003年第4期）、《论20世纪初中国文学启蒙意识之演进》（《江汉论坛》2003年第10期）、《现代性与现代文学研究范式的转型》（《中国现代文学研究丛刊》2004年第1期）、《现代性的信仰维度——论近年思想界对“五四”、“文革”的反思及误读》（《郑州大学学报》2004年第4期）、《“新启蒙主义”：前提、方法与问题》（《人文杂志》2005年第1期）、《从“启蒙辩证法”到“欲望辩证法”——20世纪90年代以来中国文学与文化转型的哲学脉络》（《江海学刊》2005年第2期）、《席勒式的张力：在人性启蒙与审美启蒙之间》（《江苏社会科学》2005 年第 4 期）、《中国当代启蒙文学思潮论》（上海三联书店 2006 年版）、《文化散文：在审美现代性与启蒙现代性之间》（《甘肃社会科学》2006 年第 5 期）等。在此列举的论文并不完全，但也是洋洋大观，足见张光芒在现代性的文学研究中用力之大，最重要的是，与一般的从现代性理念、现象角度研究文学不同，张光芒的研究充满生命感知、理论深度和心灵感悟，在研究范式转型、思维方式变革和方法论创新上也有突破，所以在学界产生了较大的影响。还有耿传明的现代性文学研究，他的相关著述有：《大动荡时代的个人性话语与时代话语——20 世纪"现代性"问题视野中的"新浪漫派"文学》（《华东师范大学学报》2000 年第 1 期）、《中国现代文学的"现代性"语境与三分文学格局的形成》（《南开学报》2003 年第 2 期）、《两种伟大与两种激情——"现代性"历史文化语境中的鲁迅和陀思妥耶夫斯基》（《外国文学研究》2002 年第 3 期）、《轻逸与沉重之间——"现代性"问题视野中的"新浪漫派"文学》（南开大学出版社 2004 年版）、《"现代性"的文学进程——二十世纪中国文学的动力与趋向考察》（中国文史出版社 2003 年版）、《"现代性"的文学诉求——中国现代文学的文化特性考察》（《厦门大学学报》2004 年第 5 期）、《清末民初小说中"现代性"的起源、形态与文化特性》（《文学评论》2010 年第 5 期）等，这些著述将新文学的"现代性"放在清末民初甚至世界文学语境中进行考察，注重根源、转型和文学性，是现代性研究的重要收获。

总之，在现代性方面，21 世纪与 20 世纪八九十年代关于中国文学研究的理论与方法有相同之处，那就是：确立现代性的概念、理论与维度，以启蒙为主要旨归；对于批判现代性与反思现代性有足够的认识，从而对现代性的复杂性、矛盾性与深刻性有清晰的理解；从中国的具体语境出发，将现代性放在中西不同的文化氛围中进行思考，尤其是站在中国现代化的历史进程中检视现代性包括文学的现代性。这样，新时期以来 30 多年关于现代性的文学研究，就有了连贯性、统一性、内在化、明晰性和理论自觉。不过，21 世纪关于中国文学现代性的研究与之前又有不同，这突出表现在：更强调审美现代性，更重现代性理念与方法同文学特性的关联度，更偏向于深度模式的发掘尤其是范式转型与人性深度研究，更倾向于生命的温度、湿度与深度体验。就如黄曼君所言："从现代化视角看待中国文学新的特质，较之于从文学与政治功利的关系，或者仅从作家主体乃至文学自身独立的审美意识的角度来审视其新的特征，更具有明确的质的规定性，也更有宽泛的量的包容性。……也更能有效地思考中国现代文学学科所存在的问题和面临的挑战。"① 显然，从更受学者重视的"现代性"视角研究中国文学，是一个公共话题，这对于理论与方法的运用有着更显著的价值意义。

第三，文学史写作备受关注，探索之声不绝如缕，它成为新时期以来中国文学研究理论与方法创新的增长点。

虽说新时期文学研究已经过三十多年的发展，但文学史写作与研究却一直是重镇，甚至是"重中之重"，几乎每个学者都不得不面对它，而又有不少学者全身心投入其中，其理论与方法更是一笔宝贵的财富。从新时期三个不同时段看，文学史书写与研究的理论和方法一直处于变动中，但其内在的连续性又是一致的，而其所负载的使命与显出的分量却是共同的。

80 年代最重要的文学事件是，1985 年，由黄子平、陈平原和钱理群共同提出的"20 世纪中国文学"概念，② 这是对于长期以来中国文学研究将近代、现代和当代分开来研究的一种整合与突破，是整体思维与现代意识的凸显，是主体意识、本体性和创新意识的大胆张扬。正因为这一概念的先锋性、创造性和方法论意义，也由于它切中了长期以来文学史写作的时弊，所以产生了意想不到的广泛、巨大和深刻

---

① 黄曼君：《现代化视野与新文学特质》，《新文学传统与经典阐释》，湖北教育出版社 2005 年版，第 19 页。

② 黄子平、陈平原、钱理群：《论"二十世纪中国文学"》，《文学评论》1985 年第 5 期。

的影响。紧随其后的是陈思和、王晓明，他们一面将黄子平等三人的“20 世纪中国文学”视为文学史写作的第三阶段，一面提出“重写文学史”的观念：“改变这门学科原有的性质，使之从从属于整个革命史传统教育的状态下摆脱出来，成为一门独立的、审美的文学史学科。”① 这一“重写文学史”观念的提出，成为当时和之后的热门话题，直接引导和推动了后来的文学史写作与研究。值得提及的是，80 年代，这种文学史新观念与方法的出现，并不是一个孤立现象，它与当时及其前后的文学史写作一起构成一种合力，展示了改革开放之初文学史观的突破与创新。比如，1986 年 9 月，人民文学出版社出版了杨义的《中国现代小说史》第一卷，这是一部体大思精的文学史专著，它最大的特点是超越了既往的被固化的文学史写作模式，而以广阔、精细、深入和审美的方式见长。唐弢曾赞之曰：“《中国现代小说史》的特点是从实际出发，从具体材料出发，由作品而及于作家全人，由作家全人的风格而及于他所属的流派，又由纷繁复杂的风格流派中找出它们之间的相互关系，根据总的现象试作判断，梳理出这些现象的历史脉络与发展规律，这是《中国现代小说史》的写法，因此，这部书既有微观的分析，也有宏观的总体的把握，读来实实在在，言之有物，称得起是现代小说方面一部筚路蓝缕、独辟蹊径的著作。”② 这一评价是很高的，它看似没有什么新理论与方法，但这本身就是一种理念与方法，甚至是学术研究的境界，它与 80 年代思想解放、理论更新以及方法创新的总趋势是联系在一起的。又如 1986 年 11 月，由山东文艺出版社出版的朱德发的《中国五四文学史》，也是一部具有史识的文学史著作，它打破了以往的理念模式和方法论成规，以“人的文学”观，用历史和美学的方法，既宏观又细致地展示了五四文学的整体风貌，以及历史和文学的细部，令人耳目一新。另如 1987 年由上海文艺出版社出版的陈思和的《中国新文学整体观》，是

---

① 陈思和、王晓明：《“重写文学史”专栏“主持人语”》，《上海文论》1988 年第 4 期。
② 唐弢：《读杨义〈中国现代小说史〉》，《瞭望周刊》1988 年第 36 期。

一部注重整体性、现代性和创新性的文学史著作。再如严家炎于1989年由人民文学出版社出版的《中国现代小说流派史》，它成为第一部从流派角度书写的中国现代文学史，也是将新感觉派、心理小说等现代派文学写进文学史的著作，对后来的流派研究热起到了巨大的推动作用。这部文学史著作虽没有提出令人惊奇的文学理念与方法，但它的大胆实践和理论与方法的内在化运用，就是它的巨大贡献，也是超越理论和方法外在化炫张的最好说明。应该说，80年代开启的文学史写作与研究，就理论和方法论的意义来说，思想解放、大胆探索、实事求是和平实自然是其主要特点，而这又成为后来产生广泛影响与争议的双重性原因。

从积极影响来看，"20世纪中国文学"这一概念、理论与方法的影响是巨大的，它以神话的方式开启了新时期文学理念与方法的闸门。不要说内在的思想、观念和方法，就是外在的形式也是如此。比如，1985年之后，用"20世纪中国文学"作为整体进行观照的论文不计其数，而文学史写作也受其根本影响。朱德发的《二十世纪中国文学流派论纲》(山东教育出版社1992年版)、孔范今主编的《二十世纪中国文学史》(山东文艺出版社1997年版)、姚春树和袁勇麟的《20世纪中国杂文史》(福建教育出版社1997年版)、黄修己主编的《20世纪中国文学史》(中山大学出版社1998年版)、杨守森主编的《二十世纪中国作家心态史》(中央编译出版社1998年版)、黄曼君的《中国20世纪文学理论批评史》(中国文联出版社2002年版)、裴毅然的《二十世纪中国文学人性史论》(上海书店出版社2000年版)、严家炎主编的《二十世纪中国文学史》(高等教育出版社2010年版)，都直接用的是"20世纪中国文学"这个概念或相近的概念统领文学史写作，从中可见其影响力。有学者这样谈严家炎对这一概念的看法和态度："20世纪中国文学史的概念，是上世纪80年代列名严先生学生辈分的几个年轻学者提出来的。相对于传统的近、现、当代文学史分期，更注重在中国现代化进程中文学自身演进的时代性、系统性和连续性，在学术界有较大的影响，但也有一些学者对这一概念持有不同的意见。严先生大胆果断地使用这一概念申报教育部重点教材项目，体现出他对这一概念的价值认同，也体现出先生对学生学术思想的赞成与支持。”[①] 由此可见，“20 世纪中国文学”这一概念的深入人心和根深叶茂。当然，还存在另一种持有异议甚至反对的声音。据说，王瑶在黄子平等三人的文章写作之初就批评说，“20 世纪中国文学”这一概念为什么不提左翼文学、第三世界文学、社会主义文学？还有人认为，这一概念为什么不提张爱玲、胡适、周作人，也不提自由主义文学？而且，港台文学也无法被“整合”进来，[②] 因此，认为“20 世纪中国文学”是一个“被选择”的概念。针对这一概念，吴炫指出其最大局限是它的“非文学性”，即过于重视现代性、共同性和文体性，而忽略了文学特性及其“穿越”力量，所以难以达到文学建立“个体化世界”的目的。[③] 当然，许多文章无论如何反省、批评甚至否定，都有一个基本前提，即承认其不可忽略的价值意义。

90 年代的文学史写作较之前视野更开阔，理论与方法的浓度也加大了，个性化明显增强了，学术含量也有所增加。在理论与方法上较有创新意识的有朱德发的《主体思维与文学史观》（山东教育出版社 1997 年版），这是直接将西方各种理论和方法运用到文学史论的大胆尝试，也是将各种理论与方法进行中国化转换的直接探索，其意义不可小觑。作为本书的核心概念“主体思维”，它包括收敛型思维、发散型思维、顺向思维、逆向思维、系统思维及辩证思维等，可谓思维之大观。书中还有思维模式、系统方法论、社会学方法的三维度、文体结构模态、原型主题、文化哲学、文本世界等概念，可谓第一次将西方理论与方法同文学史写作联系起来，显示了其理论和方法的革命

---

① 关爱和：《严家炎与〈20 世纪中国文学史〉》，《中国艺术报》2013 年 11 月 6 日。

② 丁雄飞：《黄子平再谈“二十世纪中国文学”》，《东方早报》2012 年 9 月 23 日；另见谭桂林《“二十世纪中国文学”概念性质与意义的质疑》，《海南师范学院学报》1999 年第 1 期。

③ 吴炫：《一个非文学性命题——“20 世纪中国文学”观局限分析》，《中国社会科学》2000 年第 5 期。

性。此时，另一重大变化是出现了多部中国当代文学史著作，其中，在理论与方法的突破上，洪子诚的《中国当代文学史》（北京大学出版社1999年版）、陈思和主编的《中国当代文学史教程》（复旦大学出版社1999年版）两部最为突出。洪子诚的文学史主要从文学生产机制入手，将当代文学发展放在外部制约机制与内部动力体系中进行考察，从而具有了现代性品格。陈思和的文学史主要从“民间文化形态”角度，考察中国当代非主流文学作品。在研究方法上，陈思和将文学现象与具体作品相结合，从而起到相互印证、相得益彰的艺术效果。

进入21世纪，文学史写作步入了更加自觉、自主和创新的阶段，中国立场和主体意识更为突出，对于西方理论和方法的借鉴与运用更为内在化。如面对关于文学史的名称混乱问题，朱德发于2002年提出“现代中国文学史”这一新概念，并在2008年又分别对其特征和价值评估体系进行了探讨。作者认为，以往的中国现代文学、中国当代文学以及20世纪中国文学史等概念，在时空维度上都难以容纳丰富、复杂和发展的中国新文学，而“现代中国文学史”则更为开放，更有利于书写现代中国全景式的文学史，同时也规范了“现代中国文学史”不急于进行历史的终结。① 与此相关的是，2007年由华中师范大学等多所高校与《文学评论》编辑部召开的“现代中国文学学科观念与方法”学术研讨会，就是以“现代中国文学”这一概念，对现代中国文学学科的观念、方法、概念、对象、理论等展开深入探讨的。由此可见“现代中国文学史”概念的重要性、潜力和影响力。此时期另一重要事件是“重返八十年代”，即对20世纪80年代重新进行反思，以自我感觉更好的还原历史，解决长期以来存在的难点问题。较有代表性的是程光炜、王尧、洪子诚、旷新年等人。像旷新年发表了《“重写

① 分别见朱德发的《重建“现代中国文学史”学科意识》（《福建论坛》2002年第2期）、《现代中国文学史重构的价值评估体系》（《中国社会科学》2008年第6期）、《“现代中国文学史”学科的四个基本特征》（《河北学刊》2008年第6期），并参见张杰《朱德发：以开放视野评判中国现代文学》，《中国社会科学报》2014年3月24日。

文学史"的终结与中国现代文学研究转型》(《南方文坛》2003 年第 1 期)一文，王尧发表了《"重返八十年代"与当代文学史论述》(《江海学刊》2007 年第 5 期)一文。对"重返八十年代"的理论创新和方法论意义，王尧表示："如果把'重返八十年代'视为近几年来的一个文化事件也许不会有什么争议。""在有了'思想解放运动'、'新启蒙'、'文化热'、'方法论热'和'小说革命'以后，'八十年代'成为二十世纪最重要的历史时期之一。""'八十年代'之所以成为思想生活和学术研究中的一个问题，并不只是在当代文学史论述中它已经成为一个'断代'，不只是在'八十年代'发生过程中我们对'八十年代'的解释便已存在分歧，甚至也不只是因为新的知识谱系为我们阐释'八十年代'提供了新的可能，重要的是'八十年代'所包涵的问题是与之前的历史和之后的现实相关联，这些问题生在八十年代，却有'前世'和'今生'。在来龙去脉中重返'八十年代'，既是一个研究方法问题，在某种意义上说也是一种'世界观'的确立。"[①] 程光炜自 2005 年以来，发表了一系列论文，也出版了《文学讲稿："八十年代"作为方法》等著作，他全面、深入地思考了 20 世纪 80 年代的各类问题，其所使用的理论与方法主要是"历史还原"与"当下意识"。如对于 80 年代的路遥现象，随着"去政治化"和"去道德化"观念的盛行，自 90 年代以来的"重写文学史"慢慢将之淡化甚至遗忘了，这就导致了文学史书写中的非历史化倾向。而程光炜则从更高的层次，以更内在的理论意义和方法论原则，重释路遥现象，并得出这样的结论："鉴于当时人们的认识局限，在反思其中的极"左"思潮的同时，也将其中包含的五四为人生文学、19 世纪批判现实主义文学的因素一起做了不必要的清除。"[②] 这样的认识是深刻的，也是令人信服的。有时，所谓文学史的史识，很重要的一点在于能够提出问题，尤其是能透过历史的迷雾找到真问题，程光炜、王尧等人的"重返八

① 王尧：《"重返八十年代"与当代文学史论述》，《江海学刊》2007 年第 5 期。
② 程光炜：《文学讲稿："八十年代"作为方法》，北京大学出版社 2009 年版，第 22 页。

十年代”即是如此。谈到“重写文学史”，程光炜表示：“以研究‘八十年代文学’为基础而形成的新的学科意识，不是正在那里要求着我们‘重写文学史’吗？这当然是一部新的《中国当代文学史》。”[①] 有趣的是，这是起于80年代，又重返80年代，更是站在21世纪的历史高度，将两个“重写文学史”连缀起来，形成了横跨二十多年的反思与打通，从而实现了理论与方法的超越。

当然，文学史书写与研究是一个异常复杂的难题，在短短几十年时间里是很难解决的。不过，历史的车轮已经滚动，“重写文学史”的脚步已经迈出，以后需要做的就是如何总结前面的经验、避免现存的局限甚至错误，在更高的理论层次与更完善的方法论意义上实现新的跨越。不过，无论怎么说，西方的理论与方法的引入确实改变了中国文学史书写的格局及风貌，这是贯穿新时期中国文学研究的总纲与主线。

第四，马克思主义统领学术研究成为新时期以来中国文学研究理论与方法的强大支撑。

从20世纪中国文学的发展进程看，马克思主义的影响呈逐步加强之势，到新时期表现得更为明显。只是受西方各种思潮冲击，新时期马克思主义表面看来似乎开始受到质疑甚至忽略和否定，然而，究其实质，马克思主义之声势在学术界从未降温，更没退场或边缘化，相反，却广泛、内在、深刻地产生作用。一方面，马列文论一直在学术界占重要地位，其研究者队伍更是庞大。另一方面，很多学者直接用马克思主义理论和方法研究中国文学，这一现象在新时期可谓俯拾即是。有趣的是，即使是那些对马克思主义不以为然，甚至多有批评和否定的学者，如果细究和考察，其研究理论和方法往往也离不开马克思主义。更不要说那些真正信奉马克思主义的学者，在他们的研究中，往往看不到各种理论与方法，但立场、观点、方法和思维却处处体现出马克思主义的光芒，这是将马克思主义思想与精髓内在化的典范。

---

① 程光炜、杨庆祥：《文学、历史和方法》，《当代作家评论》2010年第3期。

以董学文为例，自 1983 年起，他出版专著和编著及主编的马克思主义著述多达十几种，从中可见他对马列毛文论研究的执着与成就。这些著述分别是：《马克思与美学问题》（北京大学出版社 1983 年版）、《马克思恩格斯论美学》（文化艺术出版社 1983 年版）、《马克思主义经典作家论审美教育》（河南教育出版社 1989 年版）、《马列文论选读》（河南人民出版社 1993 年版）、《毛泽东和中国文学》（春风文艺出版社 1994 年版）、《毛泽东的文艺美学活动》（高等教育出版社 1995 年版）、《马克思主义文论教程》（广西师范大学出版社 2002 年版）等，从这一学者个案可见新时期马克思主义理论与方法在学术界的重要地位。

20 世纪 80 年代，以政治社会学理念和方法研究中国当代小说的何新，对马克思主义也是如数家珍，他表示：他曾在北京图书馆的阅览室里，大量阅读历史著作，以及马克思、恩格斯的著作。另如，八九十年代以新理论与方法见长的一些学者，像赵宪章、姚文放等也写过不少马克思主义理论著述。这主要包括：赵宪章的《马克思主义文艺学的产生及其历史型态》（《镇江师专学报》1991 年第 4 期）、《马克思主义文艺美学基础》（南京大学出版社 1992 年版）、《马克思主义文艺美学中国化问题臆说》（《南京大学学报》1998 年第 4 期）等；姚文放的《当代马克思主义美学文艺学体系的品格》（《文学研究》第 4 辑 1996 年第 1 期）、《马克思恩格斯的传统观与文学史观念》（《云南社会科学》1998 年第 1 期）、《马克思恩格斯的历史观与美学史视界》（《马克思主义美学研究》第 1 辑）、《马克思恩格斯的文学批评方法与文学传统》（《甘肃社会科学》1999 年第 1 期）、《马克思恩格斯的文学理论与黑格尔的美学思想》（《扬州教育学院学报》1999 年第 2 期）等。再如，在主要从事中国文论和中国现当代文学研究的学者中，新的理论与方法并非其特长，但他们也有关于马克思主义的著述，像党圣元的《拓展马克思主义文艺美学的文化维度》（《中国社会科学院院报》2006 年 11 月 30 日）、《拓展马克思主义文论研究的文化维度》

(《文学评论》2010 年第 5 期)等，李怡、段从学的《马克思主义文艺思潮的输入与中国文艺“范畴论”的确立》(《中州学刊》1997 年第 1 期)、《论作为马克思主义倡导者的“创造社”批评群体》(《郭沫若学刊》1998 年第 2 期)等，都是如此。这些成果都娴熟地运用了马克思主义的理论与方法分析和解决问题，为马列文论的中国化作出了自己的贡献。还有一个事实很能说明马克思主义理论与方法对中国学者影响的广泛性和深刻性。如在新时期，杨义等学者以不断借鉴西方新的理论与方法著称，然而他们并没有放弃马克思主义理论与方法，而是以其为基本原则和底色，所以才这样表述：“比如说马克思的《资本论》读完之后，突然感到自己的内心好像上了一个境界。所以你跟着一个伟人，跟着他的思路去走一走，最后体悟到他生产的人类经典，人类文化或者人类智慧的高峰原来是这个样子。你把它都读下来之后就能感到一种精神的进化和升华。”[①] 这种表述不是一般性地自我拔高和唱高调，而是在治学理论与方法上的内在借鉴与吸收，更是在精神境界层面的同感共鸣。

值得注意的是，张江发表了《当代西方文论若干问题辨识——兼及中国文论重建》(《中国社会科学》2014 年第 5 期)一文，这是一篇内含马克思主义立场、观点和方法的文章，辩证唯物主义和历史唯物主义的理论与方法深入其中。面对长期以来西方理论与方法对中国文学和文论的冲击，张江给予了正面评价和肯定，但对于唯西方马首是瞻，尤其是不顾中国国情和文学实际，简单搬用西方概念、理论、模式和方法来解释中国文学问题的做法，则给予了全面、彻底和深入的剖析，以彰显其中国马克思主义理论和方法的重要性和有效性。如作者写道：“脱离了文学经验和实践，弗洛伊德的精神分析文论无法提出科学的审美标准、指明文学理论生成和丰富的方向，更无法指导文学的创作和生产。这不仅是精神分析文论的重大缺陷，而且是西方

① 杨义、赵稀方：《杨义访谈录》，《东南学术》2003 年第 1 期。

当代文论诸多学派的通病。”作者还举了西方马克思主义学者杰姆逊1985年在北大演讲的例子，说他用格雷马斯的符号矩阵分析中国小说《聊斋志异》中的一个故事，来证明其符号矩阵和文学符号学之得失。作者认为，不论杰姆逊的分析是否合理，但其存在的问题是：第一，杰姆逊的结论不是一个文学的结论，而是一个伦理学甚至哲学的结论，这种社会学分析，不是文学符号学探讨文学自足形式的本意；第二，杰姆逊的方法是用先验的恒定模式套用具体文本，且根据人为的设计生硬地指定四项要素，没有也要生造齐全，那个本不存在的“人道”，让他得出虽深奥却颇显离奇的结论；第三，就文本所表现的文学的丰富性、生动和情趣而言，这一矩阵分析抽象而生涩，既无审美又无鉴赏，完全失去了批评的意义。这一点尤为重要。文学作品表达的理念无论如何深奥，必须是生动和可感的，否则，将失去文学的特质，与哲学、社会学、伦理学无异，甚至与数学、物理学无异，从而必将为其他的思想表达形式所取代。符号矩阵以至文学符号学，甚至结构主义的失败就在于此。为此，作者总结说：用恒定模式阐释具体文本，是科学主义诉求的直接表现。科学主义是推动当代西方文论发展的主要动力。科学主义主张和实践用自然科学的理论、原则、方法重新构建文学理论的体系，分析和批评文学作品，强调文学研究的技术性，追求文本分析的模式化和公式化，苦心经营理论的精准和普适。这种努力有它的长处，可以在一定程度上改变文学批评的主观化和随意化的倾向，可以用数学物理的方法去总结文学发展的一般规律，也可以给人文科学研究的思维方式注入新的因子，带来新的概念、范畴以及逻辑方法，给文艺理论和批评研究打开新的思路。但是，人文科学特别是文学，毕竟不同于自然科学，它们的研究对象与路径有根本性的区别。自然科学的研究对象是客观物质世界，它的存在和运动规律是不以人的意志为转移的，科学工作必须以局外人身份的方式来观察和认识世界，不能以个人的主观意志和情感改变对象本身及其研究。文学则完全不同，文学创作是作家独立的主观精神活动，作家的思想和情感支配文本。作家以在场者的身份活动于文本之中，哪怕就是有真正的零度写作，作家的眼光以至呼吸都要左右文本内在的精神和气韵。作家的思想是活跃的，作家的情感在不断变化，在人物和事件的演进中，作家的意识引导起决定性作用。而文学的价值恰恰聚合于此。失掉了作家意识的引导和情感投入，文学就失去了生命。作家的意识可以公式化吗，作家的情感可以恒定地规范吗？如果不能，那么文本的结构、语言，叙事的方式和变幻同样不能用公式和模板去框定。再进一步，作家的思想情感以生活为基础。生活的曲折与丰富，作家的理解与感受，甚至会有前一秒和后一秒的差别，抑或为天翻地覆的逆转和突进，他创造和掌握的文本会因此而翻天覆地，这是公式和模板能够容纳的吗？在此，作者既看到了像杰姆逊使用的矩阵理论和符号学研究方法的启示意义，更看到了其存在的根本问题，这就是：无视中西文化的语境差异，尤其是不顾文学的特性，那就势必给人以牵强附会、生搬硬套甚至荒唐可笑的感觉。这种用马克思主义尤其是中国特色的马克思主义理论和方法分析和解决问题的理路，在新时期文学研究中很有代表性。

马克思主义理论与方法不是一些简单的概念，更不是教条，而是立场、观点、思维方式尤其是活学活用的理论和原则。新时期中国文学研究的理论与方法离不开马克思主义，它具有广泛性、深刻性、渗透性、内在性和长久性等特点。最为重要的是，许多研究并不使用甚至自己也不是特意运用马克思主义的概念，然而马克思主义思想和方法却一直存在，深入骨髓和如影随形，或许这能更好地说明马克思主义思想的内在和深远影响吧。

三　价值评估：新时期以来中国文学研究理论与方法之得失

对于新时期以来中国文学研究的理论与方法，不同人有不同看法，甚至出现肯定与否定的两极判断。一般来说，这是可理解的，因为除了它内在的复杂性外，也与人们有着不同的参照系有关，更与其价值观与思维方法连在一起。这也是仁者见仁、智者见智的问题。不过，也不能失去基本、正确的判断，否则就是非理性也是很难令人信服的。如王彬彬认为："在八十年代中期，西方现代各种批评理论、方法同时被介绍到中国，在中国文学批评界形成了一股方法论热潮。但是方法热却并没有使中国当代文学批评全面方法化。方法热虽然对中国批评家原有的批评观念予以猛烈冲击，但却并未使中国批评家都诚心诚意地学习、钻研和运用各种外来理论、方法。在方法论之后的六七年时间里，中国文学批评中占主导地位的，是中国传统的印象感悟式批评。印象感悟式批评因方法热而盛行，是方法热导致的。但印象感悟式批评本身则与西方现代各种方法相对立，因此，印象感悟式批评的盛行，便构成对方法热的嘲讽。"[①] 这一看法当然主要指 80 年代方法论热，也集中在中国当代文学批评，但否定 80 年代方法论的影响力却是非常明确的。在此，一个"构成对方法热的嘲讽"就很能说明问题。

到底如何看待 80 年代在中国学界产生的新方法和理论热，尤其是它对新时期中国文学研究产生了怎样的影响，以及新时期中国文学研究理论与方法之得与失。这是相当重要的问题，它牵扯到如何评估新时期文学与研究的成败，也包括未来中国文学与研究的发展理路与方向。笔者认为，至少可从以下几个方面给予充分的肯定。

第一，各种西方概念、理论、方法的引入和借鉴，极大地丰富和推动了新时期以来中国文学研究的广度和深度。应该说，自近现代以来，中国文学研究就开始向西方引进概念、理论与方法，尤其是科学主义的影响，最大也最为深远。但是，即使是以往的近百年恐怕也无法与新时期的三十年相提并论，尤其是 90 年代以来市场经济导引的大众文化、新媒介理论等更是风起云涌，这是在以往难以想象的。如果说在 80 年代，新引进的概念、理论、方法还主要是基于十年"文革"

---

① 王彬彬：《却顾所来径——八十年代文学批评思考之一》，博士学位论文，复旦大学，1991 年。

的荒芜，也是对近现代以来的继承与接受，那么90年代以来，大量涌入的西方理论与方法就具有了全新内容。比如，很难想象没有数字媒介的理论与方法，我们如何评说网络文学的生成、发展与特点，更无法解释文学与图像的对应关系。如有的学者这样概括说："既然要谈论视觉文化，研究主体的观看能力和行为并对观看进行文化分析，就成为一个绕不过去的环节。而在这一问题上，曾军曾进行过深度思考。他指出：强化'视觉'作为（观者）主体能力的'观看'（也包含'阅读'），从而分析媒介技术对人类观看方式的影响以及在此过程建构起来的视觉体制，是一条文艺学研究切入视觉文化的更为恰当的路径。而'观看的文化分析'可以从'视框'、'时空'、'视角'、'境遇'和'观者'五个部分展开。正是在对这五个部分的分析中，作者告诉我们，现代视觉技术对人类观看方式的强行介入实际上是使'肉眼之看'和'心眼之看'反过来受制于'机械之眼'的规训。这样就有了'视像的观看'与'现实的观看'之间的区分，而视觉文化研究所关注的正是'视像的观看'。在此基础上，作者进一步分析了商品经济与消费主义的文化逻辑是如何渗透到观看的现实境遇之中的。他指出：'注意力经济就其本质而言就是观看的商品化，就是出售观众的注意力。'由于近年国内学者对视觉文化的研究侧重于宏观的把握，曾军这种深入到观看内在肌理与机制中的微观分析便显得细腻别致。这种分析澄清了视觉文化研究中的基本问题，也解除了人们的诸多疑惑。"① 在此，文章不仅仅涉及新媒介的术语，更为视觉文化时代的文学研究找到了一种新的理论和方法，而且分析的力量和研究的深度在两文中都得到了较好的体现，这恐怕是用传统理论和方法难以解决的。可以说，在新时期三十多年的时间里，西方理论与方法对中国文学的介入是全面也是深入的，某种程度上说，它改变了中国文学研究的格局、性质和方向，这是不容置疑也不可否定的。

---

① 赵勇：《视觉文化时代的文学状况——2008年文化研究学术前沿报告》，《贵州社会科学》2009年第3期。

第二，在理论与方法上表现出来的思想解放和探索精神，为新时期以来的中国文学研究注入了强大动力和鲜活的生命力。众所周知，文学研究像其他方面一样，需要对话、碰撞、参照和启示，这是一个复杂的外在和内在互动的过程，任何单方面努力往往都难以成事，有时还会在自我封闭、繁殖中走向单一甚至衰亡。就像胡适文学革命理论的提出，如无西方文化作为价值参照和启示，它是很难在国内自动生成的。新时期以来向外国借鉴各种理论与方法亦如是，表面看来借鉴的是理论、方法与技术，但实际关联的则是思想与精神，是思维与理念的变革。这是影响文学研究的关键点与核心内容。这就好像近现代以来的发展理路：开始是向西方拿来，我们注重的是技术，后来强调制度建设，再后来才省悟到思想和精神的根本性和重要性，这也是从徐光启到鲁迅的变化图式。因此，在许多否定甚至嘲笑新时期向西方学习理论和方法的观点看来，我们只是学了人家的皮毛，不能真正改变我们的文学研究，但他们往往忽略了皮毛之下所包含的思想、精神、思维与理念。站在今天的角度看，近现代以来文学理论的巨变之所以发生在五四时代和新时期，最主要的还在于思想解放和革命精神，是一个时代放下包袱、敞开胸怀、大胆探索、勇往直前的风貌，这也是它们有别于封闭保守和闭关锁国的清末与“文革”最显著的标志。某种程度上说，学习什么、怎样学习和学到了什么还在其次，最主要的往往是学习的精神和品质。因此，新时期中国文学研究向西方学习理论与方法，最宝贵的经验和所得是没有停止脚步，也没有关闭大门，更没有丧失口味，并且大胆拿来、来者不拒、胸怀万有，这不论在新时期、20 世纪 90 年代抑或是 21 世纪以来，都是如此！对此，不少研究者往往从“不加择取”“盲目崇拜”的角度对之予以否定，其实，站在思想解放和精神探索的角度看，作为某一阶段的接受者有时是不能过于挑食的，也不能为自己设置太多的障碍，这样会影响自己的胸襟与发展。试想，当年日本对于大唐，其大胆学习就有点“崇拜”的意味。所以，新时期以来让更多的西方理论与方法进入中国文学研究，从思想解放和精神探索的角度看，无论如何都不过分，都应给予高度评价和充分肯定。因为向西方学习，到底应怎样做到"取之精华、弃其糟粕"，甚至能够"吐故纳新"，当然至为重要。但是，这是相当复杂的，有时被他人视为精华的，而在我恐怕就是糟粕，反之亦然。更何况，没有放开胸襟、大胆拿来和不断探索的思想与精神，而首先要求做出所谓的"正确"选择，这既是一种苛求，又是一种奢望，甚至是有违情理的。这颇有点类似于下面的做法：让一个没体验过酸、甜、苦、辣、咸五味的人，去做调味师；让一个未受过磨砺、尝过失败滋味的人，去写悲剧文学作品。笔者认为，新时期以来，中国文学研究向西方学习理论和方法，不管效果如何，有一点不能否认，更不能放弃，那就是：开放的胸襟与大胆探索的脚步。因为舍此，所谓的正确借鉴就会失去根底、动力、发展性和方向感。

第三，西方理论与方法的花样翻新，对新时期以来中国文学研究的创新意识具有重要的启示意义。中国传统文学、文化以及研究往往更重传承，所以有"述而不作，信而好古"、"温故而知新，可以为师矣"（孔子《论语》）之说。在"常"与"变"的关系上也是如此，尽管中国古代有"苟日新、日日新"和"变则通，通则久"之说，但更多的时候则讲"毋变天之道，毋绝地之理，毋乱人之纪"（《礼记·月令》），讲"道之大原出地天，天不变，道亦不变"（董仲舒《举贤良对策》）。所以，钱穆在《晚学盲言》中亦表示："一阴一阳之变即是常，无穷绵延，则是道。有变而消失，有常而继存。继存即是善，故宇宙大自然皆一善。"① 这一方面反映了中国古代文化与文学的稳定、坚守和执着，另一方面也是它封闭、保守、固化的体现。而西方文化、文学和研究则正相反，它多变而求新，在此方面可谓无所不用其极，以至于人人讲个性、独立、自由、解放与发展，具体到理念和方法创新上也不例外，可谓日新月异、千帆竞发。中国文学自古及今

① 钱穆：《晚学盲言》（上），广西师范大学出版社 2004 年版，第 33—41 页。

虽处于不断演变中，被胡适称为“一代有一代之文学”，文学研究也是多有创新，但变化最大还是近现代以来，尤其是进入新时期，创新求变、与时俱进已成为时代风潮，人们唯恐落伍。文学研究的理论与方法更是如此，当外国尤其是西方理论创新不断、方法演变快捷，今天的新意尚未吸收时，而几乎在一夜间又冒出一大堆新理论和新方法，令人应接不暇。这就不得不让中国学者思考、求变、创新，以求追赶和超越。开始，中国学者还只能被动接受与学习，随后他们开始思考如何自我创新，以实现新的创造与突破，这就必然带来中国文学研究理论和方法论的觉醒与转机。像杨义等人，自 90 年代以来尤其是进入 21 世纪后，这种创新意识就非常强烈，特别是如何站在中国立场、融通中西古今，以大国文化与气魄建立真正属于我们自己的理论体系与方法论，成为他们的强烈愿望与追求。如无自近现代尤其是 80 年代以来西方新理论与方法的冲击和启迪，那几乎是不可能的。可以说，是西方理论与方法打开了新时期中国文学研究的天地，也是其创新意识开启了中国学人的创新之门，这是不容忽视的。

当然，新时期在学习借鉴西方理论与方法的过程中，也存在着负面效果甚至消极作用，这是毋庸讳言的。关于此，既是一种自然现象，也是需要不断反省和逐渐改正的，因为即便在今天，它仍制约和影响着文学研究的健康发展。对此，笔者将之概括为以下三个主要方面。

其一，复制式的罗列堆积，使文学研究丧失了基本的价值与活力，这在硕士、博士学位论文和一些年轻学者的著述中表现得尤为突出。我们倡导新理论与新方法的大胆引进，但也要看到在文学研究过程中简单化运用的问题，许多研究者只做理论与方法的搬运工，有的从国外搬到国内，有的从译本或别人的研究中搬到自己的文章里，这就使研究变成了简单的复制和粘贴。如有的硕士和博士学位论文要研究一个问题，于是就在文章第一部分将与此有关的古今中外论述汇集一处，第二部分是关于以往研究的综述，到第三部分才开始进入论文正题，然而即使如此，也是以个案研究为例，真正的自己的话很少，于是论文成为一种理论和概念的搬运。这样的理论与方法借鉴是相当表面化的，其唯一的价值可能是，这类文章又成为一个资料库，可供新的搬运工将来某一时间再来搬运，但学术价值、生命意义、学者尊严却荡然无存。而问题的关键是，尽管新时期以来中国文学研究历时近四十年，但这样的复制粘贴式研究并不在少数，而是成为一种时尚甚至流弊，需要我们进行反省和超越。

其二，无条件的生搬硬套，使文学研究变得贴标签式的机械、呆板和教条。新时期以来，中国文学研究理论与方法的另一不足是，不考虑国情、不顾文学背景甚至无视文学性，而只是将西方的理论与方法拿过来往中国文学头上一套，就算了事。这样的研究省工、省力、省时、省心，但却给人两张皮的感觉，即研究的理论与方法同对象之间的“隔膜”。因为西方的理论与方法之产生有其特定的历史语境和现实针对性，西方文化与中国文化既有共通性又是大相异趣的，文学与其他学科包括科学也是相同中又有很大差异的，因此，将西方的理论和方法用于中国的文学研究，这中间隔了几道鸿沟甚至千山万水，如果对具体问题不能进行具体分析，没有创造性的借鉴和转化，那就没办法解决文学研究的实际问题，甚至会给人这样的印象：用尺子去量重量，用秤砣在称尺寸。就目前的文学研究状况看，类似的对西方理论与方法无条件的生搬硬套的现象，仍占有相当大的比例，且成为文学研究走出模仿和进入创新的巨大障碍。有论者指出：“自弗洛伊德始，精神分析学派提出人类共有的‘俄狄浦斯情结’，构造一套理论和方法，用于普遍的文艺理论研究和批评，其推广和应用的逻辑起点值得怀疑。东西方的伦理传统不同，立足于西方伦理传统的理论和批评不适用于东方传统伦理影响下的文学经验。东方民族很难接受‘俄狄浦斯情结’及其文学表达，个人的心理缺乏经验，民族的道德准则断然拒绝。汉语言民族的神话和传说、汉语言文学的景深，没有此类线索和轨迹。将根据西方神话和传说而生成的理论作为普遍适用的批评方法和模式，无限制地推广到所有民族的文学和批评，会生出极大的谬误。我们至少能够判断，以‘恋母情结’为逻辑起点的精神分析方法不适于中国的文学批评。”① 而问题的关键是，有不少文章不顾及此，仍将西方的“恋母情结”套用在中国文学研究上，不仅不能令人信服，还给人以“四不像”甚至大倒胃口之感。

其三，原创性研究太少，势必影响和降低中国文学研究的层次与水平。应该承认，新时期中国文学研究确实存在着理论和方法创新的趋向，且随着80年代“方法热”和“理论热”的兴起，特别是经90年代以及进入21世纪后，这一趋势越来越明显，人们也似乎形成了这样的创新共识。不过，也应看到，与理论和方法的创新相比，更多的文学研究未能达到这样的高度和境界，仍然跟在西方后面亦步亦趋和邯郸学步。究其原因，这当然与学术的积累、创新意识的理性自觉有关，也与学者的素质尤其是悟性和创造力有关，因为从根本意义上说，不是每个学者都能创造、都能开天辟地的。然而，如从长远眼光看问题，中国学术研究如果更多的只是简单模仿和照本宣科，而无更多的理论和方法创新，那永远是没有希望和前景的，因为创新是包括文学研究在内的所有领域的灵魂。这就为今后中国文学研究理论与方法创新提出了更高的要求和更远的目标。

那么，未来中国文学研究的理论与方法创新应注意哪些问题？我们怎样才能走出当前的困局，尽早实现这一奋斗目标呢？笔者认为有以下几个方面值得注意。

一是确立中国的文学与文化自信，以大国风度和创新意识开辟中国文学研究理论与方法创新的局面。由于近现代以来中国内忧外患的格局，从而导致了由文化自尊甚至自大，导向了文化自卑甚至崇洋媚外，学术包括文学研究亦复如是，这恐怕是摆在我们面前的最大困境。其实，从文化精神的角度来说，中国确有自己光辉灿烂的伟大文明，这在世界上也是不可替代的。如泰戈尔曾说过：“世界上还有什么事

① 张江：《当代西方文论若干问题辨识——兼及中国文论重建》，《中国社会科学》2014年第5期。

情比中国文化的美丽精神更值得宝贵的？中国文化使人民喜爱现实世界，爱护备至，却又不致陷于现实得不近情理！他们已本能地找到了事物的旋律的秘密。”[①] 有了这样的基本认识，我们就应立足高远、充满自信，以大国姿态进入文化建构，在文学研究的理论与方法上也应如是，不只是跟在西方后面，更要有超越意识和创新精神，这样，在不久的将来，我们就有可能建立中国自己的新的理论与方法。如果每个中国学人都能在大胆学习和借鉴西方理论与方法的基础上，确立新的信念与目标，中国文学研究和中国学术的真正繁荣将指日可待。因之，对于中国文学研究理论与方法来说，不怕没有创新，就怕没有创新的勇气和信念，因为成功永远不可能属于那些没有准备或不想成功的头脑。

二是改变长期以来形成的固有观念，这是中国文学研究理论与方法得以创新的关键点。观念作为一种思维层面的固有形态，其最大的优势是比实践和程序更内在、长久和深得人心，然而，其缺点则是，一旦观念形成就很难改变，无论是个人还是民族，甚至是国家都是如此。近现代以来，我们向西方学习，有些观念极大地推动了我们的发展与进步，但如果处理不好，它又会反过来束缚我们，成为难以摆脱的枷锁。这在爱情甚至爱情至上，以及求新与守旧、快与慢、显与隐等关系中都有表现。如五四以来中国文学最大的变化就是爱情解放，以至于到后来形成了爱情至上观念，其最明显的标志就是：“如无爱，毋宁死。”应该说，在无爱的文化中引入爱情，这是一种巨大的历史进步，但是，如果将爱情推向极端，甚至将之看成大于婚姻、家庭、社会和世界人生，乃至于比“死”都神圣，那是走入歧途了。因为，这样必然导致爱情与婚姻、社会、人生、生命的异化关系。也是在此意义上，才会出现各种畸形的爱情婚姻模式。如果以这样的爱情神话来研究文学，那就势必走向偏执，也不可能创造出新的理论与方法。

---

① 参见宗白华《艺境》，北京大学出版社1998年版，第179页。

又如，若只遵循现代进化论理念求“新”去“旧”，那也不可能真正达到“创新”之境界，因为新与旧本是一对复杂而多变的概念，对之不能进行辩证理解，文学研究就不可能突破唯“新”论的窠臼。王充早就在《论衡》中有言：“知古不知今，谓之陆沉；知今不知古，谓之盲瞽。”林语堂也认为：“守古不变则窒息僵化，知新而不温故则忘本盲从。温故而不知新则死，知新而能好古则生。知新而不知古则空疏浮泛，根底不深，结果驰骛新奇，人云亦云，了无着落。知古而不知今，则昏聩老耄，自己不能进德修业，沉湎于古经古史，与时代脱节，而且阻挠时代之迈进。”[①] 很显然，对于古今、新旧，研究者也要打破新文学形成的僵化观念。当然，要打破近现代以来形成的既定观念，需要有新的参照系统和更大的智慧，否则是很难实现的，因为观念之改变有时难于上青天。以胡适为例，留美时与女友韦莲司有一对话：作为美国地质学教授之次女，韦莲司好读书、读书多，且思想敏锐而深刻，性格孤高近于狂狷，常有惊人之举。如她不重修饰，衣着多年不易，一守其旧。对此，人们颇为不解，然而她回应说：“彼诚不自知其多变，而徒怪吾之不变耳。”对于中国知识分子，胡适以其易接受新思想而炫耀之，然而，韦女士则认为，不轻易接受新思想，未必是其短处；容易接受新思想，未必是其长处。对韦女士的见解，胡适非常佩服，认为“此甚中肯”，并盛赞“女士胸襟于此可见”，“余所见女子多矣，其真具思想、识力、魄力、热诚于一身者，惟一人耳”。[②] 可见，观念及其观念的变与不变，之于一个人及其人生观、学术思想的重要性。

三是在学习西方概念与逻辑的基础上，要善用中国智慧，尤其是中国人心灵的妙悟，这是文学研究更上层楼的密钥。与西方文化重概念和逻辑推理不同，中国文化的智慧往往表现在心灵和肚子，所以我

---

① 林语堂：《论守古与维新》，《无所不谈合集》，《林语堂名著全集》第 16 卷，东北师范大学出版社 1994 年版，第 63 页。

② 见 1915 年 5 月 8 日《胡适日记》和 1915 年 1 月 23 日札记。

们常有这样的说法："心有灵犀""心心相印""心灵的对语""心知肚明""心比天高""心高气傲""胸有成竹""高者在腹""腹有诗书气自华""宰相肚里好撑船"等。因此，中国人才能从天地自然中获得心灵的体悟，诸如"海纳百川""有容乃大""天容地载""虚怀若谷""宁静致远"等，这往往是西方概念和逻辑难以做到的。林语堂曾概括说："中西思想法不同之大关键，就是直觉与推理之不同。直觉就是体会、体悟、妙悟。""在西洋人看来，你没有系统的哲学，就不足当'哲学'二字的名称。系统的哲学，是一种推论的结构，有前提，有证实，有结论的踪迹可寻，如七宝楼台，有轮廓，有基石，有顶层，琳琅满目。中国的哲言，字字珠玑，如夜明珠宝珠，单独一个，足以炫耀万世。又如半夜流星，忽隐忽现，不知来源，不测去向。""庄生言'大言炎炎，小言詹詹'，就是看不起争辩的词费。现今西洋学术文字，最明显的就是专门抽象名词之多。专门术语就是逻辑的工具。古人之道常隐于荣华，今日之道常隐于专门术语。见道不笃，则荣华术语日多。中国人留学学心理学、社会学，那里是学社会学，常只是学社会学的专门术语而已。凡能深入浅出的话，都不肯靠这些专门术语为学问的华冕。"林语堂还得出这样的结论："总而言之，中国重实践，西方重推理。中国重近情，西人重逻辑。中国哲学重立身安命，西人重客观的了解与剖析。西人重分析，中国重直感。西洋人重求知，求客观的真理，中国人重求道，求可行之道。这些都是基于思想法之不同。"① 在此，林语堂虽有点扬中抑西，但对于中西思维方法及其特点的理解和概括还是很精到的，尤其是指出我们向西方学习的偏向，以及中国文化的直觉与悟性，这是相当敏锐和有意义的。我们未必像有的学者那样，看不起西方哲学包括新的理论与方法，但更重要的是要找到自己的特点、优势和支点，在"取人之长，补己之短"的基础上，进行大胆的创造，将学术研究包括文学研究推向一个新的

---

① 林语堂：《论东西思想法之不同》，张明高、范桥编：《林语堂文选》（上），中国广播电视出版社1995年版，第422—425页。

高度。这里就牵扯到几个方面：一是超越西方理论与方法的至上观念，在中西之间找到其中隐含的“道”；二是充分发挥中国人做学问的长处，即让学术与人生融通和相生相长，从而避免人为地将二者分割开来；三是既要学习西方重概念和逻辑的长处，又要将中国人心灵的智慧发扬光大，并站在人类发展的高度看待文化、学术以及文学研究的发展问题；四是在人与天地自然的关系中理解人之道和天地大道，避免走进狭隘的人与物相分离的死胡同中。在此，我们可以通过一个事例加以说明：曾有一档电视节目，做的是一个练习平衡术的人，他想让一个四十斤重的玻璃鱼缸，以一角在一块较为平滑的石头上立起来。按西方理论和逻辑，这是不可能的。在五分钟固定的时间里，这人没有成功。主持人问他失败原因，他说：“这是第一次在这样大的场合表演，有点紧张，五分钟心还没静下来呢！”主持人又问他以前主要练习什么平衡术，像鱼缸角立是否成功过？此人回答：“以前主要练的是针尖在手上对立，即让一根针尖向上立在手指上，再用另一根针尖向下站在前一根针尖上。至于让鱼缸角立，以前也试验成功过。”看到这个节目笔者在想：欲让这么重的鱼缸以角立住，至少要有四个层次和境界：一是静心，只有心静如水方能宁静致远，有智慧产生；二是了解物性，即对于鱼缸、角、立石的特性了如指掌；三是人与物的协调，尤其是知音之感，如果人与物间的主客体太分明，不能做到物我两忘，形成水乳交融的状态，二者是不可能有整体感、通情性和粘连感的；四是场的相得益彰与合而为一，石头有场、鱼缸有场、人也有场，甚至天地之间有大气场，只有当人与物及其天地的气场不排斥，而是互相接受、融会贯通时，鱼缸才能与人心相应，听从他的召唤和意指，这可称为大光的照临。然而，表演者说，在五分钟内，他的心还没静下来，何以奢谈让物立住？因为后面还有几个条件不具备呢！此例正好说明中国文化与西方的差异，这也是中国文学研究者进行创新时要加以思考的，没有对于中国文化的深刻理解与体味，缺乏对西方文化的超越性，要创造出富有中国特色的文学研究理论与方法，那几乎是不可能的。

在中国文学研究中，理论与方法是不可或缺的，而好的理论与方法往往更重要。它能为研究者确立新的支点、参照系，使之插上飞翔的翅膀。不过，理论与方法并不是万能的，也不是最后目的，更不能将之奉为神话，因为最后的目的是将中国文学研究得更好，将之提升到更高的水平与境界。真正的好的文学研究并不以理论与方法作为衡量的绝对标准，也不以理论与方法运用的多少进行简单的价值判断，更不以理论与方法的展示或裸露为偏好。好的理论与方法在文学研究中的运用是“有中无”，即它存在着，但却是看不见的，就像盐之融入水是一样的。当然，这是与中国文化与文学的精神和境界相关的重要问题。

第二辑

第二篇

新时期以来中国古代文学的文献研究

李　琳

一个时代有一个时代的历史形态、文化精神与学术思潮，相应也就有其特色鲜明的学术研究。新时期以来，中国古代文学研究在继承与新变中发展，既继承了以往学术研究的优良传统，又呈现了新的时代特色。从20世纪开始，尤其是新时期以来，从学术观念、理论、方法到研究成果，中国古代文学研究基本完成了由传统学问向现代意义上的人文学科的转化。① 在这一历程中，有不少经验值得总结，也有一些问题值得反思。

学术研究是一个不断积累和深化的认识过程，每进一步都有赖于新的史料、理论和方法的采用，尤其有赖于重大学术问题的探讨和解决。因此，笔者希望在全面回顾新时期以来中国古代文学研究历史的基础上，通过对文献的整理与研究、文学的本体和外部研究的概要考察，对既有理论形态、研究方法与热点问题的反思，来分析其成绩和存在的问题，以期呈现新时期以来中国古代文学研究的实绩和发展动向。

古典文献的整理与研究是中国古代文学研究得以开展的基石，其内容包括古籍的校勘、注释（训诂、传注）、今译，传统史料的辑佚、出土文献及域外汉籍的整理与研究，年谱、编年史、工具书的编纂，等等。中国古代文学研究在新时期以来之所以能够取得长足进步，与

① 徐公持：《四个时期的划分及特征——二十世纪中国古典文学研究的近代化进程论略》，《中国社会科学》1998年第2期。

古典文献的整理和研究方面的卓著成绩是分不开的。传世文献的整理与研究、新文献的发现与研究、电子文献和数据库的研发与应用，以及文献学理论与方法的探索，使新时期的文献整理与研究呈现出了与以往不同的鲜明的时代特色。

一 传世文献的整理与研究

进入新时期以来，因研究工作的需要，传世文献的整理工作率先展开。1982 年召开的全国古籍整理规划会议，确定了一大批包括杜甫、白居易等在内的多位古代著名诗人文集的整理出版任务。继国务院恢复古籍整理小组工作，国家教委于 1983 年成立全国高校古籍整理研究工作委员会，共规划并资助了《全宋诗》《全宋文》《全元文》等一批重大项目及大量总集、别集的整理、研究与出版，传世文献的整理与研究工作因而得到了强有力的推动。传世文献的整理，基本包含了所有基础研究资料，如诗文别集、总集、史传、类书、政书、方志等。尤其在大型文献资料的编纂与完善、作家作品的校注与译释、研究资料的汇编等方面，成就最为突出。

（一）大型文献资料的编纂与完善

新时期以来，以知名专家为主导，以高校、研究所、出版社为主体，充分发挥集体协作优势，在一些大型文献的整理与编纂方面取得了突出成绩，主要体现在以下两个方面。

1. 总集的编纂和辑补

诸如《全唐五代诗》、《全宋诗》、《全明诗》、《全唐五代词》、《全明词》、《全清词》、《全宋文》、《全元文》、《全元戏曲》以及《新编全上古三代秦汉三国六朝文》等，都从无到有、从小到大、从薄弱到厚重，在不长的时间里展开，且多数已完工，为学术研究提供了极大便利。同时，已有总集与大型资料丛书的完善，也都取得了较大成绩。如《全唐诗》《全唐文》《全宋词》等基本文献，都在原有基础上，经过辑佚、辨伪、校注等工作，获得了进一步完善。

2. 大型丛书的编辑与出版

出版社、高校、研究中心等主体发挥组织作用，针对特定领域推出了不同的丛书或文库，系统地整理了古代文学典籍。不同的出版社各有侧重点，形成了不同的风格和价值取向，如中华书局的“新编诸子集成”“十三经清人注疏”“中国古典文学基本丛书”“古本小说丛刊”“唐宋史料笔记”“中华经典藏书”等，上海古籍出版社的“中国古典文学丛书”“四库类书丛刊”“四库文学总集选刊”“四库笔记小说丛书”“清人别集丛刊”“笔记小说大观”等，人民文学出版社的“中国古典文学理论批评专著选辑”“新注古代文学名家集”“中国古典文学读本丛书”，凤凰出版社的“中国古文献研究丛书”，辽宁教育出版社的“新世纪万有文库”，大象出版社的“全宋笔记”，等等。此外，不同的单位和地区也在不断地推出各种具有地域和时代特色的丛书，如浙江古籍出版社的“两浙作家文丛”“浙江文丛”，北京古籍出版社的“北京古籍丛书”，甘肃人民出版社的“陇右文献丛书”，中州古籍出版社的“中州名家集”等，都收入了多种古代典籍。以上丛书有的至今仍然在不断地充实和重印，它们既是古典文献整理方面成就的代表，又是古典文学进一步研究的基础。

（二）作家作品的校注与译释

20 世纪 70 年代末，随着政治、社会和经济领域的拨乱反正，在对影响古代文学研究的错误思想进行清理、批判的同时，也整理出版或重印了众多古代文学研究的优秀之作。钱锺书《管锥编》、游国恩《离骚纂义》、林庚《天问论笺》、杨明照《文心雕龙校注拾遗》、程千帆《古诗考索》、任半塘《唐声诗》、唐圭璋《宋词四考》、夏承焘《天风阁学词日记》、钱南扬《戏文概论》等著作的出版或再版，对恢复古代文学研究传统、重建学术规范起到了积极作用，而古代作家、作品校注、译释工作也受到了前所未有的重视。

新时期以来，新校新注新译的作家作品普遍做到了广征善本、广辑遗佚、删刈伪讹，不断向深细专精方向发展。几乎每一部重要的作品，每一个重要的作家，都有多人研究，产生了丰富的研究成果。从《诗经》《楚辞》《史记》《文选》到《三国演义》《水浒传》《金瓶梅》《红楼梦》等名著，从屈原、司马迁、司马相如、陶渊明到杜甫、李白、韩愈、李商隐、苏轼、黄庭坚、辛弃疾、关汉卿、纳兰性德等名家，都不同程度上出现了多种全集本、校注本或译释本。校注本融会各种最新研究成果，体现了较高的学术水准。如李白集的整理，影响较大的新注本就有三种，即安旗主编的《李白全集编年注释》、詹锳主编的《李白全集校注汇释集评》、瞿蜕园和朱金城校注的《李白集校注》，三者或注重版本资料的完善，或注重考订与批评相结合，各有特色。中国古典文学作品的白话翻译方面，巴蜀书社的“古代文史名著选译丛书”、中华书局的“中华经典名著全本全注全译丛书”、贵州人民出版社的“中国历代名著全译丛书”、吉林文史出版社的“中国古代名著今译丛书”，都是较有影响的代表。

新时期作家作品的整理成果，主要体现于中华书局“中国古典文学基本丛书”、上海古籍出版社“中国古典文学丛书”、人民文学出版社“新注古代文学名家集”三套大型丛书上。同时，从作品的校勘注释到作家身世生平的考订，以及作品的思想艺术阐发，都产生了一批经典著述，出现了一批在专书、作家、文学现象研究方面处于领先地位的专家学者和研究中心。夏传才的《诗经》研究，赵逵夫的《楚辞》研究，曹旭的《诗品》研究，袁行霈的陶渊明研究，卢盛江的《文镜秘府论》研究，谢思炜的白居易研究，刘学锴、余恕成的李商隐研究，王水照的苏轼研究等，都是建立在扎实的文献研究基础之上的。

（三）研究资料的汇编与工具书的编纂

作品、作家、文学集团以及文学现象的研究资料汇编，年谱以及工具书的编撰，极大促进了学术研究的进步。中华书局“中国古典文学研究资料汇编”数十种，一般由该领域的具有代表性的专家主持，将各种相关的文献与研究资料汇集起来，有助于了解研究全貌，发掘创新点。作家作品的考证、辨伪、系年、溯源等，都因此取得了较大成就，初步形成了对文学史料的清理考辨系统。周勋初《高适年谱》、卞孝萱《元稹年谱》、傅璇琮《李德裕年谱》、孔凡礼《三苏年谱》、章培恒《洪昇年谱》等，是年谱撰著的代表。其中，傅璇琮《李德裕年谱》把谱主事迹织入围绕牛李党争而展开的历史事件中，把史料考辨与历史文化的研究相结合，从而体现了整体性的历史眼光。①

新时期以来，以时代、地域、专书为类，一些大型的词典、辞书及大典、类书等，纷纷推出。鉴赏类辞书，如上海辞书出版社的“历代鉴赏辞典系列”数十种，巴蜀书社的“中国古典文学赏析丛书”；目录类工具书，如《中国古籍总目》《中国通俗小说总目提要》《楚辞书目五种》《楚辞书目五种续编》等；学术类工具书，如《中国诗学大辞典》《中国词学大辞典》等。这些辞书的编纂，一方面吸收了最新的研究成果，另一方面又促进了研究成果的推广和普及。随着大量服务于基础研究的工具书的编纂，各种资料的综合索引、汇编和提要，都对研究工作起到了积极的促进作用。如夏传才和董治安主编的《诗经要籍集成》，精选影印了由汉朝至清代具有代表性的《诗经》研究重要典籍 130 余种，全面反映了海内外《诗经》学的发展过程和基本面貌，为《诗经》学研究的集大成之作。《唐五代人交往诗索引》《唐五代五十二种笔记小说人名索引》《唐诗大辞典》等工具书的编撰，正是《全唐五代诗》《全唐五代文》编纂工作顺利开展的基础。

总之，新时期以来，传世古籍文献的整理有三个突出的特点：一是数量大，涉及面广，几乎所有重要古籍都开展了整理与出版；二是质量高，许多整理著作都吸收了最新的科研成果，一些校勘、注释本成为相关领域最高研究水平的代表；三是重点突出，一些名著或大家文集都有多种新校新注本，足资相互发明。当然，古典文献的整理与研究也存在着一些问题。首先是过于追求经济利益的商业行为，出现

① 卢盛江：《新时期 30 年古典文学基础研究——学术思想和研究方法的思考》，《山西大学学报》2009 年第 2 期。

了一些粗制滥造、率尔操觚之作。其次是为考据而考据的现象较为明显，一些校注本，良莠不分，将所有有关的材料都引入，注水现象严重。再次是重复性工作，同一知名作家的作品，注释本少则三五本，多则数百本，其中多数又乏善可陈。虽然国家对于大型文献资料的整理与出版已有规划，但事实上，项目或专著撞车现象时有发生。最后是大型文献成于众手，水平参差不齐。“前修未密，后出转精”，大型文献编成之后，仍需持续不断地补正和完善。

二　新文献的发现与研究

王国维曾说过，古来新学问起，大都由于新发现。关注新材料、新成果，学术研究才会有新的发展。新文献的发现，不仅为古代文学研究提供了新的材料，而且拓展了研究者的关注视域，改变了人们的学术观念、学术方法，进而产生了新的认识和研究成果。以下主要论及新时期以来出土文献、佚文献、域外文献三类新文献的研究进展。

（一）出土文献

近百年以来，出土文献数量众多，包括帛书、竹简、铜器铭文、石刻文献等。2005 年进行调查时大约有 170 批，[①] 其中 19 批简帛文献中存有近 200 部可与传世文献对读的典籍。[②] 考古发现修正或补充了以往文学研究的不足，对于文学研究起到了极大的推进作用。1977 年安徽阜阳出土的汉简，基本证明了《诗序》非东汉卫宏所作。1978 年湖北随县曾侯乙墓大批乐器的出土，有助于认识当时的歌舞、乐器与表演水平。1993 年出土的尹湾汉墓竹简中的《神乌傅（赋）》，为赋起源于民间之说提供了证据。[③] 此外，放马滩秦简的发现和考证，将志怪小说的起源时代向前推进了约五百年。上海博物馆藏战国楚竹书

① 单育辰：《一九〇〇年以来出土简帛一览》，武汉大学简帛研究中心“简帛”网站，2005 年 11 月 14 日。

② 郑杰文：《论我国古籍整理的几个重点》，《陕西师范大学学报》2008 年第 5 期。

③ 郭丹：《也谈古代文学研究的“回归本体”与“当下关怀”》，《江西师范大学学报》2007 年第 3 期。

《孔子诗论》的发现和一系列研究，极大地丰富了人们对先秦诗论面貌的认识。

值得注意的是，除了学界热点关注的竹简、帛书等出土文献之外，学者们还将目光投向范围更加广大的出土文献，如甲骨文、铜器铭文、画像砖石、石鼓文、碑志材料、壁画、陶瓷文等。这些数量众多、种类丰富的出土文献，除考古、历史等角度的研究之外，正在成为文学研究者日益关注的研究对象。出土文献一方面补充了传世文献的不足和文学发展历史中的缺失链条，另一方面有助于校补传世文献文本，加深对文学作品的全面理解。

需要指出的是，出土文献整体上是对传世文献的一种补充而非改写。出土文献的大量出现，不但没有颠覆以往的研究，反而加强了一些固有的结论，促使人们逐渐"走出疑古时代"。如上博简《孔子诗论》的出现，有力地证明了孔子与《诗经》之间的密切关系，证明了孔子在《诗序》传承过程中的作用，证明了孔子在中华文化史上的重要地位。[①] 清华大学藏战国竹简（简称"清华简"）在秦代之前已被埋藏地下，未受"焚书坑儒"影响，有助于最大限度地了解先秦古籍和早期文化的历史面貌。

（二）佚文献

相对于出土文献而言，佚文献主要是之前没有进入文学研究者的视野，而后来又被重新发现的文献。根据《古佚书辑本目录》的统计，中华人民共和国成立之前，326 种丛书所收前人所辑魏晋南北朝之前的古佚书有 5206 种。事实上，前人所辑此时期古佚书的数量还应多于此。[②] 古代民间文献资料也应属此列，如地方志、民间谱牒（如家谱、族谱）、民间文书（如契约、诉状）、应用文籍（如账簿、书信、日记及宗教科仪书、经文）、民间作品（如说唱文本、故事传说）等，不但是研究民间历史和文化、深刻认识中国历史的珍贵资料，也是研究古

① 方铭：《〈孔子诗论〉与孔子文学目的论的再认识》，《文艺研究》2002 年第 2 期。

② 郑杰文：《论我国古籍整理的几个重点》，《陕西师范大学学报》2008 年第 5 期。

代文学的重要参考文献。佚文献可以补充古代文学研究中的某些研究对象的欠缺和基础资料的缺失，有助于推进古代文学的深入研究。

墓志既属于出土文献系列，也是佚文献的一种。唐代墓志的出版，先后有《千唐志斋藏志》《隋唐五代墓志汇编》等拓本与《唐代墓志汇编》的整理本。《隋唐五代墓志汇编》收录墓志近四千件；《唐代墓志汇编》和《唐代墓志汇编续集》所收唐代墓志已超过五千件；毛汉光《唐代墓志铭汇编附考》、饶宗颐《唐宋墓志：远东学院藏拓片目录》、北京图书馆《北京图书馆藏中国历代石刻拓本汇编》等的出版，使得墓志越来越受到研究者的重视。[①] 利用墓志可以对许多作家的生平事迹及当时的社会历史状况有更为详细具体的了解，可以解决一些文学史上的疑难问题，尤其对于考证作家姓氏、籍贯、生平、交游、创作等，具有重要的参考价值。

佚文献的整理成果，集中体现为总集与别集的辑补。这一时期的大型资料总集的汇编，别集的校注，几乎都有佚文献方面的发现与补充。如陈尚君关于《全唐诗》《全唐文》的辑补研究工作。其《全唐诗补编》在前人研究的基础上，广泛调查了五千余种著述，辑得逸诗四千六百多首；其《全唐文补编》，在广泛查阅各类典籍基础上，辑录逸文六千二百多篇，录得许多珍贵稀见文献，对于唐代文学研究起到了巨大的推动作用。[②]

（三）域外文献

在文化发展史上，以汉字为载体的汉文化曾辐射至周边地区和国家，形成了汉文化圈，在这些国家和地区存有数量不等的域外汉籍。张伯伟认为："所谓域外汉籍，根据目前学术界的共识，主要包括三方面的内容：一是历史上域外文人用汉字书写的典籍；二是中国典籍的域外刊本或抄本；三是流失在域外的中国古本。"[③] 对于域外汉文献

① 胡可先：《出土文献与唐代文学史新视野》，《文学遗产》2005 年第 1 期。
② 傅璇琮：《陈尚君教授与唐代文学研究》，《复旦学报》（社会科学版）1998 年第 1 期。
③ 张伯伟：《域外汉籍与中国文学研究》，《文学遗产》2003 年第 3 期。

的引进，包括日本、越南、朝鲜半岛、新加坡以及欧、美等国家和地区，目前所见相关资料有中国社会科学院历史研究所和中国人民大学国学院共同主持编纂的《域外汉籍珍本文库》、复旦大学出版社推出的《越南汉文燕行文献集成》、凤凰出版社的《和刻本中国古逸书丛刊》等。目前，流失海外的中国古本经过前辈学者的收辑，已多为学界知见。现今一些学者正在着力对域外文人的汉字书写典籍及中国典籍的域外刊本、抄本进行寻访并研究，如王小盾曾多次赴越南寻访汉籍，编成《越南汉喃文献目录提要》，该提要“共著录图书 5027 种，其中以汉文为主体的图书 4261 种……文学书籍则有两千种左右”。[①] 张伯伟创办的《域外汉籍研究集刊》，从多个方面阐述了汉文化的意义，具有较高的学术与资料价值，将域外汉文学的研究推向了新的高潮。

将域外汉籍纳入古代文学的研究领域，不仅仅意味着研究对象的扩展，更有着方法和视野转换的意义，对于古代文学研究具有推动作用。首先，域外汉籍对于文献的整理具有重要的参考价值。如张锡厚《王梵志诗校辑》利用了英、法藏敦煌写卷；项楚《王梵志诗校注》利用了彼得格勒藏敦煌写卷；何林天《重订新校王子安集》利用了日本藏初唐抄本《王勃集》残卷；瞿蜕园、朱金城《李白集校注》利用了日本静嘉堂藏宋刊本《李太白文集》等。[②] 其次，域外汉籍可以扩大文学研究的视野，体现出方法的意义，使古代文学研究呈现出新的学术增长点。张伯伟认为，域外汉籍文献的整理与研究会促进新的学科分支生成：“这一学科分支直接涉及到三方面的研究，一是汉字文学研究；二是东方文学研究；三是比较文学研究。”[③] 王小盾也认为：“关于东干文学的资料和关于越南古代文学的资料，在我看来，它们

① 王小盾：《东干文学和越南古代文学的启示——关于新资料对文学研究的未来影响》，《文学遗产》2001 年第 6 期。

② 王永波、黄芸珠：《唐五代别集的文献整理与研究概观》，《古籍整理研究学刊》2003 年第 1 期。

③ 张伯伟：《域外汉籍与中国文学研究》，《文学遗产》2003 年第 3 期。

都有激活未来的文学研究，孕育新的学科范式和学科分支的意义。”①近年来，越来越多的学者开始关注域外汉籍文献，进而形成了以汉文化圈内文学典籍流传、文人学士交往、文化意象嬗变等为核心的域外汉文学研究，域外汉籍研究也因此成为近年来最富有活力的研究领域之一。

三 传统文献的电子化与数据库建设

古籍文献的电子化就是将以传统媒介为载体的古典文献文字转化为数字符号，使之成为电子计算机能够识别的数字表达形式。随着信息技术的发展，传统纸质文本渐为电子文本所代替，电子文本资料的检索变得异常便捷。传统的目录学、版本学、辑佚学、考据学，借助新的科技手段，迅速朝着电子化、数字化方向发展，为科研工作提供了极大便利。耗时耗力、繁重烦琐的资料查询、索引、制作、梳理、编排等工作，因此变得简捷而有效。另外，有关资料梳理、研究的延展性工作亦可借助计算机完成，比如古籍字数、字频、词频的统计数据，异体字的汇聚显示，读音的自动标注和朗读，行文风格特点的概率统计，在线标点断句工作等。②

文献资料的电子化与数据化，已成大势所趋。各大高校、研究机构和图书馆都配备了各种研究性质的数据库，如《文渊阁四库全书》《中国基本古籍库》《四部丛刊》《国学宝典》《汉籍全文资料库》等，已成为科研过程中不可或缺的辅助工具。另外如《十三经》《全唐诗》《全宋诗》《全宋文》《全唐五代词》《红楼梦》等数据库，亦为实际研究中应用范围较广的数据库。在一些图书馆的资源采购方面，电子书及数据库采购经费甚至超越了传统书籍的采购经费。一些主要的典籍，都出现了扫描影印的电子版；一些主要期刊，也都已进入各种期

① 王小盾：《东干文学和越南古代文学的启示——关于新资料对文学研究的未来影响》，《文学遗产》2001 年第 6 期。

② 牛惠萍、张琳：《对我国古籍数字化相关问题的研究》，《当代图书馆》2006 年第 1 期。

刊数据库。如中国知网（CNKI）已成为了解相关领域研究成果必不可少的工具。

电子文献与数据库具有多种功能。一是资料的便于获得，二是检索便捷且具有多种检索功能，三是迅捷的统计功能，四是具有一定的对比校勘功能。[①] 一些数据库还具有智能化特色，如北京大学李铎主持开发的《全宋诗电子分析系统》。电子文献的大量涌现，对于古代文学研究来说，不仅意味着资料获取方式的改变，更使得学术生态和研究方法产生了巨大改变。

电子文献及数据库的建设，对于传统文献和古代文学研究的影响主要体现在以下方面。首先，研究视域的改变。古籍文献甚至海外文献在短时间内的易于获得，以及检索所致的文献分类、排比，一方面使得资料占有无比丰富，在时间、空间上贯通古今、中外，易于将相关问题融会贯通；另一方面资料以类相从、条分缕析，易于相关资料的比较研究。与以往学术研究相较，电子文献的发展有利于贯通和比较视野的产生。

其次，研究观念的改变。现代学术研究日益专业化、职业化，朝着“专”“精”“深”的方向发展，电子文献为这种研究提供了便利，使得快速解决问题成为易事。与传统学术长期涵养、用心体悟的研究观念不同，现代研究的目的就是解决问题，而电子文献的出现无疑助长了这种目的明确的功利化研究观念。传统治学精神内涵也因之发生变化。

再次，研究方法的改变。对于古籍电子化与智能化的发展，郑永晓认为：“使得此前乾嘉学派那套治学功夫基本没有了用武之地，像标点、笺注、翻译等工作完全可以交给机器去处理。同时，现代人推崇的美学分析、文本分析、文化研究等等也必将面临重大变革，因为对文学史所作的理论和美学分析建立在对历史文献的解析、归纳之上，

① 薛亚军：《古籍电子化对中国古代文学研究的影响》，《松辽学刊》1999 年第 5 期。

而一旦对文献的处理发生了划时代的变革，则整个古典文学研究方式也必将随之变革。”[①] 在研究方法上，随着电子文献发展而体现突出的，是古代文学的计量化研究方法。计量化研究方法在电子文献出现之前早已存在，但电子化时代的海量文献数据为计量提供了最大可能限度的研究样本，便捷多样的检索、统计功能，使得计量方法能够更好地发挥其技术优势。学界已开始借助计算机进行一些初步的分析与统计工作，并产生了一定的成果。如武汉大学的尚永亮、王兆鹏等，运用计算机对古代诗词以及相关学术史进行量化统计，取得了一些颇具新意的研究成果。而一些传统的文献学治学方法，如校勘、辑佚、目录之学，也因为电子文献的发展而呈现出与以往截然不同的面貌。

文献的电子化与数据库建设，使研究者能够足不出户坐拥书城，有利于学术研究节省时间与人力，使得学科发展朝着客观化、科学化前进，但同时也不可避免地存在着一些问题。这既有技术上的问题，也有研究观念与方法上的问题。技术上的问题，如电子古籍的版权限制，标准不统一，版本的可信度较弱，智能化程度较低，成本较高等。研究观念与方法的问题，如不少研究成果已经不是通过全面阅读文献而获得，而是通过关键词的检索来获得材料、进行分析。电子化与数据库的运用，一方面意味着“易考据”时代、整合研究时代的到来，另一方面也造成了大量泛研究，甚至弱研究成果的涌现。

电子文献的出现与快速发展，是文献研究领域千年未有之新变化。如果说，域外汉籍研究将视野投向域外，从空间上“视通千里”扩展了文献研究；那么电子文献则使得数千年来的海量文献数据于瞬间呈现，以“思接千载”的时间压缩换取了研究空间的拓展。文献的电子化为古代文学的文献研究提供了前所未有的机遇与挑战，它为我们当代学者超越前代学者，形成富有时代特色的学术成果提供了可能。

---

① 郑永晓：《古籍数字化与古典文学研究的未来》，《文学遗产》2005 年第 5 期。

四 文献学理论与方法的探索

传统文献学的研究理论与方法，多是通过教材形式来体现的。新时期以来，出现了一批较好的文献学理论教材。无论是通史和总论性教材，还是目录、校勘、辑佚、辨伪之学的专门教材，都出现了一批有影响的著作。如程千帆、徐有福的《校雠广义》，孙钦善的《中国古典文献学史》，董洪利的《古典文献学基础》，张三夕的《中国古典文献学》和杜泽逊的《文献学概要》等。

随着新时期学术研究的发展，旧有文献学格局也在继承传统中日益出现新的变化。目录、校勘、音韵、训诂等学术方式，呈现了新的形态，出现了新的增长点。如目录学的“即类求书”，在新时期也达到了极致。根据目录，将同类资料进行竭泽而渔的网罗，全面掌握史料，对于清代以前的文献研究不仅可能，而且可行；辑佚学曾被视为传统治学中最见功力的学问之一，非博学鸿儒之士不敢问津，而如今借助电子文献的检索功能，辑佚成为普通研究者易于从事的工作，假以时日，许多历史上的存目佚书有望辑录成书；与突出的校注成果相适应，关注“注释学”的呼声也开始引起重视；随着古典文学文言诗、词、文的白话翻译，以及因对外交流而出现的古典文献翻译，古典文献的“译介学”亦有望形成。

新时期以来，文献学的研究方法也体现了不断发展的开放特点。考证是传统的文献研究方法，近些年来，古代文学的会通性考证成果显著，傅璇琮的《唐代诗人丛考》为其中的代表性著作。其特点在于以综合的整体把握思路，将可靠的证据进行有逻辑联系的推衍论证。由此，人们对于考证方法也有了更为深入的认识，正如傅璇琮所言：“资料的考证往往与作家作品的整个思想发展，与某一时期文艺观念的演变，有着密不可分的交叉联系。而考证，从治学路数来说，并非只是所谓饾饤之学，实是一种细密、清晰的理性思考，没有对某一学科有整体的把握和考察，没有具备一种综合的科学思维方式，是根本不可能进行有效的工作程序的。”① 考证性文章的增多，与文献学的发展密切相关：一方面是大型文献资料的编纂，加以新材料的发现，为考证提供了充足的研究对象；另一方面是简便多样的检索方法，以及理论、方法支撑，使得人们能更容易从宏观的角度、从历史的发展观点来审视具体的文学文献问题。由于立场、对象、视野和视角的变化，研究结果自然不同以往。

叙录与综述作为重要的文献研究方式也受到人们的重视。这两种文献方法的广泛运用，便于从整体上把握学术的概貌和动向。叙录主要针对著作而言，代表性的论著有万曼《唐集叙录》、陈尚君《唐人编选诗歌总集叙录》、祝尚书《宋人总集叙录》和《宋人别集叙录》、张舜徽《清人文集别录》、袁行云《清人诗集叙录》、金开诚和葛兆光《历代诗文要籍详解》、李剑国《唐五代志怪传奇叙录》和《宋代志怪传奇叙录》、郭英德《明清传奇综录》等。

综述是指作者针对某一专题，对大量原始研究中的数据、资料和主要观点进行归纳整理、分析提炼而完成的成果。综述因其对于资料搜集、处理的完备和条理成为新时期文献研究的一个重要组成部分。中国古代文学研究的综述一般出现在具有纪念意义的时间节点，如世纪之交、部分作家的诞生和作品发表时间等。综述主要有两种形式：一是以学术出版的形式。世纪之交，各种学术期刊在不同程度上发表了有关古代文学研究的综述，有些刊物专门开辟了“百年学术”“学术史回眸”等专栏；另外《20 世纪中国文学研究》《20 世纪中国古代文学研究史》等专著也从不同角度对学术史资料进行了梳理。二是以学术会议的形式。世纪之交与改革开放三十年，一些学术会议都把回顾与反思作为议题。如 1996 年在乌鲁木齐召开的“世纪之交中国古典文学及丝绸之路文明研讨会”，2005 年在重庆召开的“百年中国文学研究回顾与反思研讨会”，2008 年在开封召开的“改革开放 30 年与中

① 傅璇琮：《陈尚君教授与唐代文学研究》，《复旦学报》（社会科学版）1998 年第 1 期。

国文学研究研讨会”，2009 年由北京大学主办的“中国文学史学科百年学术讨论会”等。

新时期以来传统文献学的发展，主要有三个增长点：一是域外文献和域内少数民族文献的纳入，扩大了研究范围；二是古籍数据化，目录学逐渐电子化，传统的校勘、辑佚等文献研究方法，相应有了新的发展；三是文献资源的系统化、规模化，原本单兵作战的文献工作，借助于计算机，有可能实现整合。

进入 21 世纪，20 世纪 80 年代以来学界过于追求理论和方法的倾向有所变化，开始向传统文献研究回归。许多研究力求在充分占有史料的基础上，提出新的观点。由于充分占有材料越来越简便，在一定程度上使研究者的视野更为开阔，方法也更为多样，“由过去的那种单纯追求艺术感受逐渐演变成对中国文化历史感的总体把握，就是强调综合性；另一个变化就是由过去单纯地追求理论，慢慢地开始向传统文献回归”。[①] 综合的历史的文献研究方法，为许多研究成果提供了有力支撑。以史带论而非以论带史，成为大多数学者撰写论著的选择。回归传统，重视传统文献研究的优秀遗产，并在时代变革中寻求文献研究的最佳路径，成为新时代学者们的自觉追求与努力方向。

---

① 刘跃进、张作栋：《期待中的焦虑——关于古代文学研究的几个问题》，《东方丛刊》2007 年第 2 期。

新时期中国古代文学理论研究简况

杨 阳

中国古代文学理论的形式主要有文论、诗论（诗话）、词论（词话）、曲论（曲话）和散文、小说、戏剧评点等，另外，也大量杂糅于诸子著述、注疏、书牍、序跋、史籍、小说逸闻、碑文铭刻、文人札记和诗文之中。汉代以前，文学理论一直罕有独立而专门的论述；魏晋之后，随着文学自觉意识的增强，专门的文学理论著作开始出现。一般认为，现存最早的文论为曹丕的《典论·论文》。六朝时期，文论、诗论著作不断涌现，著名的有《文心雕龙》《诗品》等。至此，古代文学理论初步形成。中古以降，随着唐诗、宋词、元曲、明清小说的兴盛，也相应出现了诗话、词论、曲话、小说评点等批评理论的繁荣。但将古代文论作为研究对象，却已经是20世纪初的事了。

1927年，由陈钟凡撰写的第一部《中国文学批评史》印行，陈氏提出“以远西学说，持较诸夏”，标志着学术界开始以一种现代性的眼光观照中国文学批评。“中国文学批评”这个名称被沿用下来，它不仅指涉批评史这样的学术专著，更成了一个学科的专用语。

20世纪三四十年代在文学批评史方面卓有成就的是郭绍虞和罗根泽，他们的文学批评史著作都以材料的丰富见长。郭绍虞从资料整理逐渐进入批评史写作，他在传统的“诗文评”的资料之外，又从大量的诗文别集、笔记、史书中爬梳出大量的文学批评材料。郭绍虞对众多的宋代诗话，较早进行了全面的整理，他的《宋诗话辑佚》早在1939年就由哈佛燕京学社出版。朱自清说：“第一个大规模搜集材料来写中国文学批评史的，得推郭绍虞先生”，他评价《中国文学批评史》上册，“不是同类书中的第一部，可还得算是开创之作，因为他的材料与方法都是自己的”。该书对一些重要的文学观念，如文学、神、道、文气的论述都是建立在关于这些问题的材料整理的基础上的，从而由对核心问题的论述进入对整个文学批评史发展线索的探寻上；对宋代诗话的论述，即是建立在对宋代诗话的大规模整理的基础上。

罗根泽的《中国文学批评史》虽晚于郭著，但它在材料挖掘方面照样有其出新之处，他对诗格、音律说、佛经翻译论等体现出的文学批评观念的分析，就发前人所未发。罗根泽指出，“文集笔记者，儒先绩业之总萃，而文学批评亦寓藏其中。此外则群经子史，总集诗集，品藻之言，亦往往间出。余性鲁息，不敢自信记诵，不得不一一抽绎。清顾炎武谓著书譬犹铸币，宜开采山铜，不宜充铸旧钱。文学批评史之山铜为诗话文论，而文集笔记则为沙金；因彼开卷己得，此必排简始见也”。他认为“处理史料就是编著”。

早期的文学批评史研究是在当时新的文学观的指导下，随着对分散零碎的文学批评材料的系统整理而得以开始和开拓的。早期的批评史研究对批评史研究范围的思考、对批评史写作体例的探索、对批评史与文化学术思潮关系的探索，为后来的研究提供了具有启示意义的蓝本。但其中的局限也是显而易见的，首先是对儒家文论的高度重视，与之形成鲜明对照的是对道释两家之于中国文学批评的影响未能给予充分关注；其次是对诗文批评的重视，与之形成对照的是对元明清以来戏曲小说批评的重要性的漠然。如郭绍虞认为，北宋以后的诗文理论不过是此前理论的翻版和重复，新东西很少；在阐释方面，偏于对原始材料的梳理，而对时代意识、社会思潮之于文学批评的影响的认识还不够充分。

中华人民共和国成立后，古代文论研究受苏联文论的影响，偏离了学术本位，一度陷入僵局。进入 80 年代，古代文论研究迎来了新契机。1979 年第一次中国古代文学理论学术研讨会召开，这次大会讨论了研究古代文论的意义，认为建立民族化的文艺理论需要认真研究古代文论，从而批判继承、推陈出新。研究方法方面，认为应该采取实事求是的态度，要克服中国文论与外国文论、现代文论各自分家的情况，要对它们进行比较，发现我们的独特经验和规律。在这次大会上成立了古代文学理论学会，这标志着新时期古代文论研究的复苏。这次大会扭转了长期以来对待古代文论遗产古今对立的态度，把古代文学研究提到了新的日程，重新确定了古代文论的研究目的和研究方法。①

1980 年中国古代文论学会第二次年会召开。这次年会就古代文论的现实主义问题进行了热烈讨论。黄保真的《中国古代文学和文学理论研究中的现实主义问题质疑》一文，就文艺理论界长期以来把“现实主义”奉为唯一圭臬和永恒规律，以“现实主义”裁剪中国古代文论的做法进行了反思。他认为，现实主义既不能准确地解释中国古代的文学现象，也不能科学地整理中国古代的文学理论。长期以来，“现实主义”带来了理论上的极度混乱和形而上学的研究方法，人们往往把着重探讨艺术规律如声律美、形式美和意象美的理论加上“形式主义”“唯美主义”“反现实主义”的帽子，从而把中国古代文论简单化了。运用“现实主义”不能准确地说明中国古代的文学现象，不能科学地整理中国古代的文学理论。中国古代文学和文论同欧洲文学与文论相比较，各有自己的民族特点和历史特点，用“现实主义”和“反现实主义”来解释中国古代文学和文学理论，是欧洲中心论的表现。这次会议还就“剔除其封建性的糟粕，吸收其民主性的精华”这一对待古代文论遗产的标准提出了异议，认为这个提法是就建立新文化而言的，不能用是不是有“民主性”来决定对文化遗产的取舍，用“封建性”“民主性”作为标准去对待文化遗产，就容易形成简单化的倾向。黄保真的这篇文章具有转折性意义。以对“现实主义”这一命题的检讨和清理为开端，80 年代初学术界对于把苏联文论教条化进而

① 《第一次中国古代文学理论学术研讨会会议综述》，参见《古代文学理论研究丛刊》第 1 辑，第 422 页。

把中国古代文论简单化的倾向进行了反思。走出阶级斗争和“政治工具”论对学术研究的遮蔽为重新认识中国古代文论的特殊之处和当代意义奠定了思想基础。[①]

古代文论的研究目的一直是个有争议的问题。这个学科创立之初，研究目的较单一，那就是作为文学史研究的一部分，能够帮助研究者更好地了解文学史。后来逐渐转向了为建立新的文学理论而去研究。[②]罗宗强认为，这种转变有其文化背景。自20世纪50年代提倡“古为今用”以来，一切涉及“古”的研究对象，目的都是“今用”。因为研究的前提是为了今用，凡能说明今之合理的、于今有益的，就是“精华”；反之，就是糟粕。古代文学理论研究的目的应该是多元的，它可以有助于当前建立有民族特色的文学理论；也可以在无形中提高民族的文化素质；可以有助于其他学科如文学史、思想史、艺术史、社会史、士人心态史的研究。它可以有益于今天，也可以有益于将来。以一颗平常心对待古代文论研究，求识历史之真，以期更好地了解传统，更正确地吸收传统的精华。通过古代文论的研究，增加我们的知识面，提高我们传统文化的素养，而不汲汲于“用”。具备深厚的传统文化的根基，才有条件去建立有中国特色的文学理论。这或许才是不用之用，是更为有益的。[③]

一　文献资料的整理

20世纪80年代以来资料整理的特点和成就体现在对古代文论资料的严密考证、深入挖掘和系统选编方面。专著研究方面，以钟嵘《诗品》的研究为例，曹旭收集了《诗品》的50种版本，并以此为基础，比较异同，考察源流，以清理其版本系统，为校勘、注释及研究

---

① 《第二次中国古代文学理论学术研讨会会议综述》，参见《古代文学理论研究丛刊》第4辑，第341页。

② 参见张海明《回顾与反思——古代文论研究七十年》，北京师范大学出版社1997年版。

③ 罗宗强：《古文论研究杂识》，《文艺研究》1999年第3期。

作了充分的准备，他的《〈诗品〉集注》和《〈诗品〉研究》体现了研究中资料的全面搜集整理对研究的基础性意义。而张伯伟的《钟嵘诗品研究》不仅重视资料的考证，还从文化的角度对《诗品》与《周易》、儒学和玄学的关系进行了论述。传统方法与文化学方法的结合，代表了专著解读中一种新的倾向。张伯伟与曹旭《诗品》研究的一个共同点是对海外资料的重视，这也是新时期以来资料整理的重点。而资料整理与研究密切结合，是新时期以来古代文论研究的重要特点之一。值得一提的是，新时期以来资料考证的成就，特别是对《乐记》、《诗格》和《二十四诗品》作者问题的考证。在重视综合研究的背景下，古代文论研究界就《二十四诗品》作者问题的争论，从整体上反思了传统研究方法对于古代文论研究的重要性。这体现了古代文论研究界对端正学风的高度重视，学者们在注意吸取新方法的理论营养的同时，也同样注重传统研究方法的发扬和学术基本功的锻炼。有的资料是新挖掘的，如萧华荣的《魏晋南北朝诗话》就对魏晋南北朝时期有关诗歌创作的本事、逸闻及评诗、论诗的记载进行了披沙拣金的收集。词学方面，有唐圭璋的《词话丛编》，收录了宋人成片段的词话及宋词纪事。而张惠民的《宋代词学资料汇编》在宋人文集、诗话、笔记中广泛收集有关词论之作，补唐著之不及。

在资料的系统整理方面，1964 年，郭绍虞主编的《中国历代文论选》出版，1979 年又做了增补，增加了近代部分以及小说、戏剧等理论。《中国历代文论选》是古代文论资料选编方面较为基础性的本子。

80 年代资料整理的成就主要体现在对各种文体、各个艺术门类资料的全局性考察。除对诗学、词学资料的整理外，小说理论方面有黄霖、韩同文的《中国历代小说论著选》，除专门的文学论著外，还有历史、哲学等著作中的有关文字，涉及专论、序跋、笔记、回评、诗歌等。此外还有丁锡根的《中国历代小说序跋集》等。戏曲方面有中国戏曲研究院整理的《中国古典戏曲论著集成》，该书分十册，收入中国古代戏曲论著共48种。而蒋述卓等人编选的《宋代文艺理论集成》，按时代顺序，以文论家为纲，以文论、画论、书论、乐论为目，选编了宋代几乎所有的文艺理论论著和重要言论，是迄今为止最为完备、最为全面的宋代文艺理论原始资料的集成。从文艺理论的整体出发，综合各艺术门类的理论进行汇编，该书进行了开创性的尝试。陈良运主编的《中国历代文学论著选》第一次分文体对中国文学批评资料进行了系统的编辑，该套丛书包括《中国历代诗学论著选》《中国历代词学论著选》《中国历代赋学曲学论著选》《中国历代文章学论著选》《中国历代小说学论著选》五部，对中国古代文学的诗、词、曲、赋、散文、小说等六种主要文体的基础理论、文体发展史论、创作论、鉴赏论、重要作家与作品评论等进行了选辑，对古代文论资料进行了分门别类的整理。

研究的进展也体现在对一些范畴的汇编方面。如胡经之主编的《中国古典美学丛编》、徐中玉主编的《中国古代文艺理论专题资料丛刊》、贾文昭主编的《中国古代文论类编》、江苏美学学会编辑的《中国美学史资料类编》、成复旺主编的《中国美学范畴辞典》等都从美学体系或文论体系的整体性出发，把各种零散的材料进行了归纳和整理。

资料的整理不同于批评史的写作。对资料的考证、挖掘和选编是基础性的工作，它在客观上促进了中国文学批评史的写作。从另一个意义上说，新时期资料整理与批评史的写作是齐头并进的。如张少康的《中国文学理论发展史》就吸收了《二十四诗品》著者考证中的成就。王瑶认为，“中国人一向不太注重诗文评，他们对诗文的意见，常常是寓于总集之中，因此一部《文选》之影响中国诗人与文人，远远超过任何一部诗文评之作”。与此相应，杨松年强调诗选之诗论价值，他说：“所谓诗论作品，如果是指讨论诗的原理问题、评析诗人及其诗作的文字，那么其范围当包括诗话、诗选、笺注批点、诗人小传、序跋、书信、论诗诗、笔记小说、书目提要、读书记、文集中有关的单篇论文、纪事诗、墓铭、史书与方志中的诗人传记等作品”，而“各种文学批评史，在资料的处理上，多偏重于诗话、序跋、书信、笔记小说等资料，来整理中国文学批评史，而较少注意到诗选、笺注批点、论诗诗、读书记等作品”，以致造成论析不足与偏差。这种观点注意到了中国文学批评产生方式的特殊性。就其强调选集的文学批评意义而言，它的实质是强调文学批评研究与古典文学研究相结合。进而提出，当前的中国文学批评研究与古典文学研究似乎各司其职，但往往也割裂了它们之间的亲缘联系，造成对文学实际的忽视，对批评理论的随意解说。

二 批评史的编写

中华人民共和国成立初期，文学批评史的写作并没有多大进展。1955 年郭绍虞将两卷本的《中国文学批评史》进行了修改，1956 年由上海新文艺出版社出版。1959 年他对旧著进行修改的《中国古典文学理论批评史》由人民出版社出版。这两部作品对批评史的分期进行了调整，“参酌文学史和哲学史的分期再与社会发展的情况相结合”，将中国文学批评史分为春秋战国、秦汉、魏晋南北朝、隋唐五代、北宋、南宋金元、明代、明清之际与清中叶前期。从而淡化了先前按文学观念的演进为主线，以问题为纲的写史体例。两部书都贯穿着“现实主义与反现实主义”“唯心主义和唯物主义”等思想的影响，“一般说来，诗圣的作品可以说是倾向于现实主义的；诗仙的作品，还能比较倾向于积极的浪漫主义的；只有诗佛的作品才属于被动的浪漫主义，所以是反现实主义的”。

80 年代初出版的文学批评史著作有敏泽的《中国文学理论批评史》和复旦大学中文系古典文学教研组集体编著的《中国文学批评史》。与先前的著作相比，这两套书的优点在于对中国文学批评整个历史进程的关注，其时间跨度从先秦一直到近代，并对戏曲小说理论给予了充分的重视。敏泽的《中国文学理论批评史》写于“文革”之前，80 年代初由人民文学出版社出版。该书认为“文学总是阶级意识形态的表现，理论则是站在一定的政治立场上对于它的评述和概括”，整体上是以阶级的眼光看待古代文化遗产的。另一个问题是对西方概念的运用，如认为《文心雕龙》“酌奇而不失其真，玩华而不坠其失”一句，“已经初步接触到了现实主义和浪漫主义关系的问题”。后来黄保真等编的《中国文学理论史》对上述问题进行了全面的反思。相比之下，复旦大学集体编著的《中国文学批评史》（上册由刘大杰主编，出版于1964年，中册和下册由王运熙、顾易生主编，分别出版于1983年和1985年）着力对批评史材料作出全面客观的分析，避免了对“现实主义和反现实主义”“唯物主义和唯心主义”等词语的机械照搬，具有更为客观审慎的学术立场。

1987年，由黄保真、蔡仲翔和成复旺著的五卷本《中国文学理论史》陆续出版。该书以“中国文学理论史”为题，是因为其内容“着重于评述古人的文学理论；对于具体作家和作品的批评，亦总是有一定的理论观点作指导，所以我们也应去发掘其理论内蕴，才不至于就事论事”。该书明确提出历史唯物主义的原理是关系到研究方向和研究方法的根本问题，对文学批评研究领域存在的问题进行了反思，提出要防止以历史唯物主义的原理机械化来代替复杂细致的研究工作。首先是关于经济基础的决定作用问题，该书指出在说明古代文学理论时，应该注意经济关系这个终极原因，同时也应揭示出政治、哲学、道德、宗教等中间环节的影响；影响文学理论的因素是众多的，除此之外，还有其他艺术门类的理论，如画论、书论、乐论等，文学理论还必然会受到文学创作实践和自身传统思想的制约。其次是关于阶级分析法问题，该书指出要估计到历史的复杂性，防止把阶级分析简单化、绝对化。最后是关于世界观的问题，该书指出用唯心主义的斗争来概括中国古代文论发展的历史线索是不适当的，要避免用粘贴“唯物”“唯心”的标签来代替历史的具体的分析，要把唯心主义的文学理论中的合理内核小心地挖掘出来。《中国文学理论史》充分注意到了经济、政治特别是哲学和文学对文学批评的影响。哲学方面，充分肯定了道释两家对中国文学理论的影响，认为道释两家以其宇宙观、方法论和完整、丰富的概念、范畴，为人们探索文学的内部联系、审美规律提供了思想武器，中国文学理论的发展，基本上就是以儒家思想为基础的政教中心论的文学理论与以道、释哲学为基础的审美中心的文学理论，在对立、斗争、渗透、融合中辩证发展的历史。文学方面，注意到了中国文学发展历程中，语言文字与文学样式对中国文学理论体系的影响，认为中国文学在文字形式上的特点与文学理论中的形式论、审美观和复古说有着相互影响的关系；文学样式方面，中国传统的以诗文为正宗文学理论范畴体系，具有相对的独立性，而戏曲、小说的兴起，又推动了文学理论体系的变革。该书对中国文学理论史上政教中心论和审美中心论两大倾向的发展线索进行了探索，对杂文学和纯文学理论的由合到分的过程进行了描述，认为刘勰的《文心雕龙》是杂文学理论的集大成者，钟嵘的《诗品》是纯文学理论的开端。受五四学术思潮的影响，郭绍虞在《中国文学批评史》中较早运用了杂文学和纯文学的观念，他认为儒家尚用，其文学观不免有文道合一的倾向，仅足为杂文学张目，不足为纯文学发展之助力；而魏晋南北朝，论思想则道家之外益以释家，为纯文学的进行提供了动力，文学观念变得脱离传统思想而趋于正确。从这一点看，郭绍虞认识到了道家和释家对于中国文学批评的独特贡献，但对“纯文学”的确切含义未能以彻底的清理。民国时期的刘经庵认识到了纯文学所应包括的文学体裁，他写于1933年的《中国纯文学史纲》认为，只罗列经史子集不能算作文学史，该书对含有艺术成分较多且较少传统载道思想的中国纯文学诗歌、词、曲和小说的历代演进进行了研究。朱自清对纯文学和杂文学两个概念的来源进行了考察，认为“所谓纯文学包括诗歌小说戏剧而言。中国小说戏剧发达得很晚；宋以前称为纯文学的只有诗歌，幅员未免过窄”。从这个意义上说，五卷本的《中国文学理论发展史》以纯文学性诗学来概括《诗品》，或以杂文学理论来概括《文心雕龙》，并对戏剧小说理论的发展进行了充分论述，其进步之处是显而易见的。

七卷本的《中国文学批评通史》由上海古籍出版社从1989年到1996年最后出齐。它们包括《先秦两汉文学批评史》（顾易生、蒋凡著，1990年）、《魏晋南北朝文学批评史》（王运熙、杨明著，1989年）、《隋唐五代文学批评史》（王运熙、杨明著，1994年）、《宋金元文学批评史》（顾易生、蒋凡、刘明今著，1996年）、《明代文学批评史》（邬国平、王镇远著，1995年）、《近代文学批评史》（黄霖，1993年）。与以往的批评史相比，《通史》的特点体现在以下三个方面。

第一，材料的翔实和对材料含义的细致挖掘。该书从文学批评发展的整体出发，大到专门的批评论著，小到一些批评家的个人见解，如宋代的潘阆、林逋、柳永，该书都进行了全面清理。在编写体例上，该书不仅涉及在传统文学中占主体的诗文，而且对宋元明清以来，戏曲、小说、时调乃至小品文、八股文等文体的兴起对文学批评的影响进行了全面的探讨。正因为对材料的全面细致研究，该书对于一些旧说往往能提出不同的见解。如关于魏晋时期“文学的自觉”，早在20年代，铃木虎雄的《中国古代文艺论史》就提出“自孔子以来至汉末都是不能离开道德以观文学的，而且一般的文学者单是以鼓吹道德底思想作为手段而承认其价值的。但到魏以后却不然，文学底自身是有价值底思想已经在这一时期发生了，所以我以为魏底时代是中国文学上的自觉时代”。鲁迅《魏晋风度及文章与药及酒之关系》也提到“用近代的文学眼光看来，曹丕的一个时代可说是‘文学的自觉时代’”。郭绍虞出版于1934年的《中国文学批评史》（上册）也采用了这个观点，“追至魏、晋，始有专门论文之作，而且所论也有专重在纯文学者，盖已进至自觉的时期”，从有无专门论文之作来判断文论的自觉与否。罗根泽1934年出版的《中国文学批评史》中说，“至建安，‘甫乃以情纬文，以文被质’，才造成文学的自觉时代”，认为文学含义的净化促成文学的自觉。复旦大学集体编著的《中国文学批评史》（上册）、黄保真等人著的《中国文学理论史》同样引用了鲁迅的观点，肯定了曹丕的时代在中国文学史和文学批评史上的地位。

而该书却没有完全因袭旧说，并指出“本书两汉编特从思想文化运动的客观史实出发力矫‘断裂’旧说，阐述汉代文论以其特有的形态循序渐进，分阶段地发展，终于不负历史使命，完成由先秦向魏晋南北朝的过渡。文学自觉的种子已经埋伏于两汉，汉人实开启文学批评新高潮来临之先河”。对两汉文论比先秦文论的进步之处、对魏晋文论的开启作用进行阐述，是建立在对史料的详细研究基础上的。

第二，方法的严谨、求实。郭绍虞的《中国文学批评史》指出，文学批评之演变蜕化之主要关系，不外两个方面，一是文学的关系，即对于文学之自觉，二是思想的关系，即批评的根据，说明其充分注意到了文学批评与文学演变、学术思想演变的内在联系。罗根泽指出，“文学批评随时代意识而异、随文学体类而异、随文学批评家而异，则因果解释的释因部分，当然求之于时代、文学体类、文学批评家”。作为中国文学批评的先行者，郭绍虞和罗根泽的见解对后来者有着深刻的启示。《通史》注重对中国文学批评作综合的探索，对时代背景、文学体类和文学批评家与文学批评的关系做了全面的清理。如论述钟嵘《诗品》，就对古代文化学术传统以及时代风气对《诗品》分品论人的影响进行了探讨；在对《诗品》的“论诗歌的特征和思想艺术标准”进行论述之后，又对《诗品》汉魏诗歌、晋宋诗歌、齐梁诗歌的主人作了分析；在此基础上，将钟嵘与刘勰诗论做了比较。这样就对文学批评的方方面面作了富有层次感的考虑。不联系古代文化背景、文学创作实际和文学批评家的个性，就很难对文学批评作出准确的阐释。这种综合考察是准确理解中国文学批评家、中国文学批评原意的基础。

第三，《通史》体现了批评史由集体编写向个人编写的转变，由各人分段着重某一历史时期的批评史，有利于从整体上把握该时期文学批评的进程，有利于对各历史时期的文学批评作更为细致的考察，最大限度地发挥各人在研究领域的专长。例如撰写《近代文学批评史》的黄霖，他在古代小说理论批评研究领域备受学界关注，他负责编著了《中国历代小说论著选》，并撰写了《古小说论概观》，而他撰写的《近代文学批评史》就充分体现了这种研究优势。

罗宗强主编的《中国文学思想通史》（分《周秦汉文学思想史》《魏晋南北朝文学思想史》《隋唐五代文学思想史》《宋代文学思想史》）代表了中国古代文论研究史的撰写的一种新的思路。罗宗强认为，文学思想史与文学批评史、文学理论史既有联系又有区别，其研究目的在于描述文学思想发展演变的面貌，探讨影响文学思想发展演变的各种原因，以及对不同的文学思想进行评判。文学思想史研究的首要任务是古代文学思想的还原。他指出，文学思想不仅反映在文学批评和文学理论著作里，它还大量反映在文学创作中。因此研究文学思想史，除了研究文学批评的发展史和文学理论的发展史之外，很重要的一个内容，便是研究文学创作中反映出来的文学思想倾向。《隋唐五代文学思想史》以及其后的《魏晋南北朝文学思想史》都考察了各个历史时期文学理论、文学批评史的发展，也考察了文学创作实际中反映出来的文学思想史的发展。傅璇琮在《玄学与魏晋士人心态》一书的序中说："《隋唐五代文学思想史》把创作中反映出来的文学思想与理论批评著作结合起来，从而把文学思想史的研究真正安放在科学的基调上。"文学思想史的研究，是在古代文论与古代文学史的结合中进行的，这就把古代文论与文学思想史的研究区别开来。对于古代文论的研究而言，如果不结合文学史的事实、背景，不结合其具体的批评对象，就很难把握其真实含义、理论取向和不同观点之间的内在联系，从而很难把握整个批评史的发展历程。

门类史、断代史的编写成就也有了新的突破。这体现出中国古代文论作为一门学科，其研究逐渐趋于全面和细致。门类史中，诗学方面有袁行霈等人的《中国诗学通论》、陈良运的《中国诗学批评史》；词学方面有谢桃坊的《中国词学史》、方智范等人的《中国词学批评史》；小说方面有周伟民、王先霈的《明清小说理论批评史》，陈谦豫的《中国小说理论批评史》，方正耀、郭豫适的《中国小说批评史略》，陈洪的《中国小说理论史》；戏曲方面有夏写时的《中国戏剧批评的产生和发展》，叶长海的《中国戏剧美学史稿》和谭帆、陆炜的《中国古典戏剧理论史》等。

综观20世纪批评史的写作，由陈钟凡撰写的第一部文学批评史到郭绍虞的“两卷本”再到罗根泽的“三卷本”，材料的搜集和处理都有了新的进步，特别是80年代以来对戏曲、小说等文体中体现出来的文学批评思想的阐发，对一些批评史材料的重新挖掘，体现出鲜明的进步。对社会思潮、文化背景与文学批评之间关系的高度重视也是新时期批评史研究的一个重要特点。

问题变迁与学术转向

——新时期以来的中国现代文学研究

黄维政

20世纪50年代初期，中国现代文学（新文学）作为一门学科正式进入高校课堂，但直到80年代初，其仍被视为一门年轻学科。[①] 新时期以来，中国现代文学研究渐成显学。在30多年的学术发展历程中，中国现代文学研究如何在新的时代语境下，从一门年轻的学科完成学术转型从而走向成熟，其发展进程有何经验和教训，其基本趋向为何？在今天，对这些问题予以系统地梳理，无疑是必要的。

一　中国现代文学研究的发展脉络

从时间进度看，新时期以来中国现代文学研究的进展可大致分为三个阶段：一是新时期初期到20世纪80年代末，二是90年代，三是21世纪以来的十多年时间。这种大致上按年代划分阶段的方法，有着对观照上的整体性损害的可能，但并非一种简单、偷懒的思路。总体来说，“80年代”、“90年代”和“新世纪（21世纪）”之类的表述，对中国现代文学研究实践的风貌变换来说，有着一定的契合度。时代语境的不同，从80年代有着思想解放的时代语境，到90年代市场经

① 王瑶在《关于中国现代文学研究工作的随想——在中国现代文学研究会学术讨论会上的发言》（《中国现代文学研究丛刊》1980年第4期）中说：“从‘五四’到中华人民共和国成立的三十年间中国现代文学的研究工作，作为一个特定的历史阶段来考察，是从建国以后才开始的，它是一门很年轻的学科，在这门学科的短短三十年的历史中，还包括了那‘史无前例’的动乱的十年。”）。

济得以发展，再到21世纪“全球化”“数字化”的情形下，中国现代文学研究的整体思路、关注话题等也随时代的变迁而发生改变，具有鲜明的时代特征。

（一）从新时期初期到20世纪80年代末，中国现代文学研究作为一门学科开始“复苏”，并逐渐摆脱“年轻”的标签

在“拨乱反正”的历史背景下，20世纪70年代末80年代初，中国现代文学研究作为一门学科进行了重建。从1978年底到1979年初，徐州师范学院编辑的《中国现代作家传略》第一、二辑相继出版，共收入126位作家的传记。这种规模浩大的集体亮相，在文艺界和社会上引起了巨大反响。与此同时，“教材编撰热”出现，中国现代文学研究走向复苏。唐弢、严家炎、樊骏、陈涌等学者重新编写的《中国现代文学史》（共三册），于1979—1980年出版。其他影响较大的教材，还有分别由北京大学等九所院校编写、田仲济和孙昌熙主编、林志浩主编的《中国现代文学史》。20世纪80年代初期的中国现代文学研究强调思想解放、“重新评价”等特征，在《文学评论》《中国现代文学研究丛刊》《新文学史料》中得到了充分体现。有学者指出：“这种重新评价，早已远远超出当初拨乱反正的范围：不但拨了林彪、‘四人帮’之乱，而且拨了50年代中期以来‘左’倾错误之乱，还拨了30年代以来‘左’倾思潮之乱，使许多事情恢复或接近于自己的本来面目。包括王实味、萧军、胡风、潘汉年、丁玲、陈企霞、冯雪峰、艾青在内的多起重大历史积案所涉及的文学问题初步得到了清理。包括胡适、周作人、徐志摩、林语堂、梁实秋、沈从文、穆时英、张爱玲、徐訏、陈铨在内的大批作家，以及《宝马》、《死水微澜》、《科尔沁旗草原》、《原野》、《呼兰河传》、《果园城记》、《寒夜》、《围城》、《四世同堂》、《长夜》、《财主底儿女们》、《九叶集》等一批作品，获得了比较科学的评价。”① 但正如另有学者指出：“其中掺杂着

① 严家炎：《新时期十五年的中国现代文学研究》，《唐都学刊》1994年第4期。

一些强烈的感情因素是可以理解的。直到近年，才开始转入日常的学术建设”①，对现代文学进行冷静客观、具体细微、实事求是地分析与考察，在此后三四年才显示了扎实深入、稳步前进的趋势。

这种“再评价”或具有“平反”性质的研究热潮持续多年。与此对应的是，一些学者从作家作品论着手，由点到面逐渐进入思潮流派研究。有学者统计，“在 80 年代前期，每年发表关于现代文学的研究文章平均都有上千篇，其中作家作品的评论大致占到一半（其余多为史料和回忆录等等），数量是相当大的”②。其中，鲁迅、郭沫若、茅盾、巴金、老舍、曹禺等著名作家及其作品的研究最为瞩目。而其后，出现了一批具有更广学术视野、较高学术质量的思潮流派研究成果。如严家炎的“新感觉派”研究、高捷的“山药蛋派”研究、范伯群的“鸳鸯蝴蝶派”研究等。思潮流派研究不再是“现实主义”独尊的研究范式，而是努力开拓更多元、丰富的研究领域，相关学者为学科走向成熟做出了切实努力。

80 年代中后期，中国现代文学研究进入突破期。其中，值得注意的有：一是“理论方法热”带来新的研究启迪；二是在文学史观上提倡的“文学整体观”，带来新的学术视野。在 1985 年前后，心理分析、新批评、结构主义、接受美学等西方文艺理论大举引进，中国现代文学研究从方法论上有了更多的选择空间，研究者的视野更为开阔。如林兴宅采用心理学方法阐释阿 Q 性格，陈平原在小说研究中应用叙事学理论，都是引起学术界大范围关注的研究成果。黄子平、陈平原、钱理群的《论“二十世纪中国文学”》，陈思和提出的“整体观”，打通了传统意义上的近代、现代、当代文学研究之间的壁垒，为中国现代文学研究开拓了更广阔的视域。

值得注意的是，这一阶段中国现代文学史料的整理和研究尤为突

① 王瑶：《在现代文学研究创新座谈会上的讲话》，《中国现代文学研究丛刊》1985 年第 4 期。

② 温儒敏：《从学科史回顾八十年代的现代文学研究》，《北京大学学报》2004 年第 5 期。

出。由中国社会科学院文学研究所发起并主持，全国60多所高等学校、科研机构参与的《中国现代文学史资料汇编》编辑出版工作开始启动。从1982年开始，包括文学运动、论争、作家作品、社团、报刊等资料在内的丛书得以陆续出版。在丛书史料的搜集、整理和编选过程中，一大批学有所长的优秀研究者脱颖而出。如范伯群得益于其对鸳鸯蝴蝶派资料的整理，刘增杰等人受益于抗日战争时期文学运动资料的搜集汇编。而丛书的出版，对推动中国现代文学研究的整体水平的提高更是不言而明。

（二）关于90年代的中国现代文学研究，学界认为其“正走向成熟”[①]，“走向沉静和扎实”。[②] 这一阶段，中国现代文学研究在平稳的文学史框架中得以深入展开，其中，文化转向和古典化的倾向较为明显

如果说，中国现代文学研究是一种“人文”的研究，80年代在“五四”再发现的整体氛围中，侧重于“人”，在“文学与社会”（可置换成“文学研究的当下性”）命题中强调“文学是人学”，精英研究的立场十分明显。那么在90年代，中国现代文学研究走向了“文”，一方面，中国文学研究向内转，试图建立一种学术规范，甚至进行古典化的研究，另一方面，在“文学与社会”命题中着力从文化角度审视中国现代文学。

正如有论者指出，“90年代后中国现代文学研究最显著的变化之一是它从全社会的‘公共空间’重新退缩到‘学科内部’”，“面对当前学术研究问题意识和研究方法的深刻变化，现代文学把自己想象成了一种完全‘自足’的学问体系，信心百倍地把自己拒绝在这变化之中的时代大潮之外”，“‘现代文学’已经变成了‘古代文学’”。[③] 而

---

① 樊骏：《我们的学科，已经不再年轻，正在走向成熟》，《中国现代文学研究丛刊》1995年第2期。

② 黄修己：《从“学以致用”走向“分析整理”——20世纪90年代中国现代文学研究取向》，《中山大学学报》2000年第4期。

③ 程光炜：《重访80年代的“五四”——我看“中国现代文学研究”并兼谈其“当下性”问题》，《文艺争鸣》2009年第5期。

在知识生产能力下降的情况下，“因为八十年代的一些理论预设和观念范畴至今仍然强有力地制约着我们对于急剧变动中的社会的认知和想象，这使得我们的知识生产无法突破原有的模式，从而在复杂的现实面前基本上丧失了应答和解释的能力。要使现代文学研究重新充满活力，文化研究可以给我们很多启发”①。

从批评术语的词频看，“现代性”“文化批评”成为此阶段两个最为重要的关键词。“现代性”作为中国现代文学的重要理论视点，在20世纪90年代后期颇为流行。一方面，从社会和文化的时代语境方面考量，90年代，中国市场经济体制日渐完善，“现代化”和文学中的“现代主义”“后现代主义”，逐渐演化为对“现代性”的审视。另一方面，“中国现代文学”这一学科命名本身是否存在矛盾，在学科日渐成熟的时候得到了理论反思和补正。

早在1983年《中国现代文学研究丛刊》中樊骏、严家炎等人主持的“如何开创中国现代文学研究和教学的新局面”专栏内，就有“文学现代化”的提法。此后，“人们着重从中国文学的现代化进程和这段文学所特有的现代性质来考虑”。② 可以说，在新时期以来，中国现代文学研究的学科重建过程中，人们以“现代文学”替代“新文学”，赋予了更丰富的学科内涵。90年代，“现代性”理论视点的切入，为中国现代文学研究的“现代”命名提供了更充实的学理依据。正如有学者指出的，在中国现代文学研究中引入现代性理论，具有多方面的意义：“可突破意识形态概念性的框定”，“可消解二元对立的习惯性思维模式”，“可调整旧有的价值判断的标准”。③ 王一川认为：“正是中国现代性文学概念可以把通常所谓中国近、现、当代文学统合起来。”④ 陈晓明也

① 参见赵晋华《现代文学研究：从困境中突围》，《当代作家评论》2002年第1期。

② 严家炎：《新时期十五年的中国现代文学研究》，《唐都学刊》1994年第4期。

③ 俞兆平：《再论“现代性”与中国现代文学研究》，《南京大学学报》2004年第3期。

④ 王一川：《现代性文学：中国文学的新传统——兼谈中国现代文学与文学研究》，《文学评论》1998年第2期。

认为，“现代性”概念可以提供一种整体的理论框架。[①]

中国现代文学研究从“现代性”概念切入，为相关研究领域带来了新的活力，如李扬从“审美现代性”的视角出发，试图在“启蒙现代性”之外找到一条阐释路径。[②] 他还认为，“社会主义现实主义文学”也具有“现代性”。[③] 持类似观点的还有刘小枫、贺桂梅等，如贺桂梅着重分析了赵树理文学中的“现代性问题”。在“现代性”的论述框架中，与王德威视晚清为中国现代性文学的起源期相呼应，在国内学界中，如杨联芬、王一川都对晚清的文学现代性有所重视，关注中国文学“古今演变”的学者也都在晚清寻找现代文学发生的起点。由此，无论是纵方面的时间限度，还是横方面的内容范围，凭借“现代性”这一扭结，中国现代文学的研究空间得以丰富。然而，就学术界运用“现代性”概念的情况看，在理论来源、具体界定和运用上表现出纷繁、杂乱的现象。从理论来源来看，有韦伯的“现代性”，卡里内斯库的“现代性”，以及吉登斯和施特劳斯的“现代性”；从具体界定和运用看，有所谓的“审美现代性”“革命现代性”“现代性反思”。最终，“现代性”在几乎无所不包的阐释里表现出阐释力的渐失。

早在80年代中期，“寻根文学”这在创作界热极一时的潮流，引发学术界掀起“文化热”。就中国现代文学研究领域来说，中国现代文学与民族文化传统的深层关系在当时成为一大热点，而在新时期以来的30多年中，中国现代文学研究中最为人熟知的“文化热”，当属90年代中期以来兴起的“文化批评”。在90年代，宗教文化与中国现代文学的关系研究成为热点。如杨剑龙的《旷野的呼声——中国现代作家与基督教文化》，系统考察了鲁迅、周作人、许地山、老舍等众多现代作家与基督教文化的关系，采取类似视角的还有王列耀的《基督教与中国现代文学》、王本朝的《20世纪中国文学与基督教文化》

① 参见陈晓明《现代性与文学研究的新视野》，《文学评论》2002年第6期。
② 参见李扬《现代性视野中的曹禺》，人民文学出版社2004年版，第22页。
③ 参见李扬《抗争宿命之路》，时代文艺出版社1993年版。

等；谭桂林则着力于对佛教文化与中国现代文学的关系研究，著有《20世纪中国文学与佛学》。中国现代文学与地域文化的关系也受到重视，如《中国现代文学研究丛刊》在1991年第2期推出“现代作家与地域文化”专栏，而湖南教育出版社在1996年前后推出“20世纪中国文学与区域文化丛书”，有吴福辉的《都市漩流中的海派小说》、朱晓进的《“山药蛋派”与三晋文化》、刘洪涛的《湖南乡土文学与湘楚文化》、逄增玉的《黑土地文化与东北作家群》等。此外，家族文化、民俗文化等与中国现代文学的关系研究，也得到深入开拓。

值得注意的是，在中国现代文学的“文化转向”中，文学制度研究得以兴起。其中，出版制度、稿费制度、教育制度等受到密切关注。如在现代出版与中国现代文学的关系研究中，商务印书馆、开明书店、文化生活出版社、泰东书局等都得以深入研究，如刘纳的《创造社与泰东图书局》、孙晶的《文化生活出版社与现代文学》等，考察了出版文化对中国现代文学发生与发展的重大影响；文学报刊研究更是从多重维度上加以展开，“触摸历史”“回到历史现场”成为中国现代文学研究的一种风尚。

（三）21世纪以来，“全球化”和新媒体的话题为学界所热切关注。其中，在应对“全球化”思潮的过程中，中国现代文学研究有着自觉的思路调整，中国现代文学的“新传统”得到重视，本土资源受到关注；在新媒体语境中，中国现代文学研究的视野得以拓展

2001年9月，“中国现代文学研究学术生长点”研讨会在浙江金华召开，11月，“全球化与中国现代文学研究的转变”研讨会在上海举办。在“文化热”退潮之际，人们寻找着新的研究生长点，而“全球化”恰如其时地进入视域。随着中国的“入世”，“经济全球化”一词成为时代关键词，在包括中国现代文学研究的文学研究领域，从名称到含义都已简化的“全球化”也被热烈讨论。“全球化”话题的提出，一方面是受到经济全球化下文化交流日益频繁的影响；另一方面，“走向世界”这一中国现代文学固有的特性，激发出一种保

守姿态。即表现出对本民族文化的崇尚和固守，由此，中国现代文学研究从“走向世界”到“向内转”，倡扬民族本土资源成为一种潮流。

其中，我们可发现曾经的“现代与传统”的议题得以重提，并且人们尤为关注“现代文学新传统”。特别是在五四运动90周年之际，现代文学的“新传统”“小传统”意义被彰显、放大。

在五四新文化运动的倡导者那里，“现代与传统”俨然以新/旧的对立而判然有别。在三千年未有之大变局中，中国固有文化传统，在与西方文明的大碰撞下得以实现“现代化转型”，显著地表现出科学、民主、自由的启蒙精神指向。新/旧二元对立的思维影响着其后的文学创作和相关研究。人们曾长期过分强调中国现代文学（新文学）与古代文学传统断裂的一面，强调其接受外来思潮的影响因素。

新时期以来，二元对立的思维模式得到突破。“现代与传统”的联系受到关注。如李泽厚重建起晚明文学与五四新文学之间的关系。他在《美的历程》中称，公安派“之所以直到‘五四’新文学运动中仍有影响，原因就在它们毕竟开始有了近代文人气息”[①]。对于中西、古今的文学传承、演变关系，王瑶作为中古文学史专家，有着清醒的认识。他在20世纪80年代中期曾指出：“现代文学中的外来影响是自觉追求的，而民族传统则是自然形成的，它的发展方向就是使外来的因素取得民族化的特点，并使民族传统与现代化的要求相适应。”[②] 他认为，鲁迅杂文与魏晋文章有一脉相承之处，周作人散文与明末小品有着深刻的联系。同一时期，侯敏泽也开始思考五四文学与传统文学的关系，提出五四新文学运动所关注的“个性解放”自有传统的源头。有学者指出：“如果说从本世纪20年代末开始，到50年代初基本完成的近、现代文学史研究独立体系的建立，是一个从古代文学史研究中分离出来的过程；现在到了世纪末又开始了一个将二者整合到一

---

① 李泽厚：《美的历程》，文物出版社1981年版，第197页。

② 王瑶：《中国现代文学与古典文学的历史联系》，《北京大学学报》1986年第5期。

个大的历史叙述结构中的研究过程。”① 将中国现代文学视为中国文学史的发展部分，关注其与中国古代文学的继承与革新关系，是中国现代文学研究的重要一脉。

到了21世纪，“现代与传统”的议题依旧延续，而“现代文学新传统”的新议题得以确认。2001年7月，南京大学中国现代文学研究中心主办“中国现代文学传统”国际学术研讨会。与会代表围绕“中国现代文学传统”这一总议题，分别就中国现代文学传统的范畴、内涵与形成等进行了探讨。其后，此议题在中国现代文学研究界得到深入展开，激活五四话语成为部分研究者的关注点。正如有学者指出的：“‘现在’和‘历史’总是构成不断的‘对话’关系，正是这种‘对话’使传统能持续得到更新。特别是近些年许多关于文化转型与困扰的讨论，包括那些试图颠覆‘五四’与新文学的挑战，都迫使人们重新思考现代文学传统的问题。这种研究既是学科自身发展的需要，也是对当下的‘发言’，其重要性在于通过对传统资源的发掘、认识与阐释，参与价值重建。”在相关研究中，现代文学的新传统“不是虚玄的东西，它主要指近百年来那些已经逐步积淀下来，成为某种常识，或某种普遍性的思维与审美的方式，并在现实的文学/文化生活中起作用的规范性力量”，“现代文学传统也有相对稳定的‘核心部分’，这些部分容易获得共识，对当代文学/文化生活的规范影响力也大。最明显的，是以白话文为基础的现代文学语言的确定，这也是现代文学区别于古代文学的最重要方面”，“此外，现代所创造的许多作品，它的文学形象、文化内涵、艺术形式乃至风格、技巧，许多也已经转化为当代普通社会生活的内容，承载着人们的思想情感，甚至成为某种‘共名’”。②

可以说，在20世纪80年代，“文学自主性”“文学是人学”等命

① 钱理群：《新的可能性与新的困惑——读1998年出版的几本现代文学史著作笔记》，《中国现代文学史论》，广西师范大学出版社2011年版，第263页。

② 温儒敏：《现代文学传统及其当代阐释》，《中国现代文学研究丛刊》2008年第2期。

题都是从“五四”找到言说资源的，当时的中国现代文学研究因“五四”传统得以激活。而21世纪的对“现代文学新传统”的再发现和重视，特别是对五四新文学经验的总结，除了学科自身发展的需要外，还增添了面对“全球化”而发生的焦虑。

二 问题域迁移与学术转向

纵观30多年来的中国现代文学研究，学术热点或问题域的迁移以及学术转向，既与学术界对来自学科外部的新理论资源的借重有关，也与对学科自身发展的探索相关。就前者而言，其他学科的理论启示，尤其是在西方理论资源的影响下，中国现代文学研究的视野得以开拓，更多的研究对象和研究领域被关注；而文学史观的新探索、史料的深入整理等也为中国现代文学研究开辟了新空间。

（一）学科交叉视野下的问题域迁移

新时期以来，在人文学科整体发展的语境下，各学科间曾不可逾越的界限正在日益模糊。在面对重大的文化问题时，单一的学科视角显然无法完成圆满的解释，其他领域的学科方法论被借鉴成为中国现代文学研究的一种普遍现象。

在20世纪80年代初期，哲学界李泽厚关于“启蒙与救亡双重变奏”的观点，辐射至中国现代文学研究界，由此对五四经验的审视得以较深入地展开。而在80年代中期的“理论方法热”中，心理学、社会学、历史学、系统工程等学科的迅猛发展，带给中国现代文学研究前所未有的新视域。具有交叉视野的西方文艺理论得以全面译介，如心理分析学、存在主义、结构主义、女性主义、文学社会学等，在中国现代文学界得到充分地理论操作。除了人文社会哲学的研究成果被借鉴外，“自然科学方法热”也得以兴起，如林兴宅对系统科学方法论的关注，其对阿Q的性格系统研究轰动一时；汪应果在《科学与缪斯》中，应用“耗散结构理论”对中国现代文学做了新阐释等。

在90年代的“现代性”关注中，韦伯、吉登斯、卡里内斯库等理论论述得到引用，其中卡里内斯库的“两种现代性”观点，激发出众多的中国现代文学版“两种现代性”。而在同时期的“文化转向”中，尤其是文学制度与中国现代文学研究中，哈贝马斯的“公共空间”和布迪厄的“文学场”影响巨大。进入21世纪，各式“全球化”以及新媒体理论也给中国现代文学研究带来新的视域。

值得注意的是，除了因对其他学科方法论的借重而带来中国现代文学研究领域的拓展外，有的学者还通过“走出现代文学”获得了新的研究空间。正如有学者指出：“进入90年代以来，一部分曾经相当活跃并已取得积极成果的同行，还干脆部分或者整个地‘走出现代文学’，到其他学术领域去另求发展了。”① 在90年代，中国现代文学研究队伍的分化是一个较显著的现象，一批已在中国现代文学研究领域学有专长的学者，在学术生涯上完成了华丽的转身。如杨义在系统研究中国现代文学，尤其是完成三卷本《中国现代小说史》后，一方面以中国古代小说史为切入口，旁及更广阔的中国古典文学、古代文化研究；另一方面整体梳理中国叙事文学，兼顾西方文论，致力于建立中国叙事学。而正是这种学科贯通的努力，使其研究打破了严格的现代学科之间的壁垒，交叉视野得以生成，从而长期保持着学术活力。此外，如赵园把目光投向明清两代、汪晖转治中国现代思想史、陈平原重视大学教育等，都值得重视。

（二）文学史观变革下的领域拓展

但凡一门成熟的人文学科，有其明确的研究对象应是题中之义。中国现代文学研究的纠结之处在于，虽然面对的是数千年未有之大变局中的文学时代，以及有着不少具有世界性意义的作家作品，但又要面对文学史时间过短的困惑。

新时期以来，中国现代文学研究的研究对象几易其名，有“中国新文学”、“中国现代文学”、“20世纪中国文学”、“汉语新文学”以

① 樊骏：《〈丛刊〉：又一个十年（1989—1999）——兼及现代文学学科在此期间的若干变化（下）》，《中国现代文学研究丛刊》2000年第4期。

及“民国文学”等。这种称谓的变动，明显体现出学术界对新文学史观的努力和追求。这种努力和追求，往往与同时期的研究发展需求有关，反过来又引领着相关领域的拓展。也就是说，从某种意义上，从中国现代文学史观的变动中，我们可以看到相关研究作出相应的调整。

自其学科建立开始，五四新文化运动成为近代文学研究和现代文学研究的分界线。中国现代文学研究的研究时限往往始自“五四”，迄至中华人民共和国成立，研究对象也主要关注“新民主主义革命文学”。而在80年代初期，随着“现代文学”命名得到普遍认同，思潮流派研究兴起，包括新感觉派、鸳鸯蝴蝶派等被纳入研究视域。在20世纪80年代中期，“文学整体观”的提出，则带来了中国现代文学研究的一次新的突破。

“文学整体观”的提出，被视为打通近代文学、现代文学和当代文学学科界限的新文学“整体观”。1985年，钱理群、陈平原、黄子平等人提出“20世纪中国文学”论，1987年，陈思和《中国新文学整体观》[①] 中“文学整体观”的提出，在中国现代文学研究界引起较大反响，并很快出现了厚重的研究成果。如作为“20世纪中国文学”倡导者之一的陈平原，在1989年推出《二十世纪中国小说史》第1卷。书中着重考察了1897—1916年的小说。此著引起不少研究者的关注，如李庆西的《文化、诗学和叙事方式——〈二十世纪中国小说史〉第一卷的两个问题》（《上海文论》1990年第6期）、解志熙的《文学史的新写作及其理论问题——读〈二十世纪中国小说史〉第一卷》（《中国现代文学研究丛刊》1991年第2期）、刘纳的《有意义而有意思的工作——也读〈二十世纪中国小说史〉第一卷》（《中国现代文学研究丛刊》1991年第2期）等。其后，谢冕、孟繁华主编的《百年中国文学总系》，延续“20世纪中国文学”的文学史观，进行了一次有意义的文学史写作实践。

---

① 陈思和：《中国新文学整体观》，上海文艺出版社1987年版。

到2010年，严家炎主编的《二十世纪中国文学史》由高等教育出版社出版，“文学整体观”被赋予新的内容。如有学者指出：“严著最引人瞩目的是研究‘边界’的拓宽。现代文学的起点被往前移到19世纪80年代末，等于前推三十多年，空间上（其实也是一种‘边界’）则覆盖华人外语写作、少数民族语言写作以及通俗文学、旧体诗等，而这些都是以往文学史所忽略的。”①

此外，近年来“民国文学”“民国视角”“民国机制”的提法日盛，只是相关的文学史论述框架并未在中国现代文学研究界获得共识，有关讨论略显稚嫩。如“民国文学仅是一个时间概念”之类的立论，与相关学者所批驳的“现代文学”“20世纪中国文学”一样具有概念的矛盾性。但在“民国”这一论述框架下，在具体的研究中，包括法律与文学、经济与文学等议题渐次受到关注。但值得注意的是，如果相关研究步已有的制度研究后尘，那么“民国文学”之类提法的合法性，将会受到多方面的质疑。

（三）新材料与新问题的结合

陈寅恪在《陈垣敦煌劫余录序》中说：“一时代之学术，必有其新材料与新问题。取用此材料，以研求问题，则为此时代学术之新潮流。治学之士，得预于此潮流者，谓之预流（借用佛教初果之名）。其未得预者，谓之未入流。此古今学术史之通义，非彼闭门造车之徒，所能同喻者也。”②

在中国现代文学研究领域，“新材料与新问题”在一定程度上可以置换成“历史性与当下性”。对于中国现代文学研究这门学科来说，史料的重要性自不待言，正如有学者指出，“没有史料，也就无历史研究可言”；而与时代命题同呼吸，则为中国现代文学研究带来无穷的活力。

---

① 温儒敏：《再谈现代文学史写作的“边界”与“价值尺度”——由严家炎〈二十世纪中国文学史〉所引发的研讨》，《学术月刊》2011年第12期。

② 陈寅恪：《金明馆丛稿二编》，生活·读书·新知三联书店2001年版，第266页。

总的来说，中国现代文学研究在80年代的复苏和顺利展开，跟史料的整理有着密切关系，正如前文所述，《中国现代文学史资料汇编》的编选，为中国现代文学研究作出了重要贡献。而在90年代，在“文化转向”中，各种文学制度的研究与史料的整理更为相关，如报刊研究、现代出版与中国现代文学关系研究等，无不是回到历史现场，接触第一手文史材料。到了21世纪，史料的数字化问题，更是显示出新意。有学者指出，新时期以来的中国现代文学研究中，有一个“从史料征集”到“学术创新”的发展过程，“史料征集”给“整个中国现代文学研究，带来的新的学术眼光和新的学术精神”。[①]

关于当代性问题，程光炜对比20世纪80年代和90年代中国现代文学研究的不同取向，作了很好的说明。他认为，80年代的中国现代文学研究有着“五四认识装置”，“成为现代文学解释当时社会转型的最有效的视野、方法和语言”，而90年代，“向内转”的中国现代文学研究已如法国年鉴派一般“危机四伏”。[②] 当然，从某种角度看，90年代“文化热”也自有其与历史、社会语境的契合性，是另一种“当下性”的表现。到了21世纪，“现代文学新传统”的被关注，文化保守立场的显现，也都是“当下性”的一种表现。

三 研究“危机”与突破可能

在20世纪90年代中后期，中国现代文学研究界就生发出了一种学科危机感。1997年前后，《中国现代文学研究丛刊》陆续推出有关学科发展的“笔谈”，对90年代以后的学科困境与出路展开了种种讨论。如王富仁的《当前中国现代文学研究中的若干问题》对中国现代文学研究中的“保守”与“革新”思维的辩证关系进行了反思。有文学史家回顾20世纪90年代的中国现代文学研究时，就指出“当下性”

---

① 刘增杰：《中国现代文学史料学》，中西书局2012年版，第43页。

② 程光炜：《重访80年代的“五四”——我看“中国现代文学研究”并兼谈其“当下性”问题》，《文艺争鸣》2009年第5期。

的缺失导致研究活力的丧失："'古代文学'之所以在80年代就被'边缘化'，是因为它把文学研究变成了一种脱离于自己时代的所谓'学问'。而人们现在不免担心，现代文学是不是也在重蹈'古代文学'的覆辙，重走脱离于自己时代的老路。"①

在今天，中国现代文学研究面临着何种"危机"？与之相伴的问题是，我们该在何处找到突破口，寻找新的生长点？

（一）"汉学热"与本土资源

毋庸置疑，海外中国现代文学研究有其优长之处，为国内研究提供了丰富的理论资源和广阔的视域。早在20世纪80年代，在海外中国现代文学研究成果的启示下，中国现代文学研究界极大地拓宽了研究视野。夏志清的小说史、司马长风的文学史等，使周作人、张爱玲、钱锺书、沈从文以及新感觉派小说等"浮出历史地表"。近年来，中国现代文学研究明显受到海外研究的影响，正负面效应均较为突出。尤其是美国学派，如王德威的"被压抑的现代性"，一方面对晚清现代性十分重视，启示研究者关注这曾被忽视的时段；但另一方面，相关观点有着较明显的贬抑五四传统的研究倾向。在海外，就五四与传统文化的关系，认为五四"（全盘）反传统""否定传统文化"的看法一度在思想文化界流行；有的现代文学研究者在处理相关问题时，也不免有厚古薄今之类的思维逻辑。这是需要有所辨识的。

此外，值得注意的是，日本的中国现代文学研究论著在近年来得到大量译介，如竹内好、伊藤虎丸、北冈正子、木山英雄等的著作。固然，在中国现代文学得以发生的东西方文化碰撞之中，日本及其文化扮演了重要角色。但在日本学者的中国现代文学研究中不难发现，鲁迅及其他现代作家不只是单纯的学术研究对象，而是在一定程度上成为他们考察中国文化历史，对日本作出自省的介质。盲从他们的学术观点，难免有问题的张冠李戴之嫌。

---

① 程光炜：《重访80年代的"五四"——我看"中国现代文学研究"并兼谈其"当下性"问题》，《文艺争鸣》2009年第5期。

总的来说，海外学者基于异质的文化语境，采取自身的理论立场与研究方法来考察中国现代文学，且有着明显异于中国文化与现实的问题指向。

中国现代文学研究理应立足于本土，强调“历史性”与“当下性”。对于中国现代文学研究来说，若有更多触摸历史、回到历史场景的研究，将可能获得更丰富多彩的研究成果。面对当下中国的文学与文化现实，我们或许可以从“现代文学新传统”中找到更多有效的理论资源。

（二）“以论代史”的偏颇

对于20世纪70年代的中国现代文学研究，有学者曾指出，为了摆脱“‘以论代史’的大批判开路式的学术风气，学术界不约而同地把眼光集中在对现代文学资料建设上来”[①]。80年代作家作品论和思潮流派研究的兴起，无不建立在丰厚、扎实的史料基础上。学术研究不能不强调“问题意识”，否则容易陷入思想指向上的贫乏，但若是“以论代史”，忽视基本史料的拥有和理解，单纯地就“问题”而谈“问题”，无疑容易流于内容上的空洞。对于中国现代文学研究来说，“材料”与“问题”缺一不可。

20世纪80年代中国现代文学研究的顺利展开，文献史料整理方面的贡献甚巨。但在整个研究界，重论轻史或史料运用不规范的现象是不容忽视的。正如刘增杰指出：“20世纪中国现代文学研究的薄弱环节之一是文献问题。常见的突出问题有：使用史料时粗枝大叶，张冠李戴，史实讹误；不重视触摸、鉴别原始资源，轻率地使用第二手资料，从而陷入别人的话语场中不能自拔，被人牵着鼻子走；混淆学术论争和政治斗争的界限，破坏以尊重事实为前提的学术研究运行机制；在作家选集、文集、全集编辑过程中，不加说明就任意删改原作，造成了如鲁迅所说妄行校改的灾难性后果。”[②] 此外，相关的问题还在

① 贾植芳：《中国现代文学总书目·序》，福建教育出版社1993年版，第1页。

② 刘增杰：《论文献薄弱的四个因素》，《河南大学学报》2005年第2期。

于：有的研究借助文学史的叙述进入，不重视具体文本；有的目光仅局限于对单个文本的解读，迷失于阐释方法上的革新，而忽视了文本背后时代与历史所拥有的丰富内涵。

（三）“网络化”与“项目化”生存

对于中国现代文学研究来说，或者对于整个人文社会科学研究来说，网络化的时代语境与项目化的学术生态是无法回避的。如今，网络时代给研究带来极大的便利，网络犹如一个“流动的图书馆”。无论是研究专著，还是旧报刊以及影像资料，都可以在网络上找到海量的资源，但对于研究者来说，网络资料也存在一些不容忽视的弊端。研究者选取网络资料时目的性往往较强，而导致对细节的忽视以及系统知识的建构。在写作上，也会带来一种“数据库写作文体”：“网络数据库的推广，打破了图书垄断，但数据库无限制地膨胀，导致了一种数据库写作文体，从而失去了学术原创能力。”①

新生代学者有着“项目化生存”的研究取向也是值得注意的。有学者指出：“这一代学者基本都是由完整的学院教育培养出来的，较能适应现有的学术生产体制，善于找题目，写论文；但另一方面，他们的问题意识往往限于学科内部，读者也多是同行圈子，这样一种封闭循环的学术生态，有可能使研究缺乏动力和责任感。当写论文主要成为一种谋生手段时，学术工作和自身的生活世界容易割裂开来。现有科研体制对项目、课题的强调，更加深了这一困扰。”② 课题设计的技术封闭性以及学院派氛围的人文封闭性，似乎不利于新一代学者研究个性的养成与体现。

---

① 参见欧阳友权、禹建湘《“网络·网络文学·公共空间”全国学术研讨会综述》，《文学评论》2009 年第 5 期。

② 温儒敏：《现代文学研究的“边界”及“价值尺度”问题——对中国现代文学研究现状的梳理与思考》，《华中师范大学学报》2011 年第 1 期。

新时期以来的中国当代文学研究简述

许　航

新时期以来，中国当代文学经历了“文革”之后的反思、改革开放后涌入的大量西方文学创作思潮的洗礼、市场化浪潮的冲击、影视及网络等新兴媒介的影响，在各种力量的作用下向前发展。中国当代文学研究一方面紧跟文学界的创作，对每个时期的文学思潮、文学创作、作家群体进行文学批评性质的归纳和总结，在理论总结的基础上试图对文学创作“应该怎样”“到哪里去”进行引导；另一方面，立足于文学现实，追溯它的历史脉络，反思其审美内涵和创作形式上的得失，进行文学史性质的梳理。此外，文学研究在风起云涌的文学思潮的刺激下、在大量吸收西方文学理论的过程中，开始走出过去二元对立的社会历史批评，逐渐出现形式批评、文化研究等多元化局面，将对当代文学的研究拓展到“文学”以外的对象上。面对当代文学创作、研究纷繁芜杂的状况，在非常有限的篇幅中，本文拟从当代文学研究中几个重要的关注点入手，以点带面、深入重点，对新时期以来的中国当代文学研究状况进行梳理和总结。

一　新时期以来的文学研究发展概况

“新时期文学”这一概念来自社会政治层面，后来在文学、文学研究领域得到了广泛的运用。1977 年 8 月，中国共产党第十一次全国代表大会把“文革”结束后称为中国社会主义建设的“新时期”。其后，文坛很快把此后的文学称为“新时期文学”。这一文学以“思想解放运动”为序幕，通过拨乱反正和为文艺正名，为自身的发展奠定了基础。[①]

这一时期，伴随着文学创作从政治化走向多元化以及西方文学思潮的大规模涌入，从“伤痕文学”开始，人道主义文学、寻根文学、反思文学、改革文学、“归来者”诗歌、先锋文学、新写实文学等风起云涌，文学创作开始冲破意识形态的束缚，努力在文学创作的美学层面取得突破。伤痕文学、反思文学等在关注国家民族历史命运的同时，开始进入个人命运的反思层面，探讨个体的“人”的生存层面的困境；改革文学重在对社会变革的介入，多层次、多角度地反映历史变革在社会各个层面引起的反响，关注民族国家的“现代性”想象；寻根文学开掘了文学与文化紧密结合的审美空间，注重对个体与历史关系的探寻；先锋小说努力让文学研究回归文学本体，希望进行文学观念上的变革；新写实文学解构文学精神的“崇高”，将人的世俗生活和基本欲望作为表现重点。原来一体化的文学话语在这一时期走向分裂，在本土文艺政策和西方文学思潮的共同作用下，在特定社会历史语境、思潮的影响下，这一时期的文学创作逐步走向多元共生。

在此基础上，文学批评、研究也逐步走出过去二元对立的社会历史批评，逐渐出现社会历史批评、形式批评、文化研究等多元共生的局面。中国文学的民族特质、文学与生活的相互影响、想象与真实间的相互影响和融合、人物性格的复杂成因和构成、文学发展的内在动因和规律、文学演化的表现形态等扩展了文学研究的视野，各种文学理论和学说，如人类学、精神分析学、文化学、宗教学、美学、语言学等纷纷被引入文学研究的范畴，促进了文学研究方法的多元化。

20世纪90年代以后，市场经济的全面发展改变了传统文学生态。对文学体制进行了大刀阔斧的改革，在传统体制下依靠国家资助的众多文学刊物社、出版社等文学出版机构开始进入市场，盈利成为它们经营

---

① 杨义主编，江腊生执笔：《中国当代文学研究（1949—2009）》，中国社会科学出版社2011年版，第157页。

的重要目的之一。传统的“纯文学”刊物为作家提供的稿费可能大大低于市场化的期刊，很多作家开始尝试商业文学写作以获得更高的报酬，作家的生存方式开始走向多样化。市场因素成为90年代后文学发展不可忽视的一个重要因素。它不仅作为文学发展的重要背景，也构成了文学的重要内容，使文学创作或多或少地带上了市场话语的烙印。

在这一大背景下，20世纪90年代的文学创作虽然也出现了例如“新历史小说”“新状态小说”“新体验小说”“现实主义冲击波”等概念，但未能像20世纪80年代的创作那样形成较为明显的文学创作潮流，此起彼伏的文学概念也经不起实践的沉淀，经常如昙花一现。20世纪90年代文学的另一个现象是，批评在文学界的角色变得更加独立。相关学者指出，20世纪90年代一些重要的文学事件往往发生在批评界。如关于“学术规范”的问题、关于“后学”的讨论、关于“人文精神”的论争等。批评的理论化是90年代文学批评的一个重要特征。文学批评已不完全是对文学作品做出评价，而是寻求自身理论的完整性，是在作品的基础上进行“创作”。自20世纪80年代起，欧美文学批评理论被大量引荐，新批评、叙事学理论、结构主义、解构主义、后现代主义、后殖民主义、女性主义等诸种理论的引入和批评实践，使得文学批评更加具备了独立发展的空间。[①] 虽然，这种批评理论化的倾向在此后的文学研究中受到了一定的质疑，但在客观上促进了文学批评的独立发展，使其开始与文学创作一样，成为文学发展进程中不可忽视的一个维度。但是，由于批评越来越与文学创作脱节，这种现象也引起了很多文学研究者的质疑；而作家从一种传统的文学批评观出发，对20世纪90年代的批评状况也发出了许多责难。因而，有了“批评的缺席”的说法。[②] 直至21世纪，文学批评依然面临着批评功能

---

① 参见杨义主编，江腊生执笔《中国当代文学研究（1949—2009）》，中国社会科学出版社2011年版，第323—325页。

② 参见杨义主编，江腊生执笔《中国当代文学研究（1949—2009）》，中国社会科学出版社2011年版，第325页。

被曲解、批评形象被颠覆、难以承担文学史建构重任等重重难题，有学者分析说："拿中国当下的文学批评来说，阻碍文学批评功能实现的障碍既来自于批评环境的恶化以及对于批评本身的普遍不信任，也来自于批评自身能力的退化。批评功能的实现首先依赖于批评家主体的能力。"①

此外，在20世纪90年代，文学的生产、传播、接受方式等受到批评者的重视，"文化批评"兴起。相对"文学批评"来说，"文化批评"不重视文学作品本身的审美特质，而是更加关注文学创作相关的文化场域，关注文学作品的文化性，致力于探究它如何被生产、被传播、被接受。在市场化的文学创作背景下，这种对文学的全景式观察提供了观察作家、作品的另一种思路，对文学与市场的关系进行了较为有效的探索。

20世纪90年代后期，网络媒介开始介入中国作家、读者和文学批评者的生活，并且扮演着越来越重要的角色，悄然改变着中国的文学生态。进入21世纪，以网络媒介、视听媒介为代表的大众媒介的力量进一步显现出来，和市场机制一样，成为左右中国文学发展的重要力量。网络媒介的发展降低了文学写作和作品发表的门槛，越来越多的"作家""作品"以比以往快得多的速度被生产出来。21世纪以来，我国一年出版一千部以上的长篇小说，一年生产上万部中、短篇小说的盛况也似乎证明着文学的繁荣。但这一时期，大众的文学期待降低了，"读图时代"的读者们似乎将兴趣转向了图像化、表面化、娱乐化的文学读物；文学的接受和传播方式也大大改变了，网络、影视媒介成了作家和作品"一夜成名"的最佳渠道；作家身份和形象也出现了变化，特别是"80后""90后"作家的强势崛起及其作品在商业上获得的巨大成功不能不让人刮目相看……当代文学的面貌被"改写"，当代文学在大众文化生活中的地位无可奈何地衰落了。与此同时，当代文学的研究也面临种种困境与问题，学者将其总结为三个方

① 吴义勤：《新世纪中国当代文学研究的现状与问题》，《文艺研究》2008年第8期。

面：第一，中国当代文学缺乏一个让人信服的评价体系，极端的、二元对立的、非此即彼的文学判断再次“复活”，批评界无法让全社会在当代文学问题上形成普遍的共识。同时，网络空间让更多的人加入“文学批评”的大军之中，“文学批评”不但难以建立其公正、客观的品格，甚至经常和“商业炒作”等概念联系起来。第二，当代文学批评和文学史写作跟不上文学发展的步伐，成千上万的作品被视为“垃圾”，当代文学“经典”的缺失在一定程度上归因于文学批评与历史写作的“无为”。第三，文学评价环境的混乱导致了文学生态的恶化，畸形的社会心理、“暴力”化的文学话语方式的流行使得正常的文学批评已经无法展开。① 这些或隐或显的问题使得当代文学研究在把握、评价文学的发展上显得有些力不从心。

“当代文学”对于研究者来说，是始终变化、发展着的一个学科。正如有学者感叹的那样：“中国已有的文学，包括写进古典和现代文学史的，都是已完成的文学。惟独当代文学例外，它没有完成，始终都在行进中。以研究这段文学为目标的中国当代文学学科，其特点就是始终看不到它的边界。每天都在发生新的现象，每天都在出现新的研究对象，我们的工作只能是不停顿也不间断地追逐。”② 虽然 21 世纪以来，尤其是 20 世纪 90 年代以来的当代文学批评经常受到“合法性”和有效性的质疑，但依然要看到文学批评、文学研究者所做的努力和坚守，实际上，这一时期的当代文学研究，在文学批评、文学史研究、文化研究等方面都取得了相当的成绩。

二 新时期以来当代文学研究的主要领域

新时期以来的当代文学研究主要包括以下三个方面：第一，在文学批评类研究中，文学思潮及作品研究占据重要位置，有代表性的如

---

① 吴义勤：《新世纪中国当代文学研究的现状与问题》，《文艺研究》2008 年第 8 期。

② 谢冕：《我们见证历史——从中国当代文学的研究现状和问题意识谈起》，《中山大学学报》2004 年第 4 期。

伤痕文学研究、现代派文学、先锋小说研究、后现代主义文学思潮、女性主义文学研究等。以作家群体为线索进行的研究也不在少数，例如各个时期的女作家群体研究，近年来兴起的“底层文学”研究、“80后文学”研究。第二，在文学史类的研究中，对“当代文学”的质疑、“重写文学史”的讨论，对十七年文学和“文革”文学的各种“重返”、文学经典之争都形成了长时间、大范围的影响。第三，20世纪90年代以后，伴随着商业化大潮的冲击，影视、网络等媒介的强势崛起，文学的产业化、文学传播与文学生产的互动成为文学研究者关注的问题，文化研究的兴起使文学研究的领域得到了极大的拓展。当然，这几个部分之间是有交叉、重合的。

首先，文学思潮研究在这一时期文学批评类研究中占据重要的位置。单就专著而言，从1985年何西来的《新时期文学思潮研究》到2000年周晓风的《新时期文学思潮》，再到2009年席扬的《文学思潮：理论、方法、视野——兼论20世纪中国文学思潮若干问题》、丁帆的《文化批判的审美价值坐标：中国现当代文学思潮、流派与文本分析》，等等，已超过100部，相关论文更是难以计数。黄修己、严家炎、温儒敏、程光炜、丁帆、张清华等著名学者都参与到这一领域的研究中。伤痕文学研究、现代派文学、先锋小说研究、后现代主义文学思潮、女性主义文学研究等文学思潮在这一时期纷纷亮相文学、理论舞台，文学思潮研究成为这一时期研究的一个重要领域。

20世纪80年代，是西方文学思潮大规模涌入的一个时期，这一时期对西方现代派文学介绍的规模和深度是空前的。这一时期翻译出版的西方文学作品选主要包括外国文学出版社、上海译文出版社联合出版的“二十世纪外国文学丛书”、袁可嘉等主编的《外国现代派作品选》等，为读者提供了后期象征主义、表现主义、未来主义、意识流、超现实主义、存在主义、新小说等创作潮流中的代表性作品。有关的专著和论文集也纷纷面世，如《西方现代派文学问题论争集》《西方现代派文学研究》《欧美现代派文学三十讲》《西方现代派文学简论》《萨特研究》等。在对现代派文学思潮的吸收中，理论界出现了两大对立阵营，其一是主张现代派的作家或批评家，他们从西方文论中汲取理论方法，运用相关的理论包括超现实主义、意识流、象征主义、结构主义语言学、新批评、弗洛伊德精神心理学等理论资源进行文学文化批评；其二则是否定现代派思潮的作家和批评家，他们更加坚持中国"现实主义"创作思路。回过头看，这场论争虽有"概念先行"的嫌疑，但它使得现代派文学大规模进入作家和批评家的视野，在一定程度上推动了文学创作和文学批评的创新。

20 世纪 90 年代，中国经济得到进一步发展，社会发生很大变革。在市场话语的支配下，这一时期后现代主义思潮、女性主义思潮、新历史主义小说、新生代文学等多少带上了市场的烙印。文学思潮的研究在这一阶段依然是文学研究中的一个重要组成部分。有些学者对 20 世纪 90 年代的文学思潮进行宏观的把握，从叙事话语、文化分析等方面进行整体的总结和反思，有些学者则对"现实主义冲击波"、新写实小说等文学思潮进行整体性或个案性的考察和梳理。这一阶段，对在市场化体制下越来越"俗"的"世俗化"思潮的反思，是对世纪末文学创作倾向的一种回应，"新写实"小说、"新人类"小说、"王朔热"等创作现象，成为学者们的关注点和讨论对象。

21 世纪初，中国文学在市场化大潮中历练几年之后，呈现出了一些新的趣味和格局，值得一提的例如现实问题和弱者再次受到作家的关注，一些描写社会底层人民的作品涌现出来。此外，还有些作品反映了社会对立所产生的矛盾和冲突，对社会的不公平发声。作家越来越明确地站在不同的社会群体阵营中，形成了一些观念的冲突，相应地在文学理论和文学观念上也掀起了一些论争，例如对"纯文学"的讨论等。[①] 但依然必须承认，消费主义大潮依然挟持着 21 世纪的文学写作，对此文学研究者、批评家也提出了强烈的质疑，"作家们怎能

---

① 贺仲明：《意识形态的回归——转型中的新世纪初中国文学思潮》，《山东社会科学》2006 年第 5 期。

如此忍心放弃自己的天职，而对人民的痛苦转过眼去。而不是深深凝望这些痛苦而无助的人们，为他们的绝望流泪，为他们的挣扎叹息？”[①] 对文学思潮的回应，体现了文学研究界的理性和使命感，对文学创作起到了一定的反思和引导作用。

其次，文学史研究在新时期以来的文学研究中始终处于非常重要的位置。当代文学是否能进行文学史写作，曾经是老一辈学者们关心、讨论的问题。1985 年，唐弢发表《当代文学不宜写史》，他认为“现状只有经过时间的推移才能转化为稳定的历史”，质疑急急忙忙地为当代文学写史的现象，“现在那些《当代文学史》里写的许多事情是不够稳定的，比较稳定的部分则又往往不属于当代文学的范围”。[②] 半个月后，刊登唐弢文章的《文汇报》又发表了晓诸的文章《当代文学应该写史》，他认为：“问题不在于能不能写当代史，历史是否已经‘稳定’，而在于史家有没有掌握充分的史实，能否站在历史的真实进程及其规律。如果史家做不到这一点，即使历史再‘稳定’，他也写不好历史。”[③] 此后，施蛰存以《当代事，不成“史”》一文对唐弢的观点进行呼应，讨论了“当代”与“史”之间的悖论关系。1985 年，黄子平、陈平原、钱理群的《论“二十世纪中国文学”》和陈思和的《新文学史研究中的整体观》先后发表，提出了“二十世纪中国文学”的概念，并强调对 20 世纪中国文学进行“宏观”“整体”的把握，反对以简单对应社会政治史分期来进行文学史的分期。文章中强调：“‘二十世纪中国文学’这一概念首先意味着文学史从社会政治的简单比附中独立出来，意味着把文学自身发生发展的阶段完整性作为研究的主要对象。它的方法论特征就是强烈的整体意识。”[④] 同一时期，陈

① 陈奇法：《不能在人民的痛苦面前转开眼睛》，《作品与争鸣》2002 年第 2 期。

② 转引自孟繁华《不确定性与当代文学史的建构——1985—1988 年中国当代文学史的讨论》，《南方文坛》2014 年第 4 期。

③ 转引自孟繁华《不确定性与当代文学史的建构——1985—1988 年中国当代文学史的讨论》，《南方文坛》2014 年第 4 期。

④ 黄子平、陈平原、钱理群：《论“二十世纪中国文学”》，《文学评论》1985 年第 5 期。

思和、王晓明在《上海文论》主持的“重写文学史”专栏，则“更注重于具体的评价实践”[①]。专栏发表了多篇重新认识之前已有“定论”的作家的文章，开始了“重写文学史”之路。“重写文学史”的讨论及实践，其正面作用在于促进当代文学的研究越来越重视文学发展的整体性，不再割裂当代文学与现代文学间的联系，在某种程度上打破了此前当代文学史写作的基本格局。它既对“十七年文学”“文革文学”等进行了重新考量，对一些作家作品重新进行了评价，又正面回应当时的文学创作，突出独立、审美的文学标准，进行文学史的写作和梳理。

关于“重写文学史”的讨论，至今也没有停息，正如有学者所说：“文学史总是处在‘重写’之中，这是我们已经形成的共识。重写，也总是与当下语境、知识谱系和研究者的价值观有关。”[②] “重写文学史”是和研究者的历史观紧紧联系在一起的，唯物史观的确立始终对文学史的书写起着重要的作用。在走向多元化的同时，也避免用“现代性”某种笼统的“元话语”，避免从一种二元对立走向新的二元对立，真正做到平等对待当代文学场域中不同的流派和作品，实现真正的多元化。

与文学史写作相关的还有一个重要的问题，即对当代文献学“经典”的讨论，在 20 世纪 90 年代德国汉学家顾彬一语激起千层浪的中国当代文学“垃圾说”之后，中国当代文学究竟有没有经典、如何经典化就成为学界持续讨论的一个问题。顾彬的评价当然有其哗众取宠的一面，却也使得学者意识到有必要“反思中国文学界内部对于中国当代文学根深蒂固的轻视与否定”。[③] 经典化过程是对当代文学的客观记录和反映，不能依靠“经典”的自动浮现，而是要求文学研究者主动地进行辨认和筛选，参与到当代文学经典化的过程中。

---

① 孟繁华：《不确定性与当代文学史的建构——1985—1988 年中国当代文学史的讨论》，《南方文坛》2014 年第 4 期。

② 王尧：《关于中国当代文学研究的“向后转”问题》，《当代作家评论》2011 年第 4 期。

③ 吴义勤：《新世纪中国当代文学研究的现状与问题》，《文艺研究》2008 年第 8 期。

最后，自20世纪90年代以来，文化研究成为文学研究中的一个重要领域，诸多的文学批评工作者纷纷转向文化批评，文化批评写作构成了蔚然壮观的文学批评新气象。对文化研究持肯定态度的学者认为，在全球化的时代，面对文学研究日益萎缩的局面，应当弘扬一种新的文学的文化研究。并认为西方的各种文化研究方法论为学术界提供了对中国文化和文学进行多种阐释的可能性资源，并且提供了研究实践的工具。“文化研究”很快为中国批评界所接受，并被运用于当代中国文学与文化的研究实践中，成为当今中国文学批评界的主要话语资源之一。[①]

文化研究的兴起，与20世纪90年代以来中国社会迅速的商品化语境相关，也和大众文化的迅速发展密切相关。但文化研究作为一种西方引进的方法很快引起了学者们的反思和诟病，并且面临着自身的一些困境。这种困境的产生和文化研究这一起源于西方法兰克福学派的理论批评方法是否能适应中国本土实际这一问题密切相关。文化研究是否又会成为西方理论的一次中国“旅行”？对于源于西方的理论资源，我们如何加以合理利用？我们是否会丢掉问题意识而仅仅进行理论的操演？这些问题，不仅是文学研究、文化研究面临的问题，也是人文社科工作者共同面临的问题。

随着文化研究的发展，它的本土不适应确实展现了出来，例如它确实存在着一定的理论和实际脱节的情况。面对大众文化的发展，中国学者非常热衷采用法兰克福学派的相关理论对其进行分析，揭示其体现的平面性和机械复制性。但是中国所处的社会文化发展阶段，和法兰克福学派产生的西方后现代社会土壤存在很大的区别，如果简单套用西方文化研究的理论，虽然可以形成文章的“自洽”，但却存在着批评和问题脱节、没有抓住关键点、研究不到位的可能。理想的情况是，我们从中国的实际问题出发去引用理论，但存在着以理论出发

① 王宁：《全球化、文化研究与中国学者的文化策略》，《中国文化研究》2002年第1期。

来制造或夸大中国问题的可能。又如，文化研究的跨学科性质众所周知，那么，如何确立这一领域的学科性？怎样将文化研究的发展和国内的学科建设很好地结合起来以确保文化研究的发展？这些都是文化研究在国内的发展中可能面临的问题。

三　新时期以来文学研究的主要趋势和特点

综上所述，新时期以来的当代文学研究取得了丰硕的成果，既反映了不同社会历史语境下对当代文学的整体观照，也从文学研究入手参与对社会文化的考量。近年来，随着时间的推移，文学批评和研究从新时期初期对“拨乱反正”和西方思潮理论的渴求中走向了对本土意识和当下语境的回归。这些研究主要体现出以下趋势和特点：一是充分注重传统。学界从学习西方回归到注重对中国传统资源的梳理、总结和继承，对中国传统资源有着充分的自觉，并由此形成一种文化自信，积极地参与中外对话与交流。二是积极回应当下。一方面，学界注重传统并非要简单地回到书斋、故纸堆，而是清醒地认识到，面对国际和国内形势的深刻变化，需要强调学术研究的中国立场，发出自己的声音；另一方面，针对中国文学与文化现实的发展变化，网络文学、视觉文化、生态批评、文化产业等新课题得到及时而深入的研究，开辟了令人瞩目的新研究空间，并基本建构了相应研究领域的理论基础。三是跨界融合的视野、整体研究的思路明显，中国文学研究展现出一种开放、多元的研究姿态，并取得了丰厚的学术成果。

第一，立足传统，大力展开中外交流。“别求新声于异邦”，这曾是中国文学研究的主要思路之一。大量西方文学理论的译介，在一定程度上拓宽了我们的研究视域，激活了相关研究。但中国文学研究依赖西方文学理论也带来了种种负面影响，师洋不化、脱离中国文学与文化实际便是其中最为突出的表现。近年来，中国文学研究界更为自觉地梳理和总结着中国传统文化中的优秀经验，由学习西方到回归本土的轨迹十分清晰。这种回归，既因应着时代的变化和要求，也体现出研究主体正走向成熟，是中国文学研究发展的内在逻辑。在中国当代文学研究中，发掘作家、作品中的传统"基因"成为一种学术自觉。而在中华人民共和国成立60周年、五四新文化运动90周年、延安文艺座谈会召开70周年等节点，有关马克思主义文艺理论中国化、时代化和大众化的研究得到大力展开，五四以来的新文学传统受到充分重视。

中国文学研究界在梳理、总结传统资源的同时，积极地展开了与国外理论界的交流与对话，已逐渐形成一种全新的学术气象。各种国际学术会议不断召开，中国文学研究界积极"引进来""走出去"，中外文学研究的交流打开了新局面。一些研究领域在国际学术交流中发出了自己坚定的声音。以叙事学研究为例，其自20世纪六七十年代在法国兴起，随后流行于欧美，并在80年代进入中国学术领域，在中国文学研究及其他相关领域中产生了重要影响。中国文学研究界自觉地致力于建构"中国叙事学"，发掘中国丰富的叙事作品和叙事理论资源。如今，中国叙事学研究的开展势头不减，且与国际叙事学界的交流和联系越来越紧密。

第二，积极回应文学与文化现实，体现出"当代性"研究立场与思路。新时期以来，中国社会经历了高速的发展，中国的文学与文化现实也出现了众多新的现象。面对新的文学与文化现实，文学研究者不但积极介入，而且体现出了回应现实问题的能力。对现实问题的回应主要体现在以下几个方面。首先，在视觉文化日益发达、图像在社会表意系统中占据越来越重要位置的今天，文学研究积极面对这样的文化现实，文学与影视、文学与图像等相关研究成为文学研究中的重要方面。其次，互联网时代的到来，对文学的生产、传播、消费等环节产生了很大的作用，使其发生了相应的改变。对这些变化的总结和发展，是网络时代文学研究回应媒介发展和文学关系的必要举措。再次，全球气候变化、生态环境等问题日益受到文学研究界的重视，相关问题的研究风生水起，有的高校成立了生态美学与生态文学研究中心。又次，随着社会的发展，女性创作和性别问题越来越受到文学研究界的重视，女性文学创作、性别文化研究成为文学研究中的重要议题。最后，伴随着文化体制的改革，中国文化产业取得跨越式发展，文化产业的蓬勃兴起为文学研究、文化研究提供了广阔的舞台。

在对现实的回应中，当然还有很多的重要问题，在此无法一一列出。值得肯定的是，当代文学体现出的这种强烈的针对现实发声的问题意识，是文学研究发展的重要推动力之一。

第三，跨界融合与整体研究凸显。跨界融合的视野和整体研究的思路，已成为当代中国文学研究的主要趋向。中国文学研究界积极汲取人类学、社会学、考古学、数学、生态学等学科的理论资源，拓展和丰富着研究空间，呈现出一种开放和多元的研究氛围。文学地理学、文学社会学、文学人类学、文艺生态学、城市与文学关系研究等得以充分开展。以文学地理学为例，作为学科交叉的成功范例，其在古典文学研究领域中着重于借鉴地理学的“人地关系”，而在中国当代文学研究领域中则重视人类学中的“地方性知识”等。

除了跨学科的横向拓展外，文学研究内部的纵向贯通、整体观照成为重要的研究思路。“古今演变”的研究话题即体现出鲜明的文学史整体研究意识，吸引了众多研究者。此外，以往处于边缘地位的众多研究领域得到大力拓展，如少数民族文学研究、口传文学研究、域外汉文学研究等。

四 新时期以来文学研究的不足和展望

“新时期以来”在今天看来，已是一个比较长的、积累了大量文学创作、研究成果的阶段，在这一历史阶段中，中国当代文学的研究者进行了各种新的方法和理论上的实践，也对已有的研究进行了多次的反思，并在这种反思中进一步推进了文学研究。在看到以往取得的成绩的同时，对现阶段当代文学研究存在的问题进行反思，将有助于研究的进一步推进。

第一，加强对材料的甄别能力。与中国现代文学和古代文学不同，当代文学的对象、材料是随着时间的推进而向前推进的。每时每刻，都有大量的文学作品、文学批评产生，不要说对这些对象、材料进行全面深入的阅读，仅仅是对它们进行扫描式的概括就有很大的困难。因此，“这个学科实行加法的前提却是减法。这是由开始我们说到的这一学科的特性所决定的——当代文学学科的基本形态是动态的，它始终都在行进中”。① 在大量阅读、搜集材料的基础上能够有自己独到的发现，能够真正游刃有余地“做减法”，才能把握真正重要的问题。

第二，加强问题意识。学术研究应当提出问题和解决问题，即以问题研究为导向，才符合科学进步或知识增长的内在规律。新时期以来，中国当代文学研究界曾就一些基本的理论问题展开争论。例如，对现当代文学如何“划界”的争论、是否引入现代派文学的争论等，都具有较强的问题意识。在多年的发展中，学界越来越深刻地认识到，学术研究应当以问题为中心，而不是以学科为中心。文学研究的问题多种多样，可以是现实问题，也可以是理论问题、历史问题。在中国社会的转型期，只有提出、面对那些真正影响文学发展格局和根本走向的真问题，才能体现文学研究的深度，并且带来根本上的突破。

第三，对西方理论的引进和借鉴有利于文学学科的建设、文学研究的发展，但要和中国的社会文化实践紧密结合起来，合理地进行运用。对当代文学研究如何利用西方理论资源的讨论在近年来蔚然成风，这是在长期的研究实践中理论工作者的自觉反思。实际上，正如前文所述，这些年，中国文学研究界体现出了由学习西方到回归本土优秀传统的趋势，走出了将西方理论当成一种“元话语”的误区。但不能不看到，师洋不化、脱离中国具体文化语境、生搬硬套西方理论的现象仍然存在，在当代文学的研究中更加突出。合理运用西方理论仍是文学研究者需要面对的问题。

---

① 谢冕：《我们见证历史——从中国当代文学的研究现状和问题意识谈起》，《中山大学学报》2004 年第 4 期。

第四，积极回应当前文学、文化现实的同时，要注重对现象进行学理化阐释，而不是停留在对现象的简单罗列、堆积上。近年来，文学研究面对影视、网络媒介、文化产业的强势崛起，多少显得有些“心有不甘”，很多文学研究者开始关注影视、网络媒介，涉及文化产业研究。这是现阶段社会文化语境带给文学研究的必然转变，也是文学研究者对文化现实的一种积极反馈。但不能不看到，现阶段很多相关的研究都停留在对现象的梳理上，以网络文学研究为例，虽然相关的研究论文汗牛充栋，却经常停留在对网络文学、作家的简单批判上。此外，很多研究者相关的“媒介”知识非常有限，对传媒界关注的话题和研究方法也缺乏了解，在这样的知识储备基础上进行媒介相关的文学研究，结果难免令人失望。

第五，中国当代文学研究需进一步增强学理内涵。总体上看，相对于古代文学、现代文学的研究来说，当代文学研究仍主要集中在文学批评上。近年来，不管是文化研究转向中当代文学研究体现出的将整个世界当成一个大型“文本”的决心，还是各种“重返”体现出的对特定的文学历史语境重新进行追问的努力，都可以看作当代文学学科加强自身学理内涵的不同方向上的实践。然而，当代文学研究注重现象、文本批评，缺乏有深度的学理性建构依然是学科面对的重要问题之一。也正因此，当代文学研究、批评在不断涌现的各种文学现象面前显得有些无力。加强中国当代文学研究的学理性，是学科始终面临的难题，却又是不得不取得突破的任务。

新时期以来中国研究西方当代文论的问题意识

何兰芳

新时期以来，中国在社会生活的各个方面开始发生巨大的变化，这种深刻的变革不可避免地影响了中国的人文社会科学研究。具体到文学理论研究领域，反思苏联文论模式存在的弊病、推进对马克思主义文论的完整理解、寻求新的理论话语，成为新时期伊始文学理论研究的重心。

长期以来，受苏联社会主义现实主义文论的影响，从社会、历史、政治的角度研究文学的理论模式占据主导。这种研究模式虽有其合理的方面，但在中国当时的政治状况下，由于过度强调文艺为政治服务、文艺从属于政治，否定和排斥其他研究文学的角度和方法，很大程度上忽略了文学的特性、违背了文学的规律，难以全面把握和解释复杂多样的文学现象，并对文学的发展产生了不良影响。受单一理论模式束缚的中国文学理论研究，迫切需要在思想、观念、方法等方面寻求新的资源，新的时期为这种强烈的需求提供了现实的条件。在拓展和推进马克思主义文论研究的同时，译介西方文论，尤其是20世纪以来的西方当代文论，是中国文学理论界的重要工作。20世纪80—90年代，西方在近百年的时间中先后产生的各种文艺理论思潮，几乎是同时被介绍进来的，这对中国的文学研究产生了极大的冲击。

影响我国文学研究的西方文艺理论思潮众多，如俄国形式主义、英美新批评、神话与原型批评、结构主义、叙事学、精神分析学、解构主义、现象学、解释学、后殖民主义、女性主义等。大致而言，这些西方当代文论可被归为三大类。

第一类文论强调文学不同于其他人类精神活动的特性，立足于文学自身研究文学，主要有俄国形式主义、新批评、结构主义、叙事学等，一般被称为形式主义文论。这类文论针对19世纪的实证主义文论，反对将文学当作文献，反对从作者的生平、思想、创作意图，以及历史、社会等外部角度研究文学，主张从文学的内部研究文学，注重文学的形式因素，如语言、格律、文体、结构等。

第二类文论强调文学与历史、政治、权力等现实因素的关联，力图揭示并分析文学背后隐藏的压迫性力量，主要有西方马克思主义、女性主义、后殖民主义等。在某种意义上或许可以说，正是针对形式主义文论的局限性，文学研究走向了新批评所反对的文学的外部批评的方式。这类文论反对仅仅停留于形式分析的文学研究方法，而将文学最终引向政治和意识形态批判，并在文学研究中借鉴其他学科的理论方法。

第三类文论关注文学所彰显的意义世界、所阐发的真理，强调文学与人的存在的关联，将理解和解释从认识论转向本体论，认为解释就是存在的方式，强调文学对意义的探寻功能，认为对文学的理解是读者与文本之间的对话，这种对话既使得文本的意义得以体现和完成，也扩展了读者的视域。这类文论主要包括现象学、解释学、接受美学等。如果说第二类文论倾向于关注文学与现实政治的关联，那么第三类文论则更为注重文学与传统的关联。

需要说明的是，上述三大类文论的区分，只是一个大的轮廓的粗略勾勒，事实远为复杂。各类文论在其发展过程中有彼此的借鉴和吸收，乃至融合。赵毅衡曾提到，有影响的当代西方文论，往往是对四个支柱理论即马克思主义、精神分析、现象学/存在主义/阐释学、形式文论/符号学/叙述学的选择性结合。① 此外，即便是形式主义文论，

① 参见赵毅衡《重访新批评》，百花文艺出版社2009年版，“前言”第6—7页。

在关于文学自足性的主张之下也有其社会、政治的目的，比如新批评对诗歌的推崇，很大程度上是出于对工业社会的批评和对传统生活方式的留恋。他们希望通过对文学形式的强调，回归那种在他们看来清晰、完整、富于节律的传统生活。

中国文学理论界对西方当代文论的接受和研究，有其自身的思想脉络，总体而言，并非被动地、不加区分地全盘接受，而是有着强烈的现实关怀和问题意识，根据现实的境况，有其实际的意图，对各种西方思潮有所选择、改造。限于篇幅，我们分别选取新批评、西方马克思主义、阐释学，作为上述三类文论的代表性理论，以其在中国的代表性研究成果为切入点，分析这三类文论在新时期以来中国的文学理论研究中的大致状况，从中透视中国接受和研究这些西方文论时的内在意图和问题意识。

一　新批评研究：对过度政治化的文学理论话语的反拨

姜飞曾提到，强调文本独立自足性的新批评与强调文以载道的中国传统诗学是根本异质的，按说这将使得新批评难以在中国驻足，但事实上，早在20世纪20年代，国内对新批评的一些代表性著述已多有译介。[①] 80年代早期，在所有被介绍进来的西方当代文论中，新批评的地位尤为突出。1981年，杨周翰发表《新批评派的启示》一文，这是新时期以来较早集中讨论新批评的观念和方法的文章，而其显见的用意在于，思考新批评对纠正我们的文学研究所存在的过度政治化的弊病有何实际的借鉴意义。杨周翰指出，新批评派反对历史学派从作者生平、作品考证、文化社会背景等方面研究文学作品的做法，认为这是一种“外在批评”，相反，新批评重视个人对文学作品的经验，强调侧重对作品文字的解释和评价的“内在批评”。杨周翰以新批评的主张反观我们的文学研究中存在的问题，认为中国30年来外国文学

① 参见陈厚诚、王宁主编《西方当代文学批评在中国》，百花文艺出版社2000年版，第59—61页。

的研究，与新批评所反对的历史学派侧重“外在批评”的倾向有相似之处，他对遵循“政治标准第一、艺术标准第二”的文艺批评原则提出批评，明确指出这种原则可能导致三个不良后果：一是割裂内容和形式；二是导致“印象派的批评或简单化、公式化的批评”；三是否定了文学的独立性，使文学成为思想、政治等的附庸。而新批评从形式到内容的分析方法、关于细读的主张、对作品本身的强调，概括而言即对文学本身的规律、对文学艺术性的强调，是对我们的文学研究的重要启示。①

在看到新批评重视文学自身特性的同时，杨周翰也指出，新批评虽有将作品孤立起来的嫌疑，但事实上新批评并不是否定文学与现实、文化的关联，否定文学的内容，而是将诸如历史、现实等“外围知识”当作文学的背景或前提，文学的内容还是首先要通过对形式的分析进入。杨周翰对这一点的强调，实际上是主张形式分析，与对内容的强调并不矛盾，既强调了当时的文学研究关注文学的形式特性的重要性与急迫性，又考虑到 80 年代初期的现实语境。

1982 年，赵毅衡发表《“新批评”——一种独特的形式主义文学理论》一文。1986 年，其同名专著出版，是国内研究新批评的第一本专著，而且至今仍是最具代表性的重要成果。2009 年，其修订本《重访新批评》出版。赵毅衡的新批评研究，如杨周翰的文章一样，有其明确的目的和针对性，即针对我们以往的文学理论研究所存在的问题，思考这种在英美占据几十年主导地位的文学理论能够为我们提供何种有益的资源：“在今天，当我们正努力建设真正符合马克思主义的文学理论体系时……能不能对新批评派的各种成果加以分析，扬弃、改造……把他们的一些论点翻转过来，取出其合理的部分，来加强始终是我们文论中薄弱环节的艺术形式分析呢?”② 所谓建设真正符合马克思主义的文学理论体系，即是摆脱一定程度上经过苏联文论模式解释，

① 参见杨周翰《新批评派的启示》，《国外文学》1981 年第 1 期。

② 赵毅衡：《重访新批评》，百花文艺出版社 2009 年版，第 189 页。

简单化、机械化了的马克思主义文论的束缚，在对马克思主义更为科学完整的理解下，借鉴、吸收西方当代文论中的有益成分，从而“建立真正切合现代化需要的文论系统”。而新批评派的有益成分，正是其形式分析。

抱着这一批判地吸收形式分析方法的明确目的，赵毅衡对新批评做了细致的考察。他将新批评派文论放在从唯美主义到结构主义的整个西方当代形式主义文论发展的过程中，将之作为这个过程的重要中间环节，分析新批评与其他形式主义文论的差别，从而揭示形式问题本身的多种面向和丰富的可能性。在赵毅衡看来，作为西方当代形式主义文论的中间环节，新批评派在形式主义从反理性主义向理性主义的发展中起了决定性作用，到了结构主义，理性主义成为当代形式主义文论的主要特征。同时，新批评还是形式主义摆脱早期极端态度，在理论和方法上逐渐复杂完善的中间环节。正是由于这种中间地位，新批评派表现出不同于其他形式主义文论的突出特点。新批评派在理论的探索上表现出一些折中的态度，往往能突破形式主义的局限，比如，新批评派试图处理文学与现实的关系问题，对文学作品的结构有辩证的理解。但在批评方法上，新批评派又格外恪守一些严苛的规则，比如，将文学文本作为绝对的中心，过分强调文学语言在文学研究中的基础地位。在指出新批评由于将形式主义原则体制化、律令化而导致自己的衰亡的同时，赵毅衡充分肯定新批评在当代西方文学批评中的重要性，新批评的一些观点和方法被后来的文论吸收，至今仍是文学批评中习见日用的基本方式。

80 年代对新批评的研究，极大地推进了学界对文学的规律、文学的特性、文学研究的新方法的认识。1984 年，韦勒克与沃伦合著的《文学理论》中译本出版，其区分文学内部研究与外部研究的观点，更是直接引发了学界关于文学本体论的争论。对当时迫切要求思想解放的学界而言，以新批评为代表的西方形式主义文论，与中国此前长期占据主导地位的文学的政治批评模式、文学反映论形成鲜明对照，最容易成为学界对文学理论研究补偏救弊的重要工具。因此，尽管形式主义文论在同时期的西方正在经历其衰落的过程，却在中国成为讨论的热点。围绕新批评的讨论，与80年代美学热关于艺术自律、审美无利害的强调，某种意义上形成一种呼应，以一种拒斥意识形态色彩的方式，实现对那种以政治标准为唯一标准的文学艺术批评话语的反拨。

此后，进一步探讨新批评的理论和方法在中国语境中的有效性的努力，在中国的文学批评实践中颇富成效，表明形式分析的方法在中国文学研究尤其是中国古典文学研究中得到具体的运用，如乐黛云的《文学是一种特殊的语言形式——新批评派与小说分析》一文对《红楼梦》的细读，王毅的文章《细读穆旦〈诗八首〉》，王富仁对中国古代诗歌的系列解读等。值得注意的是，或许是受“知人论世”传统的影响，中国学者在运用新批评的方法分析文本时，更倾向于将内部研究与外部研究相结合。

如果说英美新批评在对历史学派的反拨中有些矫枉过正，最终不可避免地落入了狭隘形式主义的局限，那么，中国文论界基于现实的考量对新批评的移植，则始终没有忽略文学与历史、社会的紧密关联，并对新批评以及其他形式主义文论所产生的社会文化背景有着清醒的意识，正因为如此，才能对形式文论的重要性及其弊病有较为全面的评价。

二　西方马克思主义文论研究：促进中国形态马克思主义文论的建构

新时期以来对长期影响中国文学研究的苏联文论模式的反思，其目的是要正本清源，促进对马克思主义文艺思想的正确、完整的理解，使中国的马克思主义文论走上健康发展的轨道，而不是要彻底否定从社会、历史、政治的角度研究文学的理论和方法。事实上，从社会、历史、政治的角度研究文学，有其重要的价值。它反对那种主张“审美无利害”“为艺术而艺术”的文艺思想将文学艺术从其社会历史基础中脱离出来的做法和逃避现实的消极态度，激发文学艺术的社会批判功能，以及对新主体的教化、实现人的解放的积极作用。强调文艺与社会、政治问题的关联，主张文艺为政治服务的观点，是马克思主义文艺思想与中国的革命实践相结合的重要理论成果，这种革命文艺的主张在中国的具体实践中曾发挥积极的作用。只是在一定的历史时期内，由于特殊的政治形势以及苏联文论模式的影响，从政治角度对待文学的理论和方法逐渐僵化，成为无生命力的教条。

在重视文学与社会、政治问题的关联上，西方马克思主义文论与中国的马克思主义文论是相似的。西方马克思主义思想家有着强烈的现实关怀，他们继承马克思主义深刻的批判精神，对资本主义制度进行反思，试图运用马克思主义的理论，解决当代资本主义社会出现的新问题。他们重视文学艺术问题，将文学艺术作为解决资本主义的社会危机和精神危机、克服人的异化、实现人的解放的重要途径。他们重视文学艺术的现实批判功能，重视文本与意识形态的关系。而他们研究文学的基本路径，是对文学进行政治和意识形态批判。西方马克思主义文论在力图继承马克思主义思想的同时，重视对西方当代种种文化成果的吸收和借鉴，将马克思主义的文艺思想与西方当代种种文艺思潮结合起来，如精神分析、存在主义、结构主义、符号学、形式主义等，将之作为对马克思主义文论的有效补充，以发展马克思主义思想。

新时期以来中国学界对西方马克思主义文论的研究，可以说是借鉴西方马克思主义对马克思主义思想的理解及西方马克思主义文论的发展模式、促进中国自身的马克思主义文论发展的一个重要途径，其中蕴含的重要问题是，如何建设中国形态的马克思主义文论。国内学界根据杰姆逊对当代马克思主义三种形态的区分，将当代马克思主义文论也区分为三种形态，即苏联形态、中国形态和西方形态。① 而中国形态的马克思主义文论的自身完善和发展，其重要途径，既是对苏

① 参见程正民、童庆炳《“20世纪马克思主义文艺理论国别研究”总序》，曹卫东等《20世纪德国马克思主义文艺理论研究》，北京大学出版社2012年版，第19页。

联形态的反思，也是对西方形态的批判吸收和借鉴。

新时期以来，国内对西方马克思主义文论的介绍和研究经历了一个较为缓慢的过程，直到 80 年代后期至 90 年代，才开始形成热点。究其原因，或许一是由于苏联模式的长期影响，国内对西方马克思主义的认识还存在一些局限，关于“西马非马”的观点，一直持续至今；二是出于对苏联文论模式的反拨，西方的形式文论较之社会历史文化批评更易于为学界所关注和接受。

1988 年，冯宪光《“西方马克思主义”文艺美学思想》出版，这可能是新时期以来国内最早研究西方马克思主义文论的专著，论述了葛兰西、卢卡契、马尔库塞、阿多诺、本雅明、萨特等多位西方马克思主义思想家的文艺思想，从中梳理出西方马克思主义文艺思想的脉络，并对其功过有批判的分析。在后来的研究中，冯宪光又总结出西方马克思主义文论在发展过程中先后讨论的五个核心课题，即艺术创作方法问题、艺术与意识形态关系问题、艺术的社会功用问题、美学的“语言学转向”问题、艺术与审美的文化内涵问题，[①] 显示出西方马克思主义文论关注新的时代问题、发展马克思主义文论的思想特征。此外，冯宪光还总结出西方马克思主义文论在长时间的发展历程中呈现出的四种主要的形态，即人类学文论、意识形态批评文论、艺术生产文论以及政治学文论，展现出西方马克思主义文论讨论文学艺术问题的广阔视角。[②]

而对西方马克思主义文论的所有研究，最终都是要回答中国马克思主义文论的建设问题。冯宪光对新时期中国文论与西方马克思主义文论在发展过程中的动力因素和结构因素做了比较，由此思考西方马克思主义文论对建设中国特色的马克思主义文论的借鉴意义。他认为西方马克思主义文论和中国新时期文论的探索，其目的都是复兴和发

---

① 参见冯宪光《“西方马克思主义”美学研究》，重庆出版社 1997 年版，第 52—65 页。

② 参见冯宪光《在革命与艺术之间——二十世纪国外马克思主义政治学文艺理论研究》，四川出版集团、巴蜀书社 2008 年版，“导论”第 35—57 页。

展马克思主义，而二者发展马克思主义文艺思想的路径也基本相似：一是回到马克思，发掘马克思思想中长期被遮蔽、未被注意和吸收的论述；二是吸收西方当代的文化成果；三是关注实践问题，有着面向现实的维度。新时期中国文论与西方马克思主义文论的这些相似之处，表明新时期中国文论受到西方马克思主义文论的深刻影响。① 中国马克思主义文论对西方马克思主义文论的借鉴，有助于自身的建设和发展。

借鉴西方马克思主义文论，以促进中国形态的马克思主义文论建设的努力，产生了其他诸多成果，如马驰的《新“马克思主义”文论》、杨小滨的《否定的美学——法兰克福学派的文艺理论和文化批评》、谭好哲的《文艺与意识形态》、程正民和童庆炳主编的“20 世纪马克思主义文艺理论国别研究”丛书，此外还有大量对重要的西方马克思主义思想家的研究。这些研究成果从不同的角度对西方马克思主义文论的思想、方法，以及中国的马克思主义文论建设进行了深入的探讨。

三　阐释学研究：在中西比较中理解自身传统

西方现代阐释学，用伽达默尔的话来说，所思考的问题是“理解如何可能”。对人类生活而言，理解和解释的问题是普遍性的，涵盖社会、历史的一切方面。而文学研究，归根到底，可以说是对文学这种语言和书写的艺术进行理解和解释的问题，因此，阐释学对文学研究尤其重要。西方传统阐释学的一个重要部分，就是对包括荷马史诗在内的古希腊罗马经典进行解释的语文学。现代阐释学的代表，如海德格尔、伽达默尔等都把文学艺术作为阐释学的一个重要方面。现代阐释学在文学研究中的运用，在西方还形成了一个极具影响力的理论——“接受美学”。

---

① 参见陈厚诚、王宁主编《西方当代文学批评在中国》，百花文艺出版社 2000 年版，第 205—209 页。

按照罗方敏的梳理，钱锺书是新时期以来最早介绍阐释学有关思想的学者。钱锺书在《管锥编》中用“阐释之循环”来总结乾嘉学派“积小以明大，而又举大以贯小”，以全篇之义、全书之指和某句之意、某字之诂互释的“朴学”方法①，这从一开始就将西方阐释学带入与中国传统文化的互参之中。中国文论界对阐释学的介绍延续了这一中西比较的思路。1983—1984 年，《读书》杂志刊发了张隆溪介绍西方当代文论的一系列文章，这些文章后来结集为《二十世纪西方文论述评》一书。其中关于阐释学和接受美学的两章，描述了阐释学从传统阐释学到现代阐释学，从认识论到本体论的演变，认为在此过程中，西方文论有一个从克服误解、把握作者原意，到肯定理解的历史性、注重解释者的积极作用的变化。张隆溪将现代阐释学对阐释的多种可能性的肯定与中国的“仁者见仁、智者见智”及“诗无达诂”之说相联系。同时，他强调比较中西两种文学理论，使之能形成互补的重要性，并以之为未来文论研究的一个有意义的方向。张隆溪后来谈到他对阐释学产生兴趣的原因时，明确提到这一中西互参的用意，认为西方阐释学思考的很多问题在中国的经典注疏和阐释的传统中可以找到相关的讨论，“普遍的阐释问题为东西方比较研究，打开了一片广阔的领域”。②

可见，新时期以来中国文论界对阐释学的探讨，一开始就有其鲜明的视角，即以西方话语为参照，理解自身的传统，通过中西比较，实现中西文论的互补，由此既可使中国传统文论在其现代转换的道路上有所推进，又可使西方文论在中国文化语境中有所调整和改造。

张隆溪 80 年代为自己确定的中西阐释学比较研究的方向，在 2006 年出版的《道与逻各斯——东西方文学阐释学》一书中得到了具体的落实。在他看来，中西比较的基础或说理由，在于阐释现象跨越

---

① 参见陈厚诚、王宁主编《西方当代文学批评在中国》，百花文艺出版社 2000 年版，第 311 页。

② 张隆溪：《阐释学与跨文化研究》，《书城》2012 年第 8 期。

不同文化传统的普遍性。其比较的具体做法，并不是将西方阐释学的理论运用于中国的文学解释，而是以语言和解释的关系这一基本问题为核心，将中国和西方带入一种平等的、具有批判性的对话之中，考察这两种诗学传统是如何思考这一问题的。其比较的目的则在于突破文化差异，发现中西阐释学传统中的共同之处。

而他所发现的这种共同之处，乃在于中西文化传统对语言的隐喻性质、语言的暗示性的深刻把握，以及对理解和解释之多元性、开放性的认可。德里达曾指出西方文化传统中存在着逻各斯中心主义，即关于思想、言说、文字的形上等级制。口头言说是思想的及时呈现，高于书面文字，而书面文字作为一种外在的表达，远离了思想，对思想的表达是不充分的，在呈现思想的同时掩盖了思想。在德里达看来，西方的逻各斯中心主义由于主张声音与意义的统一，表现为语音中心主义，因此纯粹是西方现象，而中国的非拼音文字，可以成为对西方逻各斯中心主义的突破。但张隆溪认为，无论是西方传统的语音中心主义，还是德里达借助中国语言解构西方逻各斯中心主义的努力，都存在根本的误解。在中国的文化传统中同样存在逻各斯中心主义，即对思想、言说和文字的等级制的理解，书面文字也被认为比口头语言更不足以传达思想。《易・系辞》中的“书不尽言，言不尽意”，老子的“道可道，非常道”，庄子的“得意而忘言”即是对文字表达之缺陷的阐述。在张隆溪看来，中西文化传统中同样存在的对外在语言表达内在思想之不足的理解，可以成为比较研究的契机，通过中西阐释思想的相互发明获得对语言性质的真正理解。[①] 这就是对语言之隐喻性的理解。语言只能以具体的感性之物去暗示那精神的、抽象的意义，语言对意义的传达是有限的，不可能获得完全的清晰性。因此，语言必须被作为传达意义的一种工具、一种阶梯、一种权宜之计。正是由于任何语言的表达都无法穷尽意义，使得意义和对意义的阐释有着丰

① 参见张隆溪《道与逻各斯——东西方文学阐释学》，江苏教育出版社 2006 年版，第 32—47 页。

富的可能性。

张隆溪的中西文论比较研究，其侧重点在寻求异质文化中的相同之处。尽管他一再强调这种求同的努力并不意味着对文化差异的抹杀，而是试图吸收异己的东西，以扩展自身的视野，但这种突破差异的求同，仍可能流于以西方的理论话语对中国传统的阐释，而非中西之间的平等对话，因此存在误解自身传统的危险。他指认中国文化中同样存在逻各斯中心主义这种在西方文化内部早已受到批判的传统，就有可能是一种对中国传统的误解。当他同时指出中国传统中文字所具有的权力时，其求同路向的内在矛盾便被暴露出来。中国文字的创造被认为是对自然踪迹的模仿，因此，这种文字比拼音文字更能颠覆那种思想、言说与文字的形上等级制，而对这一点，张隆溪实际上是有所察觉的："在中国传统中，文字的权力就这样在受到贬低的同时也为自己行使了报复，而形上等级制也在刚刚建立之时便从基底遭到破坏。"①

尽管中西阐释学的比较存在一些问题，但由于对借助异质文化理解自身传统、建构自身的文论话语和体系这一目的有着明确的意识，在此思路上的有益探索，有可能将中西文论真正引向有建设性的对话，因而这一思路的价值无可怀疑。中西比较的思路也确实成为新时期以来中国文论界阐释学研究的主要方向，并出现一些有价值的成果：文章如萧华荣的《作为释义批评的"比兴"说》、东弓的《对话：翻译与解释——中西诠释学的文化比较》、陈跃红的《阐释的权利：当代文艺研究格局中的比较诗学》、杨乃乔的《偏见与误读——文学阐释学的哲学反思》、张杰的《〈易〉的解释学特性及其文学阐释的方法论启示》；著作如金元浦的《文学解释学》等。

四　新时期中国的西方当代文论研究的贡献及问题

新时期以来对西方当代文论的大量引进和研究，对中国的文学理

---

① 张隆溪：《道与逻各斯——东西方文学阐释学》，江苏教育出版社 2006 年版，第 47 页。

论发展起到了巨大的推动作用。它结束了中国长期以来在学术上的封闭状态，使学界开始了与西方学术的接触乃至对话。西方新的理论、新的方法、新的话语模式的刺激，改变了我们一定时期内只从社会、政治角度研究文学的单一模式，开阔了我们的研究视野，使我们开始尝试从各种不同的角度、运用各种方法探讨文学的特性，促进了文学研究的多元发展。此外，西方理论的进入，也促使我们接续五四时期中国学术曾经做出的努力，借助他者的眼光来反观自身的文化传统，并积极思考自身传统的现代转化问题，使之在观念、话语、形态等方面与现代学术体系接轨，为建构中国当代文论体系、应对新的时代问题提供积极的资源。

不过，新时期对西方当代文论的引进和研究还存在种种问题，粗略来看，主要表现在三个方面。第一，比较而言，学界对各种西方理论往往一般性介绍的多，深入研究的少；单方面接受的多，批判性反思的少；一些研究满足于在浅层次谈论西方新理论、新概念，一定程度上存在照搬照用的现象。这种情况在引进初期比较突出。进入 21 世纪以后，国内学界与西方的交流更直接充分，对西方思想的了解更为深入，同时对自身文化传统的自信心增强，因此，也更能全面客观地看待西方思想。第二，对西方文论的引进有一定的滞后性，往往是跟在西方理论的更迭变化后面跑。用一些学者的话来说是，“当西方文化和文学批评已进入后现代主义时期，我们还在争论中国有无现代主义；而当我们引进西方后现代主义思潮时，西方则又进入‘后现代主义之后’了”。[①] 当然，新时期之初在引进西方理论上出现的滞后现象，并不完全是由于中国学界对西方学术变化不敏感。长期与西方学术的隔绝以及文学研究的失衡状态，使得中国文学理论需要西方理论的补充，即便某些理论在西方已经过时，但仍对我们的文学研究存在补偏救弊的意义。第三，西方文论的大量进入，在一定程度上导致中

① 陈厚诚、王宁主编：《西方当代文学批评在中国》，百花文艺出版社 2000 年版，“绪论”第 9—10 页。

国的文学研究和批评实践对西方话语的依赖，以至离开西方话语便无法发声。学界关于中国学术“失语症”问题的讨论便是针对这一现象。“失语症”的判断，确实看到了中国文学研究和文学批评中由于西方理论、观念、话语系统的全面影响而导致的一些严重问题，但在注意到这些问题的同时，还应看到，中国对西方文化的接受过程，同时也是对西方文化的选择、改造的过程，因此，有观点认为，在这一过程中我们对西方话语的使用并不意味着自身言说能力的丧失，而是言说方式的转换。[①] 关于中国文论“失语症”的争论表明，在与西方文化交流的同时，如何构建自身的话语体系，是中国文学研究乃至整个学术体系所面临的一个十分重要而迫切的问题。

新时期西方文论引进和研究中存在的一些问题，应该说是在现代性话语的影响下、在中西文化交流的过程中存在的正常现象。事实上，学界为应对这些问题做出了种种努力。首先，从上述对三类西方当代文论的引进和研究的情形可见，学界在对西方各种文论思潮进行介绍、研究时，有着明确的问题意识，均针对中国文学研究的现状、弊病，基于对自身问题的反思，对西方文论有所选择、辨析、批评和改造。其次，对西方理论的本土适用性进行了深入的思考和探索。西方当代文论主要针对的是西方自身的文学现象，它能否对中国的文学进行有效的阐释，则需要中国学界着眼本土语境，应对当下的新问题，在文学批评的实践中进行验证。中国学界在这方面已经积累了很多有益的经验。最后，将西方理论作为参照，促进对中国文化传统的理解，中西比较的思路成为研究西方文论的重要方向。学界已开始有意识地改变五四以来的现代性话语，努力将古今问题转换为中西问题，使中国文论传统和西方文论进行更为平等的对话，并思考中国的传统能为当下的问题提供怎样的资源。

---

① 参见陈厚诚、王宁主编《西方当代文学批评在中国》，百花文艺出版社 2000 年版，“绪论”第 18 页。

第三辑

近年来古代文学研究的热点问题及其反思

李 琳

近些年来，随着文献整理工作的大规模展开，以及文学研究观念、理论的更新，在传承中不断拓新的古代文学研究，无论从广度和深度，还是数量和质量上来说，都呈现了前所未有的繁荣局面。就古代文学研究的形态而言，其成就主要体现在历史变迁视野中的文学史研究、逻辑建构层面的文学理论研究以及间接的文学外部研究、直接的文学本体研究等四个方面。这四个方面虽然研究视角、研究领域有所不同，但都是以古代文学为对象，是对其历史与现状、本体与生态、理论与方法的认识与探索。它们在研究实践中相辅相成、相互促进，从整体上推进了古代文学研究的时代发展。

马克思指出："问题就是时代的口号，是它表现自己精神状态的最实际的呼声。"[①] 学术研究的推进，往往有赖于重大问题的解决。20世纪80年代以来，一些热点学术问题的集中探讨及相关实践，其价值和意义已超越了问题的本身，带动了古代文学研究整体水平的提升，启发了学界对于古代文学研究方法、发展方向的思考，体现了鲜明的时代特色与民族风格。本文对此时期学术史的梳理，即希望以重大热点问题为中心线索，对近年来古代文学研究进行较为全面的回顾和反思。

---

① 《马克思恩格斯全集》第40卷，人民出版社1982年版，第289页。

一 “重写文学史”：文学史写作反思

“究天人之际，通古今之变，成一家之言”，[①] 写作“史”著，在中国传统的学术观念中是最高价值的体现。文学史的写作，某种程度上是学术观念、文献发现、研究成果的集中体现，因此，最能代表一个时代的学术成就，体现一个时代的学术风气。近几十年来，面对新的文学研究现状，传统的旧有文学史著作已不能完全体现学术的最新进展。新理论、新观念不断涌现，大量具体研究成果层出不穷，各学科“重写学科史”意识彰显，在此背景下，“重写文学史”的口号被文学研究界响亮提出，并深刻影响到之后的文学史研究。

“重写文学史”的主旨是为了发现和呈现以往文学史写作中被遮蔽和遗漏的内容，对既有的观点或结论进行重新审视、评价和定位，力求体现新观点、采用新方法和吸收新成果。具体而言，近年来对于古代文学史写作相关问题的思考，包括文学史分期的再探讨、文学史观的再探讨、文学古今通变研究，以及重要文体、文学流派和文学现象的再探讨等。“重写文学史”的工作包括：首先，进行理论反思，更新文学观念。摒弃以往文学观念中的局限与偏颇，通过文学史理论的自我更新与整合，进一步完善对古代文学发展历史的认识与描述。这尤其体现于对中国古代“文学”观念以及古代“文学史”的对象与范围、“一代有一代之文学”的“文学代胜说”、以朝代史划分文学史、“易代之际”文学研究等问题的理论探讨之上。有关文学史的理论反思源自既往文学史的研究实践，反过来理论的新突破对于文学史的写作起到重要的引导作用。其次，是增添新的史料和吸收新的研究成果。文学史观可以确立文学史写作的框架，而文学史中的具体内容则由作家、作品等史料来充实和丰富。新的史料发现和研究成果改变、补充、丰富了文学史的局部叙述，这在唐前文学史尤其是先秦文学史

---

① 《汉书·司马迁传》，中华书局1962年版，第2735页。

的写作中表现尤为突出。出土文献如上博简、清华简、安大简等促进了《诗经》《尚书》等经典研究，汉魏画像、隋唐墓志、域外汉籍等新材料的发现，引发了对传世文献的新解新证，促进了文史研究的新进境。最后，采用新方法、新角度，多层面还原文学史的历史原貌。从文学与社会制度、文学与家族、文学与地理、文学与艺术、文学生产与传播等多角度观察文学发展，力图呈现更为丰富、立体的文学发展样貌，以期完成更切合中国历史文化特质、更贴近文学史原貌的文学史写作。

近些年来文学史的研究与编纂都进入了繁荣期，数百部各式各样的文学史著作纷纷涌现，既有文学通史，又有断代史，既有按文学体裁、作者类别、民族分类、地域空间划分的文学史，也有文学思想史、文学批评史、文学理论史、文学流派史、比较文学史等。其中，有意识地“重写文学史”且影响最大的当属文学史教材的编纂和出版。在刘大杰、游国恩、中国社会科学院文学所分别编纂的文学史论著继续刊行的同时，一些学者和单位分别重新编写《中国文学史》，力图提供新的文学史研究视角、弥补文学史研究的不足，以“重写”来达成“反思后的重建”。古代文学通史重写的新成果，以中国社科院文学研究所新编纂的“中国文学通史系列”、章培恒和骆玉明主编的《中国文学史》（后又由上海文艺出版社推出《中国文学史新著》）、袁行霈主编的《中国文学史》为代表。以上文学通史集多位一流学者之力，在文学发展历史阶段与分期等方面突破以往写作模式，在文学流派、作家作品研究方面大量吸收学界的最新成果，发挥了集体写作的优势，集中体现了当代古代文学研究的新成就。文学通史的写作，无论新、旧，近年来都在与时俱进，不断进行修订，以适应新的科研与教学工作需要。如影响较大的游国恩、章培恒、袁行霈等主编的《中国文学史》教材，在21世纪都推出了修订本。

相较文学通史的集体合作写作方式，断代、分体文学史的写作多为个人完成，在前人研究基础之上，往往加入大量个人研究成果，从而对一个时期或一种体式的文学发展进行总体的宏观把握，且由于视角不同、方法不同，更能凸显学者个人风格，以及文学史研究的丰富样貌。在分体文学史方面，较具代表性的著作有郭预衡《中国散文史》、马积高《赋史》、张庚和郭汉城《中国戏曲通史》、李昌集《中国古代散曲史》、石昌渝《中国小说源流论》等；在断代文学史方面，较具代表性的著作有李剑国《唐前志怪小说史》、葛晓音《八代诗史》、杨海明《唐宋词史》、刘扬忠《唐宋词流派史》、严迪昌《清诗史》《清词史》、郭英德《明清传奇史》等。分体、断代文学史的写作，个人色彩较为浓厚，思路、视角、方法不一，或重文学史料的客观陈述，或重文学文体本身的形式演变，或重文学与社会文化（如音乐文化）的交叉影响，或重文学与美学的结合研究，或重文人流派传承的主导作用，这些都导致了文学史叙述具有不同内在理路，从而使文学史写作面貌各异、异彩纷呈。

编年体某种程度上被视为最接近客观史实的史著方式，随着文学史料学日益受到重视以及文献研究的大规模展开，编年体的文学史著作逐渐增多。目前，《先秦文学编年史》、《秦汉文学编年史》、《南北朝文学编年史》、《唐五代文学编年史》、《宋代文学编年史》、《元代文学编年史》以及 18 卷 1400 万字的《中国文学编年史》都已经完成，文学编年史正在逐渐形成一个完整的系列。这类文学史沿用中国传统的编年体史著的体例，将与文学相关的文献资料按年月顺序编排而成，“一是突出资料性，二是强调实证性，而不以铺叙描述或议论评析为长”,[①]“改变了以往文学史编纂简单的叙述模式，突出了‘史’在文学研究中的地位”，“预示着文学史研究将要朝多元化方向发展”。[②]

对学术史的熟悉程度很大程度上决定了学者研究视界的高下，因

① 董乃斌：《论文学史范型的新变——兼评傅璇琮主编的〈唐五代文学编年史〉》，《文学遗产》2000 年第 5 期。

② 胡可先：《唐代文学史研究的传承与创新——读〈唐五代文学编年史〉》，《中华读书报》2000 年 3 月 22 日。

此，学术界普遍重视对学术史的梳理和研究。近些年来，建立于丰富研究成果之上的学术史梳理，相当一部分以史著的形式体现。其中较有代表性的著作有郭英德、谢思炜等《中国古典文学研究史》，赵敏俐和杨树增主编《二十世纪中国古典文学研究史》，黄霖主编《20世纪中国古代文学研究史》等。此外，还有一些专题性的学术史著作，如夏传才《诗经研究史概要》、洪湛侯《诗经学史》、胡从经《中国小说史学史长编》、刘梦溪《〈红楼梦〉与百年中国》等。之所以学术史研究一直以来受到学界关注，尤其是世纪之交，学术史尤其是百年学术史成为研究热点，与中国“辨章学术，考镜源流”的治学传统有关。在以“人”为主、以“书”为主、以“问题”为主的诸种学术史中，以“问题”为主的学术史撰写方式最具典型意义。[①] 因此，学术史研究不仅仅是对以往研究成果的资料梳理，其要义是通过对于学术传承的辨析，体现对于文学思潮、研究方法、学术范式等总体演变趋势的认知，以理论性、反思性与前瞻性的经验总结启迪未来研究走向。

长期以来，文学通史尤其是教材类文学通史在高校中被统一使用，塑造了几代人的文学史观和知识结构，在各种文学史中影响最大。一方面便于初学者从整体上认识和把握中国古代文学的发展历史、研究现状与演变规律，另一方面也因受到时代学术观念制约等因素，有其理论、观念、视角和方法等方面的局限。在新的历史条件下，“重写文学史”以及“重新确立学术规范”的呼吁和努力，反映了古代文学研究界独立意识和自我反省能力的增强，以及当代学者面对内外挑战、超越前人的迫切愿望。“重写文学史”的探讨及其实践，对于开拓学科研究的视野、突破文学史编写的单一局面、展示古代文学研究的最新成果都起到了积极作用。“重写文学史”的讨论以及文学史的重写实践，推动了文学史的学科建设，也促进了学术研究水平的提升。

总体而言，现有的文学史仍然格局复杂：第一，旧有文学史依然

---

① 董乃斌：《关于“学术史”的纵横考察》，《文学遗产》1998 年第 1 期。

影响巨大。游国恩、刘大杰、郭绍虞等人编纂的文学史、批评史等，在作了一些修订之后，仍有着广泛的影响。有的学者甚至认为重写文学史并无必要，“因为过去的文学史不是全部或大部基本事实或基本论述错误，文学史就没有重写的必要，而只是在原有基础上修改、补充、提高的问题”。[①] 第二，新的文学史写作并未完全达到预期目的。文学史的重写，实质是一次关于文学史的创新性的学术性写作。虽然有不少新著文学史体现出自觉的理论追求，在观念、方法、内容、体例上进行创新，也受到学界广泛关注，收到不少好评。但随着数以百计文学史新著的大量涌现，一些成果并非建立于扎实的基础研究之上，而是东拼西凑、沿袭严重，一时之间，文学史写作似乎成为最容易出成果的领域。而一些“重写文学史”的著作由于仍“流于经验性的否定而终无真正坚实的建设，再度发现否定者仍在被其‘否定’的那个视野中”，[②] 文学史的重写也在不断地受到质疑。“文学史写作的兴起是现代学术体系的产物，‘五四’以来的种种文学史叙述，已基本形成纵向以朝代进行历史分期、横向以文体类型和作家作品分类的整体框架，这既为学科发展提供相对稳定的研究框架，也在某种程度上造成研究的‘惰性’，乃至形成文学研究创新的藩篱，当下文学实践的阐释要求正在倒逼文学史研究更新。”[③] 社会历史的演进、文学实践的发展、思想观念的变化，决定了文学史还会不断被重写，不断地被新的时代赋予新的思想与内容。二十多年来文学研究发生了巨大变化，亟须推出新的《中国文学史》。面对学术研究的碎片化、去中心化和跨学科发展，需要新的文学史研究范式，进而形成一种边界清晰、定位准确、逻辑自洽、体系完整的文学史。重写文学史也应与海外学界对话与交锋，面对诸如《剑桥中国文学史》《哥伦比亚中国文学史》

① 艾斐：《求异思维与求实精神——关于“重写文学史”的质疑与随想》，《理论与创作》1989 年第 5 期。

② 赵园：《“重写文学史”专栏结束语》，《上海文论》1989 年第 6 期。

③ 李琳等：《2020 年文学研究发展报告》，《中国社会科学报》2021 年 1 月 18 日。

等的推出及流行，基于一些基本史实描述的差异，如先秦经典的生成、元杂剧的时代等问题，对于中外学界的差异不应回避，而应做出有理有据的回应。在传统观念之后，如何寻求新时代文学史写作的理念，需要探讨和形成新的共识。相信随着研究的进一步推进，会有更多有立意、有深度、有影响的文学史新著出现。

二 “现代转换”：古代文学理论的重建

一代有一代之文学，一代有一代之学术。随着时代现实发展与变革，文学研究的深入和展开，对于文学评价标准、文学理论的探讨和总结也势在必行。相对于古代文学研究的其他方面，古代文论更易受到时代影响、体现时代学术特色。自 20 世纪 80 年代以来，传统方法的革新与国外新理论、新方法的引进，使得古代文论研究呈现了与以往不同的风貌。在古代文论研究的反思与重建中，最受学界关注、影响最大的当属“古代文论的现代转换”的提出。20 世纪 90 年代起，钱中文、童庆炳、杜书瀛、张少康等学者开始就古代文论研究的现代转换问题进行集中探讨。这一问题的讨论在学界引起热烈反响，直至今日仍受到大家广泛关注。这场古代文论现代转换的讨论热潮，真切地反映了古代文论界面对时代变化和西方思潮压力时的焦灼心态。在形形色色的新理论、新方法相继登场后，中国文论应该如何有效继承古代优秀传统，如何在新的历史语境中构建开放而具有活力、既具有中国民族特色又具有普遍阐释力的话语体系、理论体系，成为大家普遍关注的问题。将具有现代性的文学理论、方法和古代文论进行融会贯通，集中表现为古代文论的现代转换问题。

古代文论的现代转换，一个重要的内容即是将古代文论的概念、范畴等与今天的文艺理论相互对照并进行再阐释，从单个的概念出发，追源溯流，贯通古今，对照中西，推陈出新，对概念进行符合历史语境的阐释并赋予当代意义，变原有的封闭体系为开放体系，使之成为在当下文学实践中仍然适用且富有解释力、具有通约性的理论话语，进而为建构具有中国特色的文学理论体系奠定基础。陈伯海说："综合而又要保持民族传统的特色，当从古代文论特定的范畴、命题和论证方法入手，逐步上升到一些理论专题、文体门类以至总体结构。"例如，"诗言志"作为中国诗学的开山纲领，一直以来被学界不断地再阐释。而在现代文论语境中，可以在内涵、意义上有与传统解释不完全相同的理论解释。[①] 其他受到广泛关注并被讨论的范畴还有意象、意境、文笔、风骨、气象、格调、神韵、比兴、寄托、境界等。与现代转换相对应的是，不仅仅是对范畴本身的内涵进行重新阐释，对于概念、范畴的研究方法也有所更新。早年的范畴研究多依靠学者自身对于古代文论中常见概念的敏感和悟性，在方法上以传统的考据释义为主。近些年以来，一方面，随着"理论热"的兴起，各种西方的新理论、新方法如结构主义、阐释学、接受美学、心理学等被引入范畴研究；另一方面，传统的研究方法，如历史批评法、譬喻品评法等也仍然广为使用。众多研究方法的试验和运用，一方面取得了前所未有的成果，另一方面也存在着食洋不化和食古不化的现象，需要反思西方概念、术语、体系割裂中国文学史与错置文学现象的问题。

在内涵重释以及方法更新之外，最值得注意的是对于范畴的理论体系的思考，这是范畴研究现代意识加强的主要表现。一方面，相较于单个范畴、概念的研究，对于范畴史以及范畴群的关注使范畴研究逐渐被视为古代文论中重要而独立的组成部分，其自身的学科特性被逐渐认识到，"批评上许多重要的观点与理论，都可归结到一个或多个范畴上面"。[②] 围绕特定范畴史或者范畴群的研究，往往会带动古代文论中特定理论专题的深入探讨。另一方面，近年来，系统梳理中国古代文论基本范畴的工作渐次展开，在此基础上古代文论的基本理论框架有所呈现。如"中国古典美学范畴丛书"已出版的多本专著分别

---

① 陈伯海、黄霖、曹旭：《中国古代文论研究的民族性与现代转化问题——二十世纪中国古代文论研究三人谈》，《文学遗产》1998 年第 3 期。

② 汪涌豪：《中国古代文学批评范畴十五讲》，华东师范大学出版社 2010 年版，第 209 页。

集中探讨了“文质”“气”“兴”“风骨”“意象”“意境”等古代文论经典范畴；李建中主编的《中国古代文论范畴发生史》、詹福瑞的《中古文学理论范畴》则通过对先秦“气”“象”“自然”“言”“意”“和”以及中古“风骨”“隐秀”“通变”“神思”等范畴探讨古代文论的发生、发展史。随着范畴史以及众多范畴的系统梳理，有关范畴研究的理论思考也进一步深入。汪涌豪《中国文学批评范畴及体系》《中国文学批评范畴十五讲》以及彭修银、党圣元、蒲震元等学者的研究，围绕范畴的研究方法、构成方式、体系建设、元范畴等问题展开深入探讨，这些思考都凸显了范畴研究的理论品格及其现代意义。范畴研究也成为中国古代文论体系重构工作中最基本的组成部分。

中国古代文论的现代转换，一个重要目的是建立具有中国特色的文学理论体系。追求话语、理论的体系建构，期望在现代语境中对古代文论进行整体性的审视、观照，对古代文论的思想资源进行再认识、再阐释、再利用，始终是近些年来古代文论界的理想目标。中国古代文论作品大多是随思随感随录的札记体文字，多散见于文学家的诗话、词话、书信、笔记、杂论、序跋、笺注、评点等形式之中，除了《文心雕龙》《诗品》《沧浪诗话》等少数专著之外，成规模的古文论著作较为少见。因此，一些研究者借鉴各种理论观念，不懈探索建构文论研究的理论体系，以期呈现系统化、逻辑化的中国古代文论体系，并取得了引人注目的成果。这一时期，出现了一批影响较大的文学批评史著作，体现了当代学者建构中国古代文论体系的努力，如蔡钟翔主编的《中国文学理论史》、王运熙和顾易生主编的《中国文学批评通史》、罗宗强主编的《中国文学思想通史》、张少康《中国文学理论批评发展史》、敏泽《中国文学理论批评史》等。此外，袁行霈《中国诗学通论》、赵敏俐主编的《中国诗歌史通论》、陈良运《中国诗学体系论》、谭帆《中国古典戏剧理论史》、蒋寅《清代诗学史》、陈水云《中国词学的现代转型》、俞为民《中国古代戏曲理论史通论》、左东岭主编的《中国诗歌研究史》等都体现了从文体角度建构古代文论体系的努力。

以上论著多侧重从“史”的角度进行理论探讨，而比较研究视角的引入以及对于研究方法的反思则将文论的理论研究进一步推向深入。如钱锺书《管锥编》对于多种古代文学理论观念的中西类比阐释，对于后来研究具有示范意义。黄维《中国文学纵横论》《中国诗学纵横论》侧重中西批评方法的比较，曹顺庆《中西比较诗学》侧重中西不同诗学观念的比较。一些学者则试图在比较视野中对中国文学批评方法做系统总结，如赖力行《中国古代文学批评学》、张伯伟《中国古代文学批评方法研究》等。中国古代文论的民族形式、思想特质以及当代价值，只有在世界范围的文论比较视野与现代学术框架下，才能得到更为有效的总结、合理的定位和清晰的呈现。以上无论是纵向研究，还是横向研究，无论是对具体范畴、文论家思想的研究，还是对文论史的基本描述、对其总体发展规律的解释，以及文论研究视域的拓展和方法、视角的多元，都标志着古代文论研究进入了新的发展阶段。

古代文论的现代转换，在学界持续的关注与热烈的讨论中，也不时有学者对此发出质疑的声音。如蒋寅说：“我对这个提法是不敢苟同的，除了‘现代转换’的‘转换’一词无法定义，不适合作为学术讨论的概念外，‘古代文论’这一名称本身就宣示了它是在现代视野下呈现、建构的对象，清晰地烙有现代的铭记。”[①] 不管“现代转换”一词是否恰切，这场关于古代文论重新诠释以及现代意义的大讨论，无疑深化了近些年来的古代文论研究并对后续研究产生了深远影响。

有关讨论中的“现代性”指向，不仅仅是在时间上区别于古代，更是在观念形态、精神旨归上与传统相区别。它是一种进行状态，具有开放性、包容性与建设性。古代文论的现代转换问题，实质上关注

① 蒋寅：《古代文论研究的回顾与前瞻》，《文学遗产》2008 年第 1 期。

的是在新的文明交流、文明互鉴背景下如何对待不同民族文学理论之间的关系，特别是中国文学理论与西方文学理论的关系，以及现代化进程中如何处理好继承民族文明传统的问题。只有真正如一些学者所主张的那样，通过借鉴外来理论，激活传统，把外来的理论资源转化为中国理论的构成要素，让传统中一切尚有生机的因素真正活跃起来，实际地参加到民族新文化乃至人类未来文明的建构中去，① 这才是古代文论的现代转换所真正具有的时代价值和理论意义。古代文论的现代转换，一方面固然面临着与当代文论和西方文论的对话与接轨，另一方面也要防止过分西化和当代化。同时，也要避免中国古代文论一经“转换”，而失去古代文论的个性及民族特色。中国古代文论的现代转换，既是反对简单移植的努力，又是一种激活、延续文论传统的努力。这场大讨论通过对当代文艺理论现状和以往中国文论发展历程的检讨，思索当前中西文论的交流与融合中的价值取向，探索面向未来的文论建设。从这个意义上来说，研究古代文论的现代转换问题，关注的不仅仅是古代文论本身，还是中国文论历史的纵深和未来的走向。

三　“大文学”视域：文化研究背景下的学科融合

近年来，古代文学研究取得较大成就、呈现了与以往不同面貌的一个重要原因就是研究领域的拓展。各相邻学科的新发现和新创造，为古代文学的研究提供了新材料、新方法和新视角。多方位、多角度对作家作品、文学现象进行社会的、文化的、心理的、审美的研究，为古代文学研究开辟出新境。交叉学科、多学科融合的文学研究主要体现为文学研究与社会史（如家族、交通、地理、科举等）、艺术学（如音乐、美术、曲艺等）、思想史（哲学观念、文化思潮、宗教习俗等）等学科相结合。原本以概念阐释为主的文学理论、批评与鉴赏为

① 陈伯海：《“变则通，通则久”——论中国古代文论的现代转换》，《文学遗产》2000 年第 1 期。

主的狭义文学或纯文学研究，不断开疆拓土，转换成了广义的文学或文学生态研究，即一些学者所言的“大文学”研究。[①] 广义的文学研究包括内部研究与外部研究，文学的外部研究虽然面向文学的周围与周边，但始终是围绕着认识文学现象和解决文学本体问题的需要而展开的，与文学的发生、发展与演变密不可分。因此，文学的外部研究，其实质是文学本体研究的拓展。

黄天骥认为，古代文学研究的开拓“关键不在于找‘新方法’、找‘新观念’，而在于扩展研究的领域”。[②] 资料和研究领域的拓展，随即会带来研究的视野、观念、角度和方法的革新。近年来文学研究领域的拓展突出地体现于“文学的文化研究”转向。文学的文化研究，是将文学置于文化变迁的大背景下进行研究。其基本特点正如童庆炳所总结的那样：“从文化视角中来考察和研究文学”，“这个视角的意义在于，它不是从文学的微观视角来考察研究文学，而是从宏观的文化视角来考察研究文学。不是从单一的学科来考察文学，而是从跨学科的视角来考察文学”，“基本上是一种跨学科的研究”。[③] 研究者采取多学科交叉的研究方法，借鉴历史学、哲学、艺术学等相关学科理论，从时代背景、社会制度、思想渊源、艺术风尚等诸多方面来理解古典文学作品和认识文学现象。虽然学界对文学的文化研究转向利弊尚争论不休，但是目前在古代文学的研究实践中，这种跨学科视角的研究已蔚然成风，其通常的表现形式为文学与某某（如文学与音乐、文学与家族、文学与地理、文学与科举等）的关系研究，有相当数量的研究采用了此种话语方式作为核心议题。

文学与他者的关系研究，在古代文学研究领域，近些年来比较集中于文学与家族关系、文学与地理关系等问题。限于篇幅不能一一展开，以下主要以文学与家族关系研究为重点，并兼及其他类型研究。

---

① 杨义：《以大文学观重开中国现代文学史写作的新局》，《湖北大学学报》2013 年第 3 期。
② 黄天骥：《开拓与坚持》，《文学遗产》1988 年第 2 期。
③ 童庆炳：《文化诗学是可能的》，《江海学刊》1999 年第 5 期。

文学与家族研究。近些年来，文学与家族关系研究成为古代文学界的研究热点之一。突出的表现有两个方面，一是相关著作、论文数量急剧增多，二是大量博、硕士学位论文以此为选题，甚至出现选题重复的现象。以专著而论，代表性著作有曹道衡《兰陵萧氏与南朝文学》、刘跃进《门阀士族与永明文学》、李浩《唐代三大地域文学士族研究》《唐代关中士族与文学》、罗时进《地域·家族·文学：清代江南诗文研究》、徐雁平《清代文学世家姻亲谱系》等。家族文学研究热潮中，重要且具代表性的文学家族的个案研究颇受学者关注。如宋代晁氏文学家族，就有张剑、刘焕阳、何新所、李朝军所著四部专著问世。明清时期众多文学家族尤其是江南文学家族的文献整理和文本研究尤其受到学者关注，如由梅新林等主编的“江南文化世家研究丛书”已出版了多本以明清文化世家为主的论著。家族文学研究也是近年来博、硕士学位论文的热门选题之一。年轻的新生代学者正在对古代的文学世家进行拉网式的逐个清理工作，如仅涉及魏晋南北朝时期的相关学位论文，就有《魏晋南北朝家族观念与家族文学》《东晋南迁士族与文学》《中古“河东三姓”文学研究》《两晋南朝琅邪王氏家族文化研究》《六朝陈郡谢氏家族文学研究》等数十种选题。加上一些已经出版的相关专著，可以说，魏晋南北朝时期著名的文学家族已基本被纳入研究者的研究视野。其中一些论文选题还出现相互重叠的现象。

随着这种个案研究的大量进行，越来越多的文学家族进入学者的研究视域，有关文学家族的基本的资料清理工作正在有条不紊地进行。学者们从这些个案出发，从各个角度探讨了家族文学创作、传承所具有的特殊性，文学生态与家族繁衍之间的关系等诸多问题。经过若干年对于特定文学家族的累积研究，如何在已经相当宏富的个案研究基础之上对家族文学研究进行反思甚至进行理论体系建设，是学界目前思考的问题。虽已有学者提出建立“文学家族学”之说，但相对于数目巨大的个案研究，目前对于家族文学的整体思考和研究（包括其概念、逻辑起点、研究对象、研究方法以及历史还原等）则略显薄弱。目前的相关理论探讨多以论文形式出现，或者从历史还原入手，通过对历代文学世家形态演变的梳理，在形态辨析与规律探寻中以纵向角度勾勒文学世家的历史面貌；或者从研究的逻辑起点、问题视域、认知角度等几个方面入手，探讨家族文学研究的学理依据、研究对象与研究方法，力图使其有一个相对明晰的学科定位；或者从方法论的角度认为只有恪守分层与守界原则，才能对家族文学进行有效研究。[①]这些理论思考在个案研究基础上，分别探讨了家族文学的历史形态、学科定位、研究方法等问题，力图通过理论总结带动未来的家族文学研究。这些都体现了近些年家族文学研究从个案到整体、从文献到理论、从自发到自觉渐次深入的研究历程。学界这种对于文学家族研究的热情，某种程度上是对于学术传统的回望。多年以前，陈寅恪先生即指明东汉以后学术文化是以地方之大族盛门为寄托，并以门阀士族研究作为政治社会经济文化研究的核心问题。古典文学界重新将目光投向家族与文学的关系研究，重估社会史语境对于文学发展的重要意义，这正体现了将文学变迁置于社会历史原境，将文学研究与文化研究、社会史研究相关联的综合性视角。近年来，刘京臣、陈松、王军等学者利用社会网络分析方法，对唐宋文献中的人物关系与社会网络进行了数据挖掘、中心性计算、可视化呈现与结果阐释分析，展现了新的方法和路径。

文学与地理研究。时间和空间是人类认知世界的两个最重要的维度，在文学研究领域则分别体现为文学史学和文学地理研究。相比起文学史学的优势地位，文学地理研究一直未受到足够的重视。随着西方人文地理研究视角的引介，以及文化研究的兴起，中国悠久的人文地理传统被重新发现，并被赋予新的意义。提倡文学地理研究的学者

---

① 梅新林：《文学世家的历史还原》，《中国社会科学》2011 年第 1 期；罗时进：《家族文学研究的逻辑起点与问题视阈》，《中国社会科学》2012 年第 1 期；张剑：《家族文学研究的分层与守界原则》，《华南师范大学学报》2011 年第 3 期。

们提出各种口号，如“重绘中国文学地图”,[①] 对文学地理研究进行“场景还原”与“版图复原”,[②] 建立与文学史学双峰并峙的“文学地理学”等。[③] 中国历代不绝的风土诗歌、郡邑文献、方志地志等为文学地理研究提供了丰富的资料，而对于传统文学进行现代学术意义上的地理观照则为古代文学研究提供了新的研究视角，这些都刺激了文学地理研究的勃兴。学者们或整体概观，或理论阐发，或借助地域视角进行专题研究，产生了一批富有新意的学术成果，代表性的著作有杨义《重绘中国文学地图》《重绘中国文学地图通释》、刘跃进《秦汉文学地理与文人分布》、梅新林《中国古代文学地理形态与演变》、胡阿祥《魏晋本土文学地理研究》等。近些年来，随着地方政府对于传统文化建设的重视，区域文学文献的整理、区域文学史的研究成为热潮，出现了大量区域文学史和地方文学文献集成汇编之类的研究成果。学界近年来对文学地理持续的关注以及理论性成果的增多，标志着文学地理研究已进入新的研究阶段。近年，王兆鹏主持研发“唐宋文学编年系地信息平台”，利用GIS技术，实现了文学研究的时空一体化和作家行迹呈现的可视化，并在此基础上提出“系地”概念，发掘了历史上系地的学理资源，确立了编年系地并重的理念，倡立作家年谱、别集笺注和文学编年史书写的新范式。[④]

文学与艺术研究。文学与音乐的关系研究是文学与诸艺术形式关系研究中最受重视的研究领域。除了艺术史的普遍规律如早期诗歌起源过程中诗、乐、舞的三位一体，在中国诗歌、戏曲发展历程中，《诗经》、楚辞、汉乐府以及词、曲、戏曲等的产生与发展，无不与音

---

① 参见杨义《重绘中国文学地图》,《文学遗产》2003 年第 5 期；杨义《重绘中国文学地图与中国文学的民族学、地理学问题》,《文学评论》2005 年第 3 期。

② 梅新林：《中国文学地理学导论》,《文艺报》2006 年 6 月 1 日。

③ 曾大兴：《建设与“文学史学”双峰并峙的“文学地理学”》,《中国社会科学报》2011 年 4 月 25 日；曾大兴：《建设与文学史学科双峰并峙的文学地理学科——文学地理学的昨天、今天和明天》,《江西社会科学》2012 年第 1 期。

④ 王兆鹏、邵大为：《数字人文在古代文学研究中的初步实践及学术意义》,《中国社会科学》2020 年第 8 期。

乐相伴。为了更好地理解文学的产生机制与发展样态，探讨文学、音乐之间的关联是文学研究的题中应有之义。在古代文学研究领域，具体体现为文学与音乐关系的贯通研究，如赵敏俐等《中国古代歌诗研究——从〈诗经〉到元曲的艺术生产史》、过常宝《制礼作乐与西周文献的生成》等；各种文体的发生、演进研究，如王小盾《隋唐五代燕乐杂言歌辞研究》、吴相洲《唐诗创作与歌诗传唱关系研究》《永明体与音乐关系研究》等；以及各种与文学相关的音乐制度的相关文献文学研究，如钱志熙《汉魏乐府艺术研究》、孙尚勇《乐府通论》等。此外，文学与绘画的关系也是学者较为关注的研究对象。中国古代大量题画诗、诗画相生相偕的存在形式以及文人诗、书、画兼通的博雅修养，使诗、画关系成为了解作为整体性存在的文学艺术的必要路径。如邓乔彬长期关注文学与绘画之间的关系，其《有声画与无声诗》、汪涤《明中叶苏州诗画关系研究》以及刘石《诗画之间》围绕诗画关系发表的系列论文等立足绘画艺术实践，注重诗、画之间的关联与区分，体现了古代文学研究者对于诗、画关系的理论思考。随着艺术学升级为一级学科门类，艺术学领域的艺术理论、音乐、戏曲、美术等研究，也开始较多与文学交叉，在音乐文学、文学图像学、物质文化等研究领域产生了一批具有互鉴价值的创新成果。

文学与思想史研究。文学思想史研究由罗宗强先生首倡，并在其多年研究实践中形成了独具特色的学术理念与研究方法，具体来说，就是将文学创作与政局变化、思想潮流、士人具体生活境遇相结合，以士人心态为中介，探究古代文学的历史原貌。[①] 文学思想史研究在罗先生的倡议、带动下，已具有较为明确的学科建设意识，产生了一批精品力作，如罗宗强《隋唐五代文学思想史》《玄学与魏晋士人心态》《魏晋南北朝文学思想史》《明代后期士人心态研究》、左东岭《李贽与晚明文学思想》《王学与中晚明士人心态》、张毅《宋代文学

① 左东岭：《中国文学思想史的学术理念与研究方法——罗宗强先生学术思想述论》，《文学评论》2004 年第 3 期。

思想史》等。另外，文学与社会思潮之间的关系研究中，文学与宗教、文学与理学、文学与儒学之间的关系尤其受到学者关注。如孙昌武、陈允吉、周裕锴、张伯伟等有关佛教与文学的关系研究，马积高、韩经太、许总、朱刚等有关理学、儒学与文学之间的关系研究等。文学思想研究，从较多借鉴国外理论范式，转向了立足本土实践的话语体系和理论体系建构。

文学与制度史研究。社会制度作为文人社会存在的决定性影响因素，从整体上规范了文学的生成、演进以及基本特点、思想主题等。近年来学者们越加重视制度因素在文学研究中的重要影响，如姚小鸥、过常宝、饶龙隼、韩高年、夏静、李舜华等有关礼乐制度对早期文学、文论以及戏曲的影响研究，沈松勤、胡可先、萧庆伟等有关政治制度、政治事件与文学关系的研究，傅璇琮、祝尚书、陈飞、傅绍良、马自力、王勋成、叶晔等关于科举制度、文官选拔制度、文官身份对于文学的影响研究等。

越来越多的学者在试图拓展文学研究的边界，这不仅体现在文学与他者关系研究成果的增多，也表现为一些有理论意识、学科意识的学术口号的提出，如“文学思想史”“文学家族学”“文学地理学”“文学图像学”等学科建设倡议的提出。虽然相关讨论仍存争议，但凸显了鲜明的打破学科界限、提倡学科融合的跨学科研究意识。这体现了在文化研究背景下，文学研究试图打破牢篱、自我突破、开疆拓土，借助于多学科融合的视角，在扎实的实证性研究成果之上实现原创性理论突破，进而对相关研究领域起到引导作用。这给文学研究带来了新的研究方向，催生了大量成果，使古代文学研究呈现出更丰富的样貌，也深化了仅仅依靠文本研究无法很好解决的问题的理解。文学与其他学科之间的交叉、融合研究，以及更多学科之间的跨学科研究，所带来的值得更深入思考的问题是，如何看待现代以来受西方知识体系和学科建制影响下形成的学科分类，如何在具体研究工作中辩证对待学科边界，既坚守学科本位、以学科为主，又具博通视野，以及在研究中以学科为中心、以问题为中心等诸多问题。

文学的文化研究所引致的弊端即文学研究的泛化、文学性弱化问题在古代文学研究中同样存在。虽然近些年来学界在一直反思现代意义上的“纯文学”概念和研究方法如何与古代“杂文学”的历史实际进行对接，反思以“纯文学”观念框范古代文学研究所带来的对民族文学本身丰富性、独特性产生认识偏差的问题。但另一方面，如果研究边界无限扩大，则易堕入大而空的境况，丧失文学研究所特有的文本细读、审美感悟的特质。在此背景下，一些学者提出要坚守文学本位，如王水照认为，文学研究要坚持文学本位、坚持文学—文化—文学的研究路线，张伯伟提出要回归文学本体研究等。文学研究无论何时皆要以作品为中心，遵守基本的文学研究的学术规范，如果没有这种意识，而一味地去奢谈理论创新、学科融合，则难以达致真正意义上的融会贯通。

具体至古代文学与其他领域的关系研究，有两个问题值得关注：一个是研究重心的问题。其他学科研究视角的引入为文学研究拓展了领域，但在实际研究中，研究重心不易把握。文学与某某的关系研究，在研究中容易演变为某一领域的研究，而忽略二者之间的关系研究。如科举、家族与文学研究，往往变成科举问题、家族问题本身的研究，其对于文学的影响则论述不够。二是文学与他者关系的有机融合问题。一方面，以问题为中心的跨学科研究对于研究者的综合素质有较高的要求，如果不能对相关领域都做到了然于胸，则难以达到有机融合的境界。可能出现关系论证不贴切、论述“两张皮”、泛泛而论不深入或者人云亦云的现象。另一方面，正如《文学理论》一书所言：“文学作品产生于某些条件下，没有人能否认适当认识这些条件有助于理解文学作品；这种研究法在作品释义上的价值，似乎是无可置疑的”，但是这种研究如果运用不当，“在大多数情况下成了因果式的研究，只是从作品产生的原因去评价和诠释作品，终致于把它完全归结于它的起因”。[①] 文学与他者的关系研究，要避免进行言过其实的解释，将关联性的强调和阐释夸大成为激进的决定论。古代文学研究的文化转型，使得文学的自足性被打破，成为学科视角和方法视域下的碎片。但我们也应该认识到，文学在历史上往往是与哲学、历史、政治、文化等融为一体的。“大文学”视域下的跨学科研究要求学者具有融通博洽的基本素质，在研究过程中以文学为主体，以解决文学问题为目的，以作家、作品、文学现象为中心，兼及其他视野，采取“历史—文化”的综合研究方法，融文本细读、文化探讨、理论发微为一体，从而“由单纯的价值判断而转向文学事实的清理，也就是由主观框架的设施而向客观历史的回归”。[②]

四　文体研究：回归本位的文学研究

文学研究的基础是以作家、作品为对象的本体研究。面对文学研究中文化研究的盛行，一些学者不断呼吁古代文学研究应该“回归本体”。“回归本体”的要义是重视文学本身的审美价值，袁行霈认为，应该“把文学当成文学来研究，文学史著作应立足于文学本位，重视文学之所以成为文学并具有艺术感染力的特点及其审美价值”。[③] “回归本体”的另一层含义就是回归文本，尤其是回归原典，刘跃进认为：“最基础性的工作当然是回归原典”，要根据文学史的实际，“尽可能地勾画出当时的文学风貌、文体特征及文学思想的演变过程”。[④] 文学的本体研究是古代文学研究中积淀最为深厚、最具历史的传统研究，近些年来它继承了以往研究的优秀传统，又不断融入新的方法和视野，取得了重要进展。其中文体研究成为近年来的学界研究热点，

---

① ［美］韦勒克、沃伦：《文学理论》第三部分“文学的外部研究”，刘象愚等译，生活·读书·新知三联书店1984年版，第65页。

② 傅璇琮：《“日暑文库丛书”总序》，参见杜晓勤《初盛唐诗歌的文化阐释》，东方出版社1997年版，第1 2页。

③ 袁行霈：《中国文学史》第一卷，高等教育出版社1999年版，第3页。

④ 刘跃进：《秦汉文学史研究的困境与出路》，《文学遗产》2003年第6期。

而文学流派研究、作家和作品研究也都有新的突破。

文体研究。文学发展的历史以文体的发展为基本内核，考察古代文体形态演变的历史，同时也就是考察古代文学创作、文学观念变革的历史。“归根结底，文学观念的变迁表现为文体的变迁。”“文体是文学最为直观的表现。”① 文体学“集中研究作品的语言形式”，② 文体研究主要揭示作品的形式特征、结构方式以及艺术审美表达，是最具有文学本体意义的研究类型。文体学是中国传统文学理论与批评的核心，在批评与创作两个领域中都占有重要地位。古代文体学研究，从历史与理论的角度来看，一是集中于古代文体的起源与演变问题，一是集中于特定文体的形式特征、美学风格等的研究。

关于古代文学各种文体的起源、演变、特征等问题的具体研究，涉及文体学研究的多个层面：一是文体的溯源，二是概念的辨析，三是文类的确定，四是不同文体之间的比较，五是古代文体学名著研究。有关文体起源、流变等问题的探讨，包括宏观的诸如先秦时期诗歌的起源、魏晋文学的自觉以及宋以后雅俗文体的变迁，到中观的如词、曲、小说的起源与演变，再到微观层面，如五言诗、七言诗、小令、慢词的起源、形成与演变等。目前文体起源研究是文体研究中争议较多且尤为众人瞩目的研究领域。文体的起源研究，集中体现在诗、词、曲、赋、小说、戏曲的起源问题研究。

对古代文体学的概念辨析、标准界定、研究方法及其实践意义的系统分析，则从理论角度推进了古代文体学研究的深入发展。相关的研究成果，或者综合探讨古代文体的基本特征，如吴承学《中国古代文体形态研究》《中国古代文体学研究》、郭英德《中国古代文体学论稿》等；或者侧重某类文体的形态流变，如葛晓音《先秦汉魏六朝诗歌体式研究》、洛地《词体构成》、郭英德《明清传奇戏曲文体研究》

---

① 王蒙：《〈文体学丛书〉序言》，罗钢：《叙事学导论》，云南人民出版社 1994 年版，第 1 页。

② ［美］韦勒克、沃伦：《文学理论》，刘象愚等译，生活·读书·新知三联书店 1984 年版，第 189 页。

等；或者侧重对某一时代的文体理论进行研究，如廖群《先秦说体文本研究》、于雪棠《先秦两汉文体研究》等。在诸文体研究中，尤以诗歌研究最为成熟，各类诗体产生和发展的原理，以及各类诗歌体式特征以及彼此之间的关系，从语言、节奏、结构、表现方式及其历史兴替等角度都得到了全面呈现。近年来，诸文体研究中值得关注的是文章学研究的复兴。在沉寂数年之后，尤其是随着《历代文话》等大型批评资料汇编的完成，文章学研究成为古代文学界关注的热点问题之一。王水照、吴承学、祝尚书等有关中国古代文章学成立时间、标准的探讨以及曾枣庄、郭英德、朱刚、马茂军等的文章学研究，带动了文体研究从传统的以诗词曲为中心的诗体学研究向文章学的转向。其中较受关注的有关于中国文章学成立时代的讨论，不仅是对成立时间的不同判断，更涉及对中国文章学的基本内涵、理论体系、总体特色与历史演变的理解与认同。

文体学研究的兴盛，对于中国古代文学研究的整体推进，具有重要意义。吴承学认为："中国文体学兴盛，标志着古代文学学术界的两个回归：一个是对中国本土文学理论传统的回归，一个是对古代文学本体的回归。"[①] 傅璇琮认为："研究文体所反映出来的人类感受方式和审美心理及文化心态，这就能促使我们古典文学研究的整体推进。"[②] 对于文体类型、时代文体、民族文体风格的深入探讨，无疑大大推动了古代文学的本土化、文学化研究。同时，古代文体学的研究也面临着一些问题。由于当前文体学研究仍较多地停留在对体裁的描述、分类及源流的考察上，较多采用文献学和语言学的方法，也一定程度上未能充分体现其丰富多变的内涵。而中国古代的文体生成、发展往往建立在深厚的历史与文化底蕴之上，为此李昌集提出"文化文

① 吴承学：《回到中国文体语境解读中国文学——〈中国古代文体学研究〉简介》，《光明日报》2011 年 9 月 7 日第 14 版。

② 傅璇琮：《开拓文学史研究之新境——〈古代文体形态研究〉序》，《学术研究》2000 年第 7 期。

体学”的概念，认为文体研究应当与人的文化行为结合起来研究，将静态、单一的形式分析的文体研究回归和扩展至动态的历史文化研究。这些观念会丰富和深化中国的文体学研究。

文学流派研究。古代文学的流派研究作为一种介于宏观与微观研究之间的中观研究，论题范围较为适中，既便于搜集较为完备的资料，也便于全面了解研究对象，所论也较为切实。相对来说，易于避免过于空洞或过于细碎的弊病，一直都是传统古代文学研究的重心所在。近些年来，古代文学界逐渐摒弃了早期的浪漫主义与现实主义、豪放派与婉约派之类的简单划分，开始打破教条主义的樊篱，超越狭隘的意识形态之争，对文学现象和文学流派进行了具体而深入的研究。如莫砺锋《江西诗派研究》、葛晓音《山水田园诗派研究》、张宏生《江湖诗派研究》、陈广宏《竟陵派研究》、严迪昌《阳羡词派研究》、曹虹《阳湖文派研究》等，皆为流派研究的力作。从流派的角度研究文学，某种程度上可以概括和把握作为整体的文学现象，以及时代文学发展中具有共同性、趋势性的重要问题。流派研究中的优秀之作也已超越共同性归纳中简单的求同存异和粗糙结论，突破固定的概念与模式，取得了流派研究新的突破。然而，如何界定、划分文学流派，文学流派成立的标准，文学流派的理论研究等问题仍有待深入探讨。

古代作家研究。古代作家研究的突出成果主要体现在以下三个方面：一是主要作家研究取得了深入进展，关于作家生平、交游、年谱的研究，都取得了较大成就。如陶渊明、杜甫、曹雪芹等人的生卒年考辨，都曾引起热议。作家年谱研究、评传研究一度成为学术热门。二是一些曾被忽略的中小作家研究也取得了较大进步。出于大量学位论文的选题需要，不少学位论文的写作着眼于填补空白、有所创新，因此故意避开研究成果较多的著名作家，开始对一些二三流的小作家进行研究，包括作品的整理、年谱的编纂与作品价值的探讨等。三是文学集团研究。传统的文学集团，如建安七子、竹林七贤、二十四友、初唐四杰、前后七子等，都有较多研究成果出现。另外学者们关注到围绕皇室以及重臣而形成的文学集团现象，如齐梁短短几十年时间，便形成了三个以皇室为中心的庞大的文学集团，这极大促进了齐梁文学的繁荣。此类文学集团也更加受到研究者的重视。

古代作品研究。回归文学本体，主要就是回归文学作品。“以作品为中心，也就是以文本为中心，……首先是读懂文本、读通文本，并将文本作为古代文学研究的出发点和基础，这是近三十年来相当重要的一个转变。”① 古代作品研究的成就主要体现在四个方面：一是集大成的文学总集的编撰以及重要作家别集的整理。《全唐诗五代诗》《全元诗》《全宋文》《全元文》《全明诗》《全清词》《清文海》等重要总集的整理和出版，以及一批以“全集”命名的整理本的刊行和规划出版，如詹锳等《李白全集校注汇释集评》、萧涤非等《杜甫全集校注》、屈守元《韩愈全集校注》等，本身就是高质量的作品研究，同时也为进一步的作品研究奠定了扎实的文献基础。人民文学出版社、中华书局、上海古籍出版社的丛书，也网罗了相当数量的作家别集整理本。二是专书研究成为热门。如以《文选》研究为代表的“选学”、以《文心雕龙》研究为代表的“龙学”、以《红楼梦》研究为代表的“红学”等。三是作品的考证与辨伪广受关注。几乎所有主要作品的形成与流传，都有巨细不等的考证。考证与辨伪很大程度上是出于文学和文献资料整理的需要，这说明此一时期资料建设仍是作品研究的重要工作。近些年来辨伪与考证取得了丰硕成果，如以《二十四诗品》为代表的传世文献的辨伪研究，以上博简、清华简、安大简为代表的出土文献的考辨研究。四是鉴赏与翻译之作数量众多。上海辞书出版社推出《唐诗鉴赏辞典》之后，在国内掀起一股古典文学鉴赏热潮，出现了一大批各种类型的鉴赏书籍和鉴赏类辞典。各种体式、各种风格的古代文学经典作品，因此获得了一次重新细读的机会。近些年来，古代文学的作品研究，在资料建设方面取得了巨大成就，但一

① 袁行霈：《走上宽广通达之路——新时期古代文学研究的趋向》，《文学遗产》2008 年第 1 期。

定程度上存在文学性弱化的问题。对于作品的美学研究，要求研究者具有基本的文学素养、理论修养，既超越印象式的鉴赏研究，也超越实证主义的考据研究方法，挖掘、利用中国文学传统中的审美批评思想资源，借鉴、融通西方美学资源，在语文学与文学理论结合基础上追寻立足于作品的文学审美研究新境。

五 余论

近些年来，中国古代文学研究取得了巨大成就，其表现不仅是具体的文献整理、文学研究和理论方法的探索，而是形成了一种具有民族特色和时代风格的学术理念，这就是对于古代文学研究中国化道路的探索和追寻，对于民族文学精神传统的回归与认同。未来我们应当在全面总结经验的基础上，深刻把握学术演进的历史谱系和当代语境，将古代文学研究推进至更为高远的学术境界。

在文学、文化、文献的融合中彰显文学研究的学科特性。文学研究作为一门学科，自有其规范的研究方法、特定的研究对象、专业的素养要求。倡扬文学、文化、文献的融合，就研究对象而论，是以文学为中心的文学文献、文学文本、文学现象、文学生态的结合研究；就研究方法而论，是文学研究方法、文化研究方法与文献研究方法的结合研究。只有三者从思想和方法上真正结合的研究，才能将文学研究置于人类精神文明的整体背景进行系统性把握。而文学的审美体验与美学研究，是其成为文学而非其他学科的本体属性的原因。只有以古代文学文本为中心，注重审美感悟和情感体验，才能使文学研究有灵性、有温度，有个性、有思想，以活泼盎然的天机生趣、鲜活生命的共情感染和美感流溢的形式表达，充分彰显文学研究的学科特性和独特魅力。

在古今中西资源的互鉴中建设更具主体性的古代文学研究。在当下学术理论界，我们面临比以往任何时候都丰富的可资借鉴的学术资源，世界上基本的、重要的学术思想已成体系地被翻译成汉语，我国古代的文学典籍也正在经历有史以来最大规模的整理和集成。面对海量文献和思想，需要梳理辨析、融会贯通中西古今思想资源，建设更具主体性的中国文学研究。中国文学研究现代学术体系借鉴了西方资源，在进行规范化研究便利之余，如果完全以西方的概念、术语、学科体系框范中国文学，则文学史存在着被肢解、割裂以及文学现象错置的风险，所以更应突破中国文学资料只是印证或演绎外来思想“资料”的误区。如何在中西相互阐发、相互照明中发现真正的“中国文学问题”？如何将现代的规范的理论探讨与中国自古以来文学发展实际有机结合起来？未来又该如何建设既具民族特性又有现代意识、自立而又不自外于世界的古代文学学科体系、学术体系和话语体系？这些都应在对中国社会历史深刻洞察和整体把握的基础上，立足中国文学发展实践，以中国学者强烈的主体意识和深切的学术关怀，在古今中西思想资源的借鉴融通中，进行批判性、反思性的古代文学研究和理论建构。

先秦两汉文学的女性意识刍议

杨　阳

20 世纪初，谢无量、谭正璧、梁乙真尝试从性别的角度出发来编纂文学史，分别出版了《中国妇女文学史》《中国女性文学史》《中国女性的文学生活》等著作。这些文学史整理了先秦两汉以来直到清代的女性文学作品，并对其进行了全新的评价，极大肯定了中国古代历史上的女性作家作品，为现代女性作家群的崛起、女性文学作品的繁荣起到了重要的作用。这些专著虽然呈现了一种“女性视角”，用当代的女性主义理论来看，却有相当多的缺憾与不足，主要表现为对作家与作品的个体化的评论上，或者对作家个人命运与生活状态的描述上，缺乏系统化的理论的提升；对作家与作品的评价有失偏颇，在肯定女性作家及其作品时对男性作家及社会体制进行了批判，一定程度上体现了西方激进女权主义者的观点，无意识中呈现出了性别对抗甚至是阶级对抗。

新时期以来，国内出版了以古代女性作家为主体的一些作品集，如 1984 年，岳麓书社出版了苏者聪选编的《古代妇女诗一百首》，书中共选了从春秋时期许穆夫人到清代史静娴的诗作一百首，编者充分肯定了许穆夫人、李清照、朱淑真等女诗人的才华，对她们的悲惨遭遇表达了深切的同情。1986 年，广西人民出版社出版了黄汉清、周作秋、何邦泰评注的《女诗人诗选》一书，搜集了从先秦到清代 233 位女诗人的 335 首诗作，书中除了名家名作，更多地把目光投向历代那些名不见经传的平民妇女，如民女、婢女、宫女、妓女、尼姑等，并注意搜集少数民族女诗人的作品和材料。这本书的资料较《古代妇女诗一百首》更为详尽，视角更为客观，而且在充分肯定广大女性诗人的才华和关注她们的命运外，还提出了取其精华、去其糟粕的辩证思想；这本书同样也是对作家及作品的简单整理、评析，却为研究中国古代文学中女性作家的作品提供了宝贵的资料。2000 年，山东教育出版社出版邓红梅著的《女性词史》，详细分析了唐五代以来到清代的女性词人及其词作，分析了其发展历程及艺术特征，虽然作者没有采用女性主义视角，书中却明显地带有女性主义的一些批评特征。

除此之外，影响较大的还有浙江文艺出版社 1984 年出版的江民繁、王瑞芳编著的《中国历代才女小传》，上海古籍出版社 1985 年出版的胡文楷著的《历代妇女著作考》，陕西人民出版社 1987 年出版的王沛霖、王朝晖著的《中国古代女作家的故事》，河南人民出版社 1988 年出版的康正果著的《风骚与艳情：中国古典诗词的女性研究》，贵州人民出版社 1988 年出版的李晏平、郭美阳注释的《历代女诗人诗词》，辽宁教育出版社 1993 年出版的张明叶著的《中国妇女简史》，山西高校联合出版社 1995 年出版的姚玉光著的《中国女性文学史》，等等。此外还有数十本涉及部分女性作家、特定群体的女性作家及其作品，如 1989 年长春时代文艺出版社出版的徐振邦选注的《古代女子爱情诗选》，中国妇女出版社 1990 年出版的沈立东编撰的《历代后妃诗词选注》，中国工人出版社 1991 年出版的郑光仪主编的《中国历代才女诗歌鉴赏辞典》，台北联合文学出版社 1998 年出版的孙康宜著的《古典与现代的女性阐释》，中州古籍出版社 1999 年出版的史玉德编著的《名媛雅歌》（上下），中国和平出版社出版的杜珣编著的《中国历代妇女文学作品精选》，北京大学出版社 2004 年出版的夏晓虹著的《晚清女性与近代中国》等。这些著作都是立足于女性性别的基础进行编撰的。专著中，基本只在文学史类的书籍中有所涉及，如中国民间文艺出版社 1984 年出版的顾颉刚、钟敬文等著的《孟姜女故事论文集》，中国人民大学出版社 2003 年出版的黄瑞旗著的《孟姜女故事研究》，中国社会科学出版社 1997 年出版的杨利慧著的《女娲的神话与信仰》，香港东亚大学出版社 1990 年出版的黄嫣梨著的《汉代妇女文学五家研究》（1993 年由河南大学出版社在内地出版），辽宁民族出版社 1992 年出版的蒋重悦著的《儒林女圣班昭》和辽宁民族出版社 1992 年出版的李万庆著的《运悲性坚　蔡文姬》等寥寥几本，和先秦两汉的女性作家或作品相关。这些著作的数量与汗牛充栋的中国古代文学研究专著比起来微不足道。

随着研究视角的不断扩展及研究领域的扩大，开始有不少研究者运用女性主义和后现代的理论对古典文学进行解构和分析，发表了相关著作和论文。最为典型的是叶嘉莹的《中国古典诗歌评论集》《汉魏六朝诗讲录》等，她运用西方符号学、现象学、阐释学以及接受美学等来进行中国古典文学的批评实践和理论探讨并取得了显著成就。她总结出两种说词的方式，一种是张惠言《词选》中以"比兴寄托"为主的方式，一种是王国维《人间词话》中以哲理为主的方式。她用西方理论来反观传统诗学，既不拘泥于传统旧学，又不刻意求新。她从 20 世纪 50 年代开始进行中国古典诗词的批评实践，积几十年的研究经验，将自己的批评方式总结为"感性与知性之结合"，"我对于诗歌的评赏乃是以感性为主，而结合了一种不同的知性倾向：一是传记的，对于作者的认知；二是史观的，对于文学史的认知；三是现代的，对于现代西方理论的认知"。叶嘉莹将女性主义理论也纳入了研究的视野，她将西方女性主义文论对女性形象类型、身份性质等的分析方式运用在对《花间词》和其他中国古典诗词的研究中，并认为："在中国的文学史中，虽然早自《诗经》开始，就已经有了美女与爱情的叙写，但事实上各种不同时代、不同体式的文学作品中，其所叙写女性形象之身份性质，以及其所用于叙写之口吻方式，却有着极大的差别。"她从叙写的女性身份、叙写的方式、叙写之女性有无象喻性等方面，对《诗经》《楚辞》及其他一些古诗中的女性形象进行了详细的比较分析。此外，还借用法国女性主义者朱丽亚·克里斯多瓦解释符号学中关于“符示”与“象征”两类符号不同作用的理论，来分析传统诗歌中有心喻托与《花间词》中无心喻托的不同效果，并分析了《花间词》中蕴含的“双性气质”。叶嘉莹较早地、创造性地运用了女性主义理论，对《花间词》形成的特质进行了分析，产生了重要的影响。

其他研究成果如焦绪霞的《〈诗经〉与文学史写作中的女性主义倾向》(《青岛大学师范学院学报》2003 年第 2 期)、苏吉《女性意识与人文情怀在楚辞中的独特体现》(《昌吉学院学报》2004 年第 4 期)等。总体来讲，研究先秦两汉文学作品中女性形象与女性意识的论文较少，而且缺乏体系化、理论化的研究与论述。本文期冀通过对先秦两汉文学作品中女性形象的梳理，以女性主义理论对其加以分析，解读这一特定时期的文学作品和文学现象，发现这些作品中展现的女性形象的主体地位的建构与消解，分析她们社会角色的形成与权力的取得，总结这些女性形象的审美特征和作品中展现出的女性意识。

中国古代文学中女性形象的塑造，基本是建立在以男性为中心的视角上的。如果我们从女性主义批评理论的视角来审视这些传统的文学作品，则完全可以获得一个全新的视野。

事实上，女性解放的观念一直影响着以马克思主义理论为指导的中国文学史家们的笔触，女性问题因而也就成了他们关注的焦点，很多从阶级的观点出发的文学史学家，把中国古代妇女视为弱势群体，对历代文学作品中所表现出的妇女的“悲惨遭遇”表示同情，对当时的社会制度予以鞭挞。如游国恩等人编著的《中国文学史》在讲述《诗经》等婚恋诗时，认为阶级社会中婚姻制度的不合理，导致这一时期妇女婚姻生活不幸福。“以婚姻恋爱为主题的民歌在‘国风’中占有较大的数量。在阶级社会中，婚姻制度是社会制度的有机组成部分，‘国风’中这类诗歌对此有强烈反映，由于妇女特定的社会地位，不合理的婚姻带给她们的痛苦更深。”书中列举了《卫风·氓》《邶风·谷风》《郑风·遵大路》《鄘风·柏舟》中弃妇的遭遇。袁行霈编著的《中国文学史》对此就颇为赞同，他在书中肯定了《诗经》中大量存在的幸福快乐的婚恋生活，只是把其中的不幸作为一个次要的方面来描述："但并不是所有的夫妻都这样地温情缱绻，在男女不平等的夫权社会，婚姻的幸福对妇女来说，常常只是个美好的愿望而已，《诗经》表现婚姻不幸的哀歌为数不少。"

先秦两汉时期，女性的主体地位渐渐失去，男尊女卑的思想基本形成，但这一时期的文学却涌现出了大量肯定女性的作品，通过对女性美的赞扬，确立了早期的美学价值尺度。其中《诗经》与《楚辞》、汉乐府分别是这一时期女性形象较为丰富的作品集，我们就从这些作品出发，分析它们所展现的女性形象和体现出的女性意识。

《诗经》是中国文学的重要源头之一，被汉儒列为群经之首，也是儒家经典中唯一一部表现男女之情的文学作品集。在这部由男性所编纂的著作中，充分表现了对女性美的肯定，展现了女性的形体美、容貌美、服饰美、品德美、情感美等五大审美特征，具有极高的审美价值，产生了久远的影响。

自从有了人类历史，就有了人类创造美和欣赏美的审美活动，而审美心理必然因时代不同而具有不同的特征。对于美，《说文解字》的解释是："美，甘也，从羊从大。羊在六畜主给膳也，美与善同意。"宋徐铉注曰："羊大则美，故从大。"《说文》又曰："甘，美也，从口含一。"这说明，美与感性存在，与满足人的感性需要和实用性享受有直接关系。在生产力不发达、物质水平较低时，审美的功利性会被强调到突出地位，《诗经》中的女性形象较为明显地体现了这方面的审美特征。

《诗经》中所描写的体态美，是一种高大丰硕的健美。《卫风·硕人》："硕人其颀，衣锦褧衣。""硕人"这里指卫庄公夫人庄姜。《陈风·泽陂》："有美一人，硕大且卷。""有美一人，硕大且俨。"《唐风·椒聊》："彼其之子，硕大无朋。""彼其之子，硕大且笃。"这都是指普通的女性。《尔雅·释诂》："硕，大也。"朱自清《古诗歌笺释三种》："大人犹美人，古人'硕'、'美'二字为赞美男女之统词，故男亦称美，女亦称硕。”《毛传》云：“硕，长貌。”硕人其颀意即美女个子很高，长得很壮。可见在《诗经》时代的男人眼里，高大丰硕的女人是美的。

产生这种审美心理的社会基础，与当时低下的劳动条件、艰苦的的生存环境有关。从《豳风·七月》《王风·采葛》《王风·十亩之间》等诗篇可以看出，采集、编织等劳动主要由女性承担，而《周南·芣苢》《唐风·椒聊》《麟之趾》等都涉及繁衍问题，高大丰硕的身材在生存、生育上都具有优势。所以说《诗经》时代的这一审美特征是具有功利色彩的。

当然，在《诗经》所表现的女性的形体美中，只有高大丰硕是不够的，还要身材苗条，体态轻盈、亭亭玉立、婀娜多姿。《诗经》开篇《关雎》就写道：“窈窕淑女，君子好逑。”而《硕人》中运用一系列比喻来描绘庄姜的美丽容貌更成为描写美的典范：“手如柔荑，肤如凝脂，领如蝤蛴，齿如瓠犀，螓首蛾眉，巧笑倩兮，美目盼兮。”诗中一连用了六个比喻，描绘庄姜的典雅，自然美与性格美洋溢其中，这种美的范本直到今天还在为文学和绘画所采用。

容貌美是女性形象美的基础，《诗经》是最早将女人比喻成花和玉的文学典籍，这在很多诗中都有表现：

桃之夭夭，灼灼其华。(《周南·桃夭》)

彼其之子，美如英。(《魏风·汾沮洳》)

何彼襛矣，棠棣之华！何彼襛矣，华如桃李。(《如南·何彼襛矣》)

有女同车，颜如舜华。有女同行，颜如舜英。(《郑风·有女同车》)

白茅纯束，有女如玉。(《召南·野有死麕》)

玉之瑱也，象之揥也，扬且之皙也。(《鄘风·君子偕老》)

如花似玉的容貌，白皙俊俏的容颜，还需要有妩媚动人的气质与风采。“佼人浏兮”（《月出》），像月亮一样温柔妩媚，“今夕何夕，见此粲者？子兮子兮，如此粲者何？”（《绸缪》）。此外乌黑发亮的头发也是美的，“彼君子女，绸直如发”，“彼君之女，卷发如虿”，“匪伊卷丝，发则有旟”（《都人士》），“诸娣从之，祁祁如云”（《韩奕》）两鬓角头发或向上卷起，或秀发蓬松，鬒发如云，都别具慧心，格外动人。值得一提的是，那个时候的美女已经有了很多的代称，如“佼人”（《月出》）、“粲者”（《绸缪》）、“倾城”（《瞻仰》）以及“硕人”。这些都是对女子美的极大的肯定。

《诗经》还注重仪表美的表达，形体与容貌都带有先天的成分，而服饰之美则是后天的妆饰打扮形成的。在《卫风·伯兮》中可以看出，那时候女性已经开始化妆，而且表达了女为悦己者容的思想：“伯也执殳，为王前驱。自伯之东，首如飞蓬。岂无膏沐，谁适为容!”膏沐这里是指用来洗脸润发的化妆品。再如《采蘩》：“被之僮僮，夙夜在公。被之祁祁，薄言还归。”王先谦《诗三家义集疏》：“三家僮僮作童童，鲁韩说曰，童童，盛。”马瑞辰《通释》：“《大雅》‘祁祁如云’，祁祁，盛貌。僮僮、祁祁，皆状首饰之盛。”程俊英《诗经译注》：僮僮，“假髻高耸的样子”。

再如《君子偕老》：

> 君子偕老，副笄六珈。委委佗佗，如山如河，象服是宜。子之不淑，云如之何？
>
> 玼兮玼兮，其之翟也。鬒发如云，不屑髢也；玉之瑱也，象之揥也，扬且之皙也。胡然而天也？胡然而帝也？
>
> 瑳兮瑳兮，其之展也。蒙彼绉絺，是绁袢也。子之清扬，扬且之颜也。展如之人兮，邦之媛也！

第一段“君子偕老，副笄六珈。委委佗佗，如山如河，象服是宜。”描写的装束有两种：副笄六珈、象服。《毛序》：“笄，衡笄也。珈笄，饰之最盛者，所以别尊卑。”朱熹《诗集传》：“副，祭服之首饰，编发为之。笄，衡笄也，垂于副之两旁当耳，其下以绳悬瑱。珈之言加也，以玉加于笄而为节也。”“象服，法度之服也。”《孔疏》：“象鸟羽而画之，故谓之象服也。”可见象服是画有鸟羽图案的袍子。

“玼兮玼兮，其之翟也。鬒发如云，不屑髢也；玉之瑱也，象之揥也，扬且之皙也。”《诗集传》：“玼，鲜盛貌。翟衣，祭服，刻绘为翟雉之形，而彩画之以为饰也”，“鬒，黑也。如云，言多而美也。屑，洁也。髢，发髢也。人少发而以髢益之，发自美则不洁于髢而用之矣”。“瑱，塞耳也。象，象骨也。揥，所以摘发也。”玉石的充耳，象骨的簪子，衬托的脸更加“扬且之皙也”，“扬，眉上广也。且，语助辞。皙，白也”。长眉入鬓，肤白如玉。

从这首诗中可以看出那时候的贵族很讲究穿戴，其中提到的象服、翟服，还有“其之展也”中写到的展衣，都是不同场合穿的衣服。象服是喜庆之服，翟服为祭服，展衣则为会客时所穿的礼服。“蒙彼绉絺，是绁袢也”，“绉絺”是蒙在展衣上的绉纱，绁袢则为亵衣。贵族女子出嫁时，衣服十分讲究，里面穿绸缎织成的衣服，外面上罩褧衣，下穿褧裳，“衣锦褧衣，衣锦褧裳”（《丰》），褧衣、褧裳是用绢或麻纱织成的罩衫以避风尘，表现了飘逸洁净之美。普通女子腰前系有帨巾，“无感（撼）我帨兮”（《野有死麕》）。贵妇腰前则系有韦毕：“庶见韦毕兮”（《素冠》），俭朴女子则“缟衣綦巾”（《出其东门》），有时候穿得比较鲜艳一些，“缟衣茹藘”，茹藘是用红色茜草染成的彩裙。有些女子腰间佩玉，“佩玉以傩”（《竹竿》），《毛传》：“傩，节有节度。”“佩玉琼琚”“佩玉将将”（《有女同车》），这一切都表现了尊贵、高洁、庄重又不失活泼的外在美，成为中国女性装扮的审美源头。

“绿兮衣兮，绿衣黄里。”（《邶风·绿衣》）

“衣锦褧衣，衣锦褧裳。”（《郑风·丰》）

“缟衣綦巾，聊乐我员。”（《郑风·出其东门》）

从以上描述中可以看出，周时女子的服装以白色为时尚，《诗经》中的女子多素淡典雅，以素衣为尊贵，这与西周以前殷商女子地位较高、崇尚白色有关。从殷商卜辞中可以看到商代的妇好曾多次主持重大祭祀活动，其着装多为淡雅之色，到周代这一习俗还保存了下来，所以女子择偶、出嫁都着素服，以代表尊贵，这与后来以艳丽为美是完全不同的。

从《诗经》的很多篇章中我们可以看出，周代服饰的外在美通常与内在的品德美相联系。当时的人们已经认识到，仅仅有美的服饰是不够的，还必须有美德相配。在《诗经》中记述最多的饰品是玉，除了前面谈到的几处玉的描述外，还有琼琚、琼瑶、琼瑰等。对此《礼记·玉藻》有解释：“君子无故，玉不离身。君子于玉比德也。”《礼记·聘义》亦云：“孚筠旁达，信也，是玉以比德焉。”《秦风·小戎》则曰：“言念君子，温其如玉。”可见周人以玉比德，佩玉代表着对美好品德的信奉与追求。没有美德仅有美服，就可能受到人们的讥讽，如《魏风·葛屦》，《毛序》云：“刺褊也。”其诗云：“要之襋之，好人服之。好人提提，宛然左辟。佩其象揥，维是褊心。是以为刺。”诗中这位贵妇身穿新衣，头戴象牙发簪，可在诗人眼里根本不美，就因为她的品行不好。同样的还有《君子偕老》中有云：“子之不淑，云如之何！”前面尽称庄姜之美，说她“委委佗佗，如山如河，象服是宜”。后面话锋一转，说穿得再美，如果品行不好，也不能称其为美。诗中描写的庄姜，容貌国色天香，可是私生活却极为混乱，《左传·襄公二十七年》叔孙氏说“服美不称，必以恶终”，印证了这一思想。由此可见，在《诗经》时代，在人们的意识中，德与善已经成为美的基石。“只有在伦理道德方面意味着‘善’，才可以说是美，反过来，凡是‘美的东西’也都是‘善的东西’。”这种思想与《楚辞·离骚》中的“纷吾既由此内美兮，友重以修能”“芳与泽其杂揉兮，唯昭质其犹未亏”相呼应，成为先秦时代美的核心价值观。

《诗经》收诗305首，其中情爱诗约有70首，相当一部分为表达男女悦慕、爱恋思念的，表达了男女对爱情的大胆追求，表现出男女之情的热烈、坦诚、缱绻与幸福。还有一部分是写夫妻结合及弃妇诗。弃妇诗也表达出对“士贰其行”的怨怼与悲愤。其中有“思无邪”的天真，有“所谓伊人，在水一方”的浪漫，有“不见复关，泣涕涟涟；既见复关，载笑载言”的悲欢，有“君子于役，苟无饥渴”的萦萦牵挂，有“一日不见，如三月兮”的长相思。爱情诗也好，弃妇诗也好，都表现出一种敢爱敢恨的人生态度。《诗经》奠定了中国诗歌情感美的基础，爱情成为中国古代文学的主题之首，后来汉唐的诗歌、宋元的词曲，都以抒情为美，形式上有较大变化，内容上却秉承了《诗经》对爱情这一人类美好情感的充分肯定，并且发扬光大。这些诗歌中，有脍炙人口的男子对女子的追求的篇章，如《绸缪》《蒹葭》等，更有女子对男子的爱恋的大胆表露，如《召南·草虫》：

> 喓喓草虫，趯趯阜螽；未见君子，忧心忡忡。亦既见止，亦既觏止，我心则降。
>
> 陟彼南山，言采其蕨；未见君子，忧心惙惙。亦既见止，亦既觏止，我心则说。
>
> 陟彼南山，言采其薇；未见君子，我心伤悲。亦既见止，亦既觏止，我心则夷。

喓喓，虫鸣声。草虫，蝗虫之类。趯趯，昆虫跳跃之状。阜螽，即蚱蜢。忡忡，心跳。止，之、他，一说语助。觏，遇见。陟，升、登。蕨，植物名，初生无叶，可食。惙惙，忧，愁苦的样子。说，通悦。薇，草本植物，又名巢菜，或野豌豆。这首诗，按朱熹《诗集传》的理解，讲的是夫妻恩爱。谓“南国被文王之化，诸侯大夫行役在外，其妻独居，感时物之变，而思其君子如此”。一说另有“大夫归心召公说”“室家思念南仲说”“托男女情以写君臣念说”等，解释大为不同。不管如何，从这首诗我们可以看出来，一个女子是多么喜欢她的心上人，没有见他的时候，“忧心忡忡”“忧心惙惙”“我心伤悲”，为了见到他，自己不畏险阻，“陟彼南山”，采蕨采薇。蕨薇均生于春天，而喓喓草虫、趯趯阜螽都长于秋天，诗中我们可以明显看到时间跨度，女子相思之苦可以想见，从秋思到春思，丈夫仍然未归，怨女何其悲伤！这种忧思悲伤和烦躁不安何以消解？女子心里是这样想的：“亦既见止，亦既觏止，我心则降”“我心则说”“我心则夷”！也就是说，盼到了郎君归来，与他尽情相爱合欢，“我”的心才轻松，才欣悦，才平静，才能抚慰“我”漫长的思念眷恋之苦。整首诗读来形象生动，情真意切，表达了一个女子对心上人的感人的思念之情。

再如《摽有梅》“摽有梅，其实七兮！求我庶士，迨其吉兮！摽有梅，其实三兮！求我庶士，迨其今兮！摽有梅，顷筐塈之！求我庶士，迨其谓之！”梅，指梅树的果实。“有”是语助，古语往往在一个单音词上配一个有字，如有夏、有司等和有梅词例相同。“其实七兮”：“七”表多数，言未落的果实还有十分之七，比喻青春所余尚多。庶：众也。“士”指未婚的男子。迨：及也。吉：吉日也。以上两句是说希望有心追求自己的男子们不要错过吉日良辰。其实三兮：“三”表少数，言梅子所余仅有十分之三，比喻青春逝去过半。今：是即时的意思。言不必等待了，现在就来吧。“塈”，取也。用顷筐取梅，言其落在地上的已经很多了。谓：读为“会”。“诗经”时代有在仲春之月“会男女”的制度，凡男子到三十岁未娶，女子到二十岁未嫁的都借这个会期选择对象，不必依正常的机制而婚配。一说“谓”是告语，言一语定约。这首诗显然是女子鼓励男子大胆求爱不要错过大好时机。诗中用梅来比喻女孩子的青春，形象而巧妙。

《诗经》中这些表达女子对爱人深厚感情的诗还有很多，像《子衿》中的“一日不见，如三月兮”，《汾沮洳》中对美男子的赞赏，等等，都表达了男女之间最美好的情感。

《诗经》中的爱情诗也借用了大量的意象，其中最多的意象取自植物，70 首爱情诗中有 70 多处，平均每首有一处。这些植物意象有桃、兰、葛、萧、艾、乔木、薪、楚、桑林等。其中最重要的是桃，象征女子美貌，意喻家庭幸福。《周南·桃夭》：“桃之夭夭，灼灼其华。”夭夭为桃花随风倾屈貌，灼灼意为明亮，象征女子之美丽，也象征吉祥与和睦。《礼记·大学》：“诗云：‘桃之夭夭，其叶蓁蓁。之子于归，宜其家人。’”桃花因此而艺术化了，从此桃花成为中国文学中一个重要意象，“人面不知何处去，桃花依旧笑春风”“可妒桃花徒映靥，生憎柳叶尚舒眉”，陶渊明的《桃花源记》则为中国人构造了一个和谐完美的理想王国。

兰与荷有相似的象征意义：“士与女，方秉蕑兮”（《溱洧》），“山有扶苏，隰有荷华”（《山有扶苏》），“彼泽之陂，有蒲有蕑”“彼泽之陂，有蒲菡萏”（《泽陂》）。桃、兰、荷等有芳香气味的代表美好，而葛、萧、艾则代表思念：“彼采葛兮，一日不见，如三月兮。彼采萧兮，一日不见，如三秋兮。彼采艾兮，一日不见，如三岁兮。”（《采葛》）葛、萧、艾等草的形状蔓延绵长，用以代表思念，有以形喻神的功能。而乔木则代表了超越现实的完美境界和理想的象征：“南有乔木，不可休思。汉有游女，不可求思。”（《汉广》）《毛传》：“南方之木美，乔，上竦也。”《淮南子·原道训》：“乔木上竦，少阴之木。”以乔木的高大遥远喻汉女的貌美不可求。

此外，《诗经》的爱情诗中有 60 多处写到动物，有马、鹰、雁、燕、鸿、鹊等。据不完全统计，有 9 次写到日，6 次写到风，7 次写到雨，8 次写到水，这些丰富的意象大大增强了爱情诗的艺术感染力，并对后期文学的发展形成了深远的影响。

《诗经》与《楚辞》是中国古典诗歌的两大源头，也是我国最早出现的最具代表性的文学作品。在先秦时期只有这两部作品有集中的女性描写，塑造了丰富的女性形象。但二者的形成时间不同，地域影响不同，风格迥然不同，描写和塑造的女性形象也大不相同。

从时间上来讲，《诗经》记载的是西周初期到春秋中期的诗歌，而《楚辞》写成于战国初期，前者较后者要早得多。在西周时期，生命力、生殖力崇拜还是一种普遍风尚，而到《楚辞》形成的时代，原始的生殖力崇拜的强烈色彩已经蜕化，审美眼光开始脱离实用性而转向纯粹意义上的审美。

《楚辞》中对女性美的赞美标准不再是《诗经》中所描述的“硕”，而是以细颈与小腰为美。《大招》：“小腰细颈，若鲜卑只。”王逸注：“言好女之状，腰肢细小，颈锐细长，靖然而特异，若以鲜卑之带，约而束之也。”《诗经》中对女性美的描写较为简单，很少有大段集中的描写，着墨较多的《卫风·硕人》在赞美齐公主庄姜时先写她高贵的身世，再写她的容貌，后写她的车马服饰，最后写隆重的仪式。这种描写在其他篇章中是少见的。《楚辞》则不同，更加注意对女性娴雅的气质、婀娜的体态和美丽的容貌进行细节上的描写。如《招魂》：

> 九侯淑女，多迅众些。盛鬋不同制，实满宫些。容态好比，顺弥代些。弱颜固植，謇其有意些。姱容修态，絙洞房些。蛾眉曼睩，目腾光些。靡颜腻理，遗视矊些。离榭修幕，侍君之闲些。翡帷翠帐，饰高堂些。红壁沙版，玄玉梁些。仰观刻桷，画龙蛇些。坐堂伏槛，临曲池些。芙蓉始发，杂芰荷些。紫茎屏风，文缘波些。文异豹饰，侍陂陁些。轩辌既低，步骑罗些。兰薄户树，琼木篱些。

这段描述我们可以看出华丽的辞藻，及作者注重局部与整体的刻画。再如《大招》：

> 二八接舞，投诗赋只。叩钟调磬，娱人乱只。四上竞气，极声变只。魂乎归来！听歌撰只。

朱唇皓齿，嫭以姱只。比德好闲，习以都只。丰肉微骨，调以娱只。魂乎归来！安以舒只。

嫮目宜笑，娥眉曼只。容则秀雅，稚朱颜只。魂乎归来！静以安只。

姱修滂浩，丽以佳只。曾颊倚耳，曲眉规只。滂心绰态，姣丽施只。小腰秀颈，若鲜卑只。魂乎归来！思怨移只。

易中利心，以动作只。粉白黛黑，施芳泽只。长袂拂面，善留客只。魂乎归来！以娱昔只。

青色直眉，美目婳只。靥辅奇牙，宜笑嗎只。丰肉微骨，体便娟只。魂乎归来！恣所便只。

屈子用大量的笔墨描述舞女美丽的容颜、优美的体态和优雅的风度，完全表露出一种唯美的倾向，不涉及其他外在的因素，比起《诗经》具有更强的文学性和艺术性。

《诗经》对于女性人物形象的选择，多是在田陌野甸真实劳作的女子，如《卷耳》中采卷耳的女子，《载驰》中为国家命运奔走的许穆夫人，《硕人》中美丽高贵的庄姜等。《诗经》是采自民间的歌吟，故其中的女性形象是植根于生活中的，她们性格开朗直率，敢爱敢恨，充满生机。《召南·摽有梅》和《行露》两首诗就是这种风格的代表：

厌浥行露，岂不夙夜？谓行多露。谁谓雀无角？何以穿我屋？谁谓女无家？何以速我狱？虽速我狱，室家不足！谁谓鼠无牙？何以穿我墉？谁谓女无家？何以速我讼？虽速我讼，亦不女从！(《行露》)

相形之下，《楚辞》中的女性是来自想象中的神女或神化了的歌女和舞女，如湘夫人是帝尧的女儿，是湘水的女神；少司命是生育神，主宰子嗣，巫山神女山鬼是爱神，象征着爱情与生命。她们都是植根于神话中。《大招》是屈原在怀王尸体回归楚国时所作的招魂诗，诗中所涉之物、极尽美丽的女子均为虚构之作，这些女性性格安静、忧郁，多愁善感，具有阴柔的特征。如《湘君》：

> 君不行兮夷犹，蹇谁留兮中洲？美要眇兮宜修，沛吾乘兮桂舟。令沅湘兮无波，使江水兮安流。望夫君兮未来，吹参差兮谁思？驾飞龙兮北征，邅吾道兮洞庭。薜荔柏兮蕙绸，荪桡兮兰旌。望涔阳兮极浦，横大江兮扬灵。扬灵兮未极，女婵媛兮为余太息。横流涕兮潺湲，隐思君兮陫侧。桂棹兮兰枻，斫冰兮积雪。采薜荔兮水中，搴芙蓉兮木末。心不同兮媒劳，恩不甚兮轻绝。石濑兮浅浅，飞龙兮翩翩。交不忠兮怨长，期不信兮告余以不闲。

诗中的“望夫君兮未来，吹参差（洞箫）兮谁思”“太息”“横流涕”（极言悲伤）等句子表露出湘夫人思君的缠绵悱恻，整首诗萦绕着哀伤与忧愁。《少司命》为祭祀少司命的乐歌，既有对少司命庄严的礼赞，又有人神相恋的缠绵婉转。诗中刻画了一位善良正直又温柔多情的女神，她抚驭彗星，剑拥艾，荷衣蕙带，出没云际，迎风高唱着失意的哀歌，思念着自己的爱人，其中“悲莫悲兮生别离”成为传诵千古的绝唱。少司命和湘夫人的性格中都透出温柔婉媚、哀伤忧愁的阴柔美的特征。

《楚辞》中的女子，既有浪漫气质，又富有人格化特征：

“浴兰汤兮沐华，华采衣兮若英。灵连蜷兮既留，烂昭昭兮未央。”（《云中君》）“荷衣兮蕙带，儵而来兮忽而逝。”（《少司命》）“被薜荔兮带女萝。既含睇兮又宜笑，子慕予兮善窈窕。乘赤豹兮从文狸，辛夷车兮结桂旗。被石兰兮带杜衡，折芳馨兮遗所思。”（《山鬼》）这些都表现了女神们超乎自然的一面，在艺术手法上极具浪漫色彩。但这些女神们又富有人性的一面，在感情面前她们只是一些普普通通的女子：

思夫君兮太息，极劳心兮忡忡。（《云中君》）望夫君兮未来，吹参差兮谁思。（《湘君》）

怨公子兮怅忘归，君思我兮不得闲！（《山鬼》）

《山鬼》中的主人公是位山中女神，她以薜荔为衣，女萝为带，居住在不见天日的竹间。出行以香木为车，乘赤豹而从文狸。这位山中的精灵，既是自然的化身，也是人间一位多情少女的化身。她空灵缥缈，仪态万方，同时又多愁善感，有着丰富的内心世界。诗中描写她赴约不遇，失恋后的悲哀的情景。从希望到失望，从无限憧憬到坠入痛苦的深渊，把山鬼在追求爱情时的一往情深和自信，在爱情受挫时的心理波折和苦恼描写得淋漓尽致，充分表现了女神人性化的一面。

神与神，神与人，悲欢离合，缠绵缱绻，屈原用笔为世人勾画出一幅幅动人的画卷，他诗中表现出的女性意识与人文情怀对后世形成了深远的影响。

经过长期发展，至汉代文学作品中，女性形象的审美特征有了很大变化，秦汉一统天下，生产水平的提高与物质的丰富，为女性的妆饰美提供了极大的便利。这一时期，文人对女性的推崇与歌咏到了极致的地步。而随着独尊儒术的推行，《女诫》的出世，使女性在品德美上也被赋予了忠贞的内涵。

从汉代诗赋中，我们可以看出，这一时期的女性非常注重外在形象的修饰，出场的美女都是满体绞罗，满头满身都是金银珠宝。如司马相如的《子虚赋》：

于是郑女曼姬，被阿緆，揄纻缟，杂纤罗，垂雾縠。襞积褰绉，郁桡溪谷。衯衯裶裶，扬袘戌削，蜚纤垂髾。扶与猗靡，噏呷萃蔡。下摩兰蕙，上拂羽盖。错翡翠之威蕤，缪绕玉绥。眇眇忽忽，若神仙之仿佛。

再如班婕妤的《捣素赋》：

> 燕姜含兰而未吐，赵女抽簧而绝声。改容饰而相命，卷霜帛而下庭。曳罗裙之绮靡，振珠佩之精明。
>
> 若乃盼睐生姿，动容多制，弱态含羞，妖风靡丽。皎若明魄之生崖，焕若荷华之昭晰；调铅无以玉其貌，凝朱不能异其唇；胜云霞之迩日，似桃李之向春。红黛相媚，绮徂流光，笑笑移妍，步步生芳。两靥如点，双眉如张。颓肌柔液，音性闲良。

不仅高贵的美人，很多平民妇女的打扮也让人瞠目。如《羽林郎》中的酒家胡姬：

> 胡姬年十五，春日独当垆。长裾连理带，广袖合欢襦。头上蓝田玉，耳后大秦珠。两鬟何窈窕，一世良所无。一鬟五百万，两鬟千万余。

这样的穿戴让人疑惑她小小年纪已经那么富有，何必当垆卖酒。再如《陌上桑》中的罗敷：

> 青丝为笼系，桂枝为笼钩。头上倭堕髻，耳中明月珠。湘绮为下裙，紫绮为上襦。

以及《孔雀东南飞》中的刘兰芝：

> 足下蹑丝履，头上玳瑁光。腰若流纨素，耳著明月珰，指如削葱根，口如含珠丹，纤纤作细步，精妙世无双。

胡姬、罗敷和刘兰芝都是普通的劳动妇女，但是她们打扮得已经颇为奢华了。这与《诗经》中的朴素之美，与《楚辞》中的美人佩点香兰蕙芷又大不相同了。晋葛洪有云："古者事事醉素，今者莫不雕饰，时移世改，理自然也。"莫不雕饰，汉代已然。

李泽厚在《美的历程》中说："汉文学就是楚文化，楚汉文化一脉相承。"从汉代诗赋中我们看到，诗人们对美女的描述，确实受到《楚辞》的影响，描写夸张铺张，穷形尽相，美人在他们的笔下几近完美。这可以宋玉的《登徒子好色赋》、张衡的《七辩》与曹植的《洛神赋》为代表。

> 天下之佳人，莫若楚国；楚国之丽者，莫若臣里；臣里之美者，莫若臣东家之子。东家之子，增之一分则太长，减之一分则太短；著粉则太白，施朱则太赤。眉如翠羽，肌如白雪，腰如束素，齿如含贝。嫣然一笑，惑阳城，迷下蔡。(《登徒子好色赋》)
>
> 西施之徒，姿容修嫮。弱颜回植，妍夸闲暇。形似削成，腰如束素。淑性窈窕，秀色美艳。鬒发玄髻，光可以鉴。靥辅巧笑，清眸流眄。皓齿朱唇，的皪璨练。于是红华曼理，遗芳酷烈。(《七辩》)
>
> 其形也，翩若惊鸿，婉若游龙，荣曜秋菊，华茂春松。髣髴兮若轻云之蔽月，飘飖兮若流风之回雪。远而望之，皎若太阳升朝霞。迫而察之，灼若芙蕖出渌波。秾纤得衷，修短合度。肩若削成，腰如约素。延颈秀项，皓质呈露，芳泽无加，铅华弗御。云髻峨峨，修眉联娟，丹唇外朗，皓齿内鲜。明眸善睐，靥辅承权，瑰姿艳逸，仪静体闲。柔情绰态，媚于语言。奇服旷世，骨像应图。披罗衣之璀粲兮，珥瑶碧之华琚。戴金翠之首饰，缀明珠以耀躯。践远游之文履，曳雾绡之轻裾。微幽兰之芳蔼兮，步踟蹰于山隅。(《洛神赋》)

至此完成了先秦以来文学作品对女性美的终极塑造，女性的美达到了极致，增一分则长，减一分则短，汉代文学中所展现的女性的审美特征一度成为度量美的标准。汉代诗赋中表现的女性，除了外在形象美不胜收，还展现出了一种内在的贞节操守之美，其核心有二，一是对丈夫的忠贞，二是对国家和亲老的忠孝。

自汉以降，儒学渐成中心，男忠女贞的思想日成主流，东汉社会动荡，为求功名游子激增，思妇诗日盛。这些都要求女性以贞洁为德美。如《陌上桑》中的罗敷，美得“耕者忘其犁，锄者忘其锄。来归相怨怒，但坐观罗敷”。面对权势使君“宁可共载不”的挑逗，罗敷以“使君自有妇，罗敷自有夫”来拒绝，并且把自己的丈夫说得十分出色，让使君知难而退。《羽林郎》中的胡姬虽然年少，但面对霍家奴冯子都的调戏却正色回答：“不惜红罗裂，何论轻贱躯！男儿爱后妇，女子重前夫，人生有新故，贵贱不相逾。”明确告诉他“私爱徒区区”。

徐干《室思一首》中的女子“寄身虽在远，岂忘君须臾”，《古诗十九首》中的《孟冬寒气至》中的女子接到丈夫的书信后欣喜万分，“上言长相思，下言久离别。置书怀袖中，三岁字不灭”。这些女子都在表明一种对丈夫忠贞的态度，《上邪》中女子的一段话，更成了当时女子忠贞的誓言：“上邪！我欲与君相知，长命无绝衰。山无陵，江水为竭，冬雷震震，夏雨雪，天地合，乃敢与君绝。”

正是由于汉代诗歌中反复出现的关于女子纯洁忠贞的咏叹，使得她们的形象拥有了强大的道德力量，她们的美丽也广为流传，久而不衰。

汉代文学中还出现了王昭君和花木兰的形象。王昭君出塞边关，嫁与匈奴为妻，成为和亲的牺牲品；花木兰女扮男装代父出征，转战十二载，是女性对战争直接的面对。在汉代文学的表现中，她们的行为统一到了忠君报国和孝敬父母的主题下，成为美丽的女英雄。归根结底，汉代的美还是以儒家正统价值观为核心的，德行美超越了外在的形态美，暗合了班昭的《女诫》所陈述的女性美的范畴。

“性别诗学”:理论资源与问题反思

许　航

中国的“性别诗学”建构开始于20世纪90年代，由林树明在1995年出版的《女性主义文学批评在中国》首先提出“性别诗学”一词，并且在2000年发表的《性别诗学——意会与构想》中对“性别诗学”的建构提出了比较全面、系统的想法。进入21世纪后，“性别诗学”得到了进一步的发展，并且得到了一些女性文学研究者的响应。其中，有些学者直接采纳“性别诗学”一词，例如万莲子的《性别：一种可能的审美维度——全球化视域里的中国性别诗学研究导论(1985—2005大陆)》，阐释了“性别诗学”所依赖的中西方理论基础。乔以钢、任一鸣等学者则从女性文学研究的学科建设、性别批评等方面进行了回应，她们没有直接采用“性别诗学”一词，而是对“性别诗学”提出的诸如关注两性、对其他批评持开放态度等理念持肯定态度。因此，有研究者在总结21世纪初中国女性文学批评发展时总结道：“摆脱对西方女权主义理论的依赖，重视发掘民族文化资源，建设本土化的‘性别诗学’可以说基本上形成学术共识。”[①] 也有学者明确表示“性别”已经取代“女性”，成为女性文学研究的关键词。[②] 本文拟对21世纪头十年“性别诗学”的发展进行回顾，并分析其理论资源及存在局限。

---

① 王春荣、吴玉杰：《反思、调整与超越：21世纪初的女性文学批评》，《文学评论》2008年第6期。

② 刘思谦：《性别：女性文学研究的关键词》，《洛阳师范学院学报》2005年第6期。

一 “性别诗学”的提出和发展

“性别诗学”从提出到发展，都伴随着对中国女性文学研究的反思。21世纪，发轫于20世纪80年代的中国当代女性文学批评，经过了近30年的发展，已经成为中国文学批评体系中的一个重要构成。“从80年代中期‘女性文学’（或称‘妇女文学’）这一范畴的提出，到90年代中期形成对女性文学的社会性关注热潮，有关性别与文学关系的探讨，构成了当代中国（大陆）文学研究界一个广受瞩目的问题。”① 不难注意到，中国女性文学批评在其发展过程中，一直是受到各种质疑的，“困境”“危机”“出路”一类的字眼频繁出现在相关的研究中。

“性别诗学”的提倡者，正是中国女性主义文学批评的积极实践者，他们正是在对中国女性主义文学批评进行反思的基础上，开始了“性别诗学”的建构。例如林树明认为：“中国当代女性主义文学批评真正的不足表现在两方面：一是批评观念先行，批评视点及方法较单一，未充分重视作品内部全部的复杂因素，批评的‘文学性’学术品味不足；二是信息大量重复，缺乏沟通与学术尊重，表现出学术态度的轻率浮躁，文学批评的坦诚性不足。这是真正的危机所在，不克服这两方面的问题，调整批评策略，中国的女性主义文学批评或者说‘性别诗学’研究难以持续发展。”② 孙绍先则说：“可以说，中国‘女性主义’自成气候以来在两个方向上的努力，目前都失败了。一方面是‘女性主义’的本土化：由于脱离了中国女性最基本的生活状态，中国‘女性主义’仍然只是一个浮在文化表层的概念气泡。不要说深入人心，就在女性知识分子领域也很难说站住了脚。另一方面是与国际接轨：没有自己文化经验的滋养，中国‘女性主义’只能跟在欧美女性主义思潮的后面摇旗呐喊，说到建设中国自己的学派发出自己的

① 贺桂梅：《当代女性文学批评的一个历史轮廓》，《解放军艺术学院学报》2009年第2期。

② 林树明：《论当前中国女性主义文学批评的问题》，《湘潭大学学报》2006年第1期。

声音，难。"[①] 可以说，"性别诗学"的提出，伴随着较为清晰的问题意识。它希望能够丢掉西方女性主义理论的拐杖，从本土文化中汲取理论资源，建设一种有现实针对性的"性别诗学"。

建设具有中国特色的"性别诗学"这一构想，实际上从世纪之交就已露出端倪。从"性别诗学"这一范畴的提出和阐释过程进行分析，可见其是怎样一步步走向理性化的。1994 年，李继凯在其《文艺性学初论》一文中，提出了"文艺性学"观。仪平策在其《美学与两性文化》一书中提出了"两性文化美学"的思想。这些都可视为"性别诗学"提出的思想前兆。李继凯认为："所谓'文艺性学'，是由文艺学与性科学（sexciogy）交叉结合生成的边缘学科，其研究对象便是人类的性、性别、性文化等人类性际生活、性际现象与文学艺术之间的复杂关系。"[②] 他在《略论性别意识和比较诗学》一文中进一步阐释了这一观点。

1995 年，在北京召开了第四届世界妇女大会，大会发表了"平等、发展与和平"宣言。在这一背景下，中国的女性文学批评呈现了一个前所未有的高潮期。女性文学批评自身也在寻求新的突破。林树明在《女性主义文学批评在中国》中首次提出"性别诗学"一词。尽管该文并没来得及从学理上对"性别诗学"做出充分的阐释，但"他对这一理论范畴命名的开创性意义是不言而喻的。它预示着女性文学批评转型期的到来，建构'性别诗学'指明了这一转型的理想目标"。[③] 1999 年，叶舒宪主编的《性别诗学》论文集是第一部以"性别诗学"命名的专著。叶舒宪在该书序言中主要以西方理论界的性别"诗学"观点为参照，从文化哲学的高度宏论了性别诗学。

经过较长时间的思考、探索，林树明对"性别诗学"作了比较完

---

① 孙绍先：《"贵族化"的"中国女性主义"》，《天涯》2005 年第 1 期。

② 李继凯：《文艺性学初论》，《社会科学战线》1994 年第 2 期。

③ 王春荣、吴玉杰：《反思、调整与超越：21 世纪初的女性文学批评》，《文学评论》2008 年第 6 期。

整的界定：

> 性别诗学（gender poeties）属于文艺学中价值论与存在论的范畴，其以性别价值取向为基本分析要素，把社会性别作为社会身份的重要组成部分，将性别意识作为文学研究的基本坐标，对文学艺术中的性别因素做诗学层面的解析、研讨，探讨由性别、种族、阶级、时代、经济、科技及教育等因素所铸成的性别角色与身份之间的交叉与矛盾，挖掘男女两性特殊的精神底蕴和文学的审美表达方式，并试图说明其产生原由，突出文学的“性别性”和两性平等价值。①

他从学科建设的角度出发，指出“性别诗学”中的“诗学”属于文艺理论，与一般的“文学批评”不同。他引用了乐黛云等编的《世界诗学大辞典》：“现代意义上的诗学是指有关文学本身的、在抽象层面展开的理论研究。它与文学批评不同，并不诠释具体作品的成败得失；它与文学史也不同，并不对作品进行历史评价。它所研究的是文学文本的模式和程式，以及文学意义是如何通过这些模式和程式而产生的。”② 他强调“性别诗学”的理论意义，并且将它和“文学批评”区分开来。

美国女性主义历史学家琼·W. 斯科特曾经指出性别理论（Gender Theory）的三个目标：一是用对社会结构的分析来替代性别差异讨论中的生理决定论；二是把男人与妇女的比较研究引入特殊的学科领域；三是把性别作为一个新的分析范畴来改变学科的图式。③ 可以说，“性别诗学”也期望为中国女性主义文学批评提供新的理论维度，“性别诗学”提倡对男女两性的共同关注，并且将“性别”作为一个与阶

① 林树明：《女性文学研究、性别诗学与社会学理论》，《贵州社会科学》2007 年第 11 期。
② 林树明：《女性文学研究、性别诗学与社会学理论》，《贵州社会科学》2007 年第 11 期。
③ 柏棣：《西方女性主义文学理论》，广西师范大学出版社 2007 年版，第 128 页。

级、种族等相并列的文学批评分析的范畴。21 世纪初始，“性别诗学”本身及其倡导的理论和方法，在中国女性文学批评界产生了一定影响，并且在理论研究上取得了一些成果。

检索“中国学术期刊网”可见，在 21 世纪的头十年，“性别诗学”成为女性文学研究界经常论及的话题。2000 年，中国学术期刊网上有 3 篇文章直接论及“性别诗学”，其中，林树明在其《性别诗学——意会与构想》一文中，再度论及“性别诗学”。作者对五年前提出的“性别诗学”从概念到建构的思路都更加明晰。同年，万莲子在其专著《关于女性文学的沉思 · 后记》一文中也提出了“性别诗学”这一关键词，并且较为系统地叙述了她从 20 世纪 80 年代末开始在这一问题上的一系列思考。2001 年，中国学术期刊网上有 2 篇文章直接论及“性别诗学”，同年，中国文联出版社出版了荒林、王光明的《两性对话》。2002 年，中国学术期刊网上有 4 篇文章直接论及“性别诗学”，其中，徐岱在其《女人与小说——建构性别诗学的一种思考》一文中，从女人与小说的关系这一角度入手，试图为建构“性别诗学”提供一种方案。2003 年，中国学术期刊网上有 2 篇文章直接论及“性别诗学”。刘思谦在其《性别理论与女性文学研究学科化》一文中提出女性文学研究要由“女性”转向“性别”的所谓“性别理论”，其学术观点也指向“性别诗学”。2004 年，中国学术期刊网上有 8 篇论及“性别诗学”的文章，其中，任一鸣在其《社会性别与性别诗学——女性（主义）文学批评笔记之二》一文中，从反思女性主义文学批评的问题论及建构“性别诗学”需要引入社会性别理论的观点。2005 年，中国学术期刊网上有 8 篇论及“性别诗学”的文章，其中，陈志红的《反抗与困境——女性主义文学批评在中国》对中国女性主义文学批评进行了较为深入的反思；万莲子《性别：一种可能的审美维度——全球化视域里的中国性别诗学研究导论（1985—2005 大陆）》则对“性别诗学”有了更加系统、全面的构想。2006 年，中国学术期刊网上有 10 篇论及“性别诗学”的文章，其中，陈骏涛在

《女性主义成长之旅》一文中，对中国女性主义文学批评的三个阶段进行了总结，并对每个阶段的主要学术观点作了评述，在谈到第三个阶段时，他将“性别诗学”“女性文化诗学”等范畴凸显出来，并分析了它们各自的理论优势。2007 年，中国学术期刊网上的相关论文有 3 篇，其中，乔以钢的《性别批评的构建及基本特征》，以“性别批评”为关键词，探讨了性别批评建构的思想理路。文章并没有采用“性别诗学”一词，但其阐发的“性别批评”和“性别诗学”有较大的相关度。2008 年，中国学术期刊网上的相关论文有 7 篇；2009 年，中国学术期刊网上的相关论文有 9 篇；2010 年，中国学术期刊网上没有论文直接论及性别诗学。可见，“性别诗学”“性别批评”作为一种理论范畴，在 21 世纪得到了学界的关注和实践。

综上可见，“性别诗学”建构的学术之旅蕴含着这样几个重要的问题需要进行辨析和阐释：第一，“性别诗学”是什么，怎样界说其概念内涵？第二，“性别诗学”的主旨即理论建设目标是什么？第三，“性别诗学”的理论依托或者说理论资源有哪些？第四，“性别诗学”自身的理论形态和结构框架怎样？等等。这些问题有的已经有了较为清晰的轮廓，有的仍待进一步深入探讨、研究。

二　“性别诗学”的理论资源及其局限

21 世纪以来的“性别诗学”建构，是在反思中国女性文学批评如何丢掉“西方女性主义”这根拐杖中进行的，但女性文学研究从“女性”走向“性别”，却依然受到了西方女性主义文学理论发展的启发。早期西方女性主义文学批评主要致力于从女性主义的立场出发去批判文学中的男权机制、重构女性文学传统和建设基于女性主义的文学理论。女性主义文学批评一方面从女性的立场出发去审视、批判将女性“他者化”的男性文学与文化，另一方面通过挖掘女性文学的历史、女性写作的传统、建构女性主义的理论体系去确立女性的主体地位。“性别”这个因子虽然已经内在地蕴含于其中，但主要是褒扬女性批判男性，也就是说，女性主义“性政治”相对于“性别”来说占了上风。

20 世纪 80 年代中期，西方女性主义批评界的兴趣转向“性别”。伊莱恩·肖瓦尔特（Elaine Showalter）指出，在美国，“性别”一词是指“被迫带有生理性别差异的社会、文化与心理的结构”，而“性别”理论使女性主义批评的对象从“女性”转向了对意识形态的印记和性/性别系统的文学效果的探讨，或者说“探讨因人类的社会干预而构成的人类性爱与繁殖的形式”。[①] 同时，性别理论在历史、人类学、自然科学、文学等领域开展了广泛的研究。在文学领域，1985 年夏娃·科索福斯卡·塞奇威克（Eve Kosofsky Sedgwich）的《男人之间的纽带：英国文学和男性同性社会性欲望》提出“男性同性社会性”（homosocial）概念，奠定了性别理论对男性研究的基础。

自 1995 年“联合国第四次世界妇女大会”在北京召开以来，“把社会性别纳入决策主流”成为各级妇女组织者的奋斗目标，也成为妇女研究者的研究话题。社会性别（Gender）理论开始大范围的为中国历史学、社会学、文学等学科的研究者所了解，并开始了各自领域的批评实践。1998 年，王政、杜芳琴主编的《社会性别研究选译》选编了苏珊·斯坦福·弗里德曼（Susan Standford Freidman）的《超越女作家批评和女性文学批评——论社会身份疆界说以及女性主义批评之未来》。文章认为，女性主义文学批评的未来在于超越传统的女作家批评与女性文学批评单一的性别视角，将性别整合到族裔、阶级、民族、宗教等其他社会身份要素中进行批评，强调主体身份的复杂性、变动性和矛盾性。“性别”替代“女性”成为女性主义文学批评的关键词。

关于性别理论与女性主义批评的关系，西方女性主义理论家伊莱恩·肖瓦尔特从女性主义文学批评的立场出发认为，性别理论的兴起

---

① 王政、杜芳琴主编：《社会性别研究选译》，生活·读书·新知三联书店 1998 年版，第 264 页。

是女性主义文学批评的一个最新发展阶段，它为女性主义文学批评带来了三方面的益处。首先，性别诗学理论认为男女两性的文本都有性别，不仅敞开了女性主义文学批评的研究领域，也挑战了客观、中立的传统文学观。其次，性别理论允许男性以研究者和批评者的身份进入女性主义文学批评。最后，也是最为重要的一点是，性别理论把性别作为与阶级、种族相并列的一维成为文学批评理论的核心因素，就让女性主义文学批评登堂入室，取得了合法身份，从边缘走向了中心。同时，她也表示了自己的忧虑，担心性别成为一个"后女性主义"的术语，会取消女性主义强烈的政治色彩。[①]

那么，我国的性别诗学倡导者如何认识性别诗学与女性主义文学批评的关系呢？林树明认为："随着社会的进步和文艺的发展，女性主义文学批评将会变得更加宽容，形成一种理论和批评上的折衷主义，一步步迈向性别诗学。"[②] "与女性主义文学批评不同的是，性别诗学更强调对男性的关注、关怀。"[③] 万莲子认为性别诗学："客观，更符合学术理性和规范，是纯粹的学术研究命名，女性主义文学是其共同的研究对象，研究主体与客体毕竟有一定的、事实上的距离"[④]，女性主义诗学则"既是研究主体，又是研究客体，容易依据女性文化历史和现实的弱势境遇而带入感情色彩"。[⑤] 也就是说，性别诗学是未来的发展方向，它更强调对男性的关注、关怀。这就涉及了西方女性主义研究者关于强调"性别"之后的"去政治化"担忧。

回过头看，中国对女性主义、女权主义的接受，从一开始就抱着人文主义的意识，并受到新启蒙主义的影响。回顾 20 世纪 80 年代，

---

① 张京媛主编：《当代女性主义文学批评》，北京大学出版社 1992 年版，第 265 页。

② 林树明：《性别诗学：意会与构想》，《中国文化研究》2000 年春之卷。

③ 林树明：《女性文学研究、性别诗学与社会学理论》，《贵州社会科学》2007 年第 12 期。

④ 万莲子：《性别：一种可能的审美维度——全球化视域里的中国性别诗学研究导论（1985—2005 大陆）》（上），《湘潭大学学报》2005 年第 16 期。

⑤ 万莲子：《性别：一种可能的审美维度——全球化视域里的中国性别诗学研究导论（1985—2005 大陆）》（上），《湘潭大学学报》2005 年第 16 期。

根据相关学者的梳理，这一时期的女性主义文学批评的重要理论资源之一就是新启蒙主义。在这个时期成长起来的中国女性文学批评者，深受新启蒙主义思想的影响，而新启蒙主义思想的来源正是西方19世纪的人文思想。新启蒙主义认为，20世纪80年代是对五四的一个重构，是一个进步的现代化时期，而“人性”正是现代化的标志。新启蒙主义恰恰设定了一个“不分性别的新文化”，很少从父权制的社会文化结构层面来谈论性别关系，也没有明确反对父权制和批判男权意识。[①] 从这个源头上看，中国女性主义文学批评对父权制的批判，一开始就不像西方女性主义文学批评那样激烈。这也是中国女性主义文学批评由“女性”转向“性别”的过程比西方来得快得多的一个重要原因。但“性别诗学”的提倡者们所渴望的两性平等、受到同样关注的社会却还未曾真正实现，那么以“性别”代替“女性”对于“女性文学批评”来说是否有“去政治化”的嫌疑呢？这无疑是“性别诗学”必须面对的一个问题。这使得“性别诗学”遭遇了质疑：“倡导以对‘男女两性’特别是‘男性’的关注的‘性别诗学’来取代女性主义的‘两性对抗’，使用更加‘中性’、‘客观’、‘学理化’的‘性别’概念来代替有‘更多感情色彩’的‘女性主义’，就很难避免女性主义者对其立场的质疑，因为在女性主义者看来，所谓‘客观、中性’的研究实际上是父权制立场，是与女性主义立场截然对立的。”[②] 对此，“性别诗学”的倡导者进行了回应，主要仍是强调性别主义诗学是与女性主义文学批评共舞的，性别诗学是女性主义文学批评发展至今最外层的“涟漪”，是其不断发展的必然结果。[③] 在这里，性别诗学的倡导者表达了“性别诗学”并不取代“女性主义文学批评”的观点，但并没有就其“父权制”立场作出更多的说明。应该说，“性别

---

① 贺桂梅：《当代女性文学批评的三种资源》，《文艺研究》2003年第6期。

② 王艳峰、吴炫：《我国性别诗学兴起的原因与存在的问题》，《湘潭大学学报》2009年第11期。

③ 林树明：《一石激起千层浪》，《当代文坛》2011年第2期。

诗学”的倡导者并没有用“性别诗学”取代“女性主义文学批评”的意图，但“性别诗学”是否削弱了“性政治”的立场，却是在性别诗学的建构过程中始终需要警惕的一个问题。

此外，还应该讨论一下性别诗学的“诗学”体系。林树明在《女性文学研究、性别诗学与社会学理论》中认为，“性别诗学（Gender Poetics）属于文艺学中价值论与存在论的范畴，其以性别价值取向为基本分析要素，把社会性别作为社会身份的重要组成部分，将性别意识作为文学研究的基本坐标，对文学艺术中的性别因素做诗学层面的解析、研讨，探讨由性别、种族、阶级、时代、经济、科技及教育等因素所铸成的性别角色与身份之间的交叉与矛盾，挖掘男女两性特殊的精神底蕴和文学的审美表达方式，并试图说明其产生原由，突出文学的‘性别性’和两性平等价值”。[①] 他同时从学科建设的角度指出，“性别诗学”中的“诗学”指的是一般的“文学理论”，性别诗学的研究内容包括四个方面：一是研究性别学如何通向诗学，如何将文学中的性别特性诗学化；二是研究文学创作主体的性别倾向；三是研究文学文本的性别问题；四是研究文学接受中的性别倾向。[②] 从这段论述可见，性别诗学是致力于建构某种以性别为主要分析元素的诗学理论的。

但这和西方女性主义文学批评家所谈及的女性主义诗学却有些概念上的脱节。伊莱恩·肖瓦尔特在《走向女性主义诗学》（Toward a Feminist Poetics）一文中，将女性主义文学批评区分为“女权批评”和“女性批评”两大类，同时强调“女性主义批评的任务是发现一种新的语言、新的阅读方式，它能综合我们的智慧与经验”。[③] 可见，她所说的“女性主义诗学”更多的是基于女性主义批评实践基础上的总

① 林树明：《女性文学研究、性别诗学与社会学理论》，《贵州社会科学》2007 年第 12 期。

② 林树明：《女性文学研究、性别诗学与社会学理论》，《贵州社会科学》2007 年第 12 期。

③ ［美］伊莱恩·肖瓦尔特：《荒原中的女权主义批评》，见王逢振等译《最新西方文论选》，漓江出版社 1991 年版，第 345 页。

结、分类，却不一定能够成为某种理论框架。“性别诗学”对于建构理论体系的强调，某种程度上是和西方女性主义批评的反抗精神相悖的。

这也就是为什么有研究者强调，我们在看到性别理论拓展了女性主义文学批评的研究领域，为女性主义文学批评提供了一条新的发展路径的同时，也必须时时提防“性别”成为一个“后女性主义”的概念。①

三 对“性别诗学”的反思

20 世纪末期，尤其是 21 世纪头十年，中国“性别诗学”经历了从提出到发展的过程，并且在提出之际、发展之时同时开始了对自身的反思，也经受了不同声音的质疑。回顾这一过程可见，“性别诗学”在中国的提出，虽是在反思西方女性主义的基础上进行的，但仍受到了西方理论的启发和影响。“性别诗学”不是在中国破土而出，而是整个西方女性主义理论发展到一定程度的一个转向，这个转向最显著的特征就是女性主义对“性别”的关心。但这种对两性的关心在中西表现为不同的研究范畴，在西方对男性的研究更多地表现为对“男性气质”“男性同性社会性”的研究，他们更关心的是男性中受到传统社会压迫的群体；而在中国则更多体现为对两性的共同关注、对性别平等的渴望。“性别诗学”在中国投射的理论界的理想，可以看成是一种人文主义的影响，经历了 20 世纪 80 年代人文主义洗礼的中国女性主义文学研究者们，对性别问题有着一种人文主义式的关怀。

然而，正如前文分析所见，“性别诗学”的概念内涵还需要进一步厘清；“性别诗学”的主旨即理论建设目标还需要进一步的明确；“性别诗学”还需要进一步摸索清其理论依托或者说理论资源；“性别诗学”自身的理论形态和结构框架还需要进一步搭建。“性别诗学”

---

① 王艳峰、吴炫：《我国性别诗学兴起的原因与存在的问题》，《湘潭大学学报》2009 年第 11 期。

中性别与诗学关系的理想是明确的，但这一范畴内涵的界定，却存在分歧，界限也比较模糊。“性别诗学”本身理论的自洽性还谈不上圆满。“性别诗学”的主旨也是明确的，但如何实现这一主旨，即实现的路径问题，还比较模糊。“性别诗学”的理论依托也依然处于探索过程中，引起了各方的讨论，现在基本达成的共识是：一方面，要引入西方女性主义文学批评的成果；另一方面，也应积极继承中国传统的理论成果，并且积极总结30余年来中国女性主义文学批评的成果，实现理论的本土化、在地性。在此基础上，进一步搭建性别诗学自身的理论形态和结构框架才有进一步的可能。

回顾性别诗学的建构，一方面要看到其成果，无论如何，从“女性”到“性别”这一研究关键词的转变，给中国女性文学研究带来了某种新的契机，扩大了性别研究的视野和范畴，并且通过这种通往“诗学”的努力，使得中国女性文学研究、批评朝着更为系统化、理论化的方向发展。另一方面，也要看到这种理论实践依然存在不足，例如是否降低了女性文学研究对男权社会、父权制的批判力度；是否使得“性别”成为一个“后女性主义”概念等。在看到成绩的基础上，对中国21世纪以来的性别诗学建构进行反思，思考存在的问题，有助于性别诗学的进一步建构与发展。

第一，毋庸讳言，中国性别诗学的理论建构受到了西方理论界的极大启发。对西方理论的引进和借鉴有利于学科的建设、研究的发展，但要和中国的社会文化实践紧密结合起来，合理地进行运用。对当代文学研究如何利用西方理论资源的讨论在近年来蔚然成风，这是在长期的研究实践中理论工作者的自觉反思，并不是女性主义、女性文学批评独有的问题。实际上，中国女性文学研究者对这一问题有着清醒的意识，正是在这一基础上，他们思考性别诗学建构的理论资源问题，虽然这一问题在当下并未得到解决，但中国女性文学研究界体现出了由学习西方到回归本土优秀传统的趋势，走出了将西方理论当成一种“元话语”的误区。但不能不看到，师洋不化、脱离中国具体文化语境、生搬硬套西方理论的现象仍然存在。合理运用西方理论仍是中国女性文学研究者需要面对的问题。

第二，性别诗学的建构需要加强问题意识。学术研究应当提出问题和解决问题，即以问题研究为导向，才符合科学进步或知识增长的内在规律。21 世纪以来，中国女性文学研究界对一些基本理论问题的关注都显示出较强的问题意识。中国女性文学研究的研究者们，身处瞬息万变的中国社会历史进程之中，更应将性别问题与社会发展的重大问题联系起来观察、思考。真正以问题为导向，将"性别"这一范畴运用到研究中去，这是性别诗学建构一题中的应有之义。

第三，文学研究是不能离开创作实践的，性别诗学的建构也应立足于本土创作实践的发展。只有"接地气"的性别诗学才能够真正面对、解决我国文艺创作中凸显的性别问题。性别诗学建构只有建立在对作品的深入分析、对文艺创作中性别问题的充分关注和深入剖析之上，才有可能进行理论的深入和完善。

第四，女性主义文学批评价值取向的民主性、开放性特点必然也是其批评方法上的特色。方法的开放性，是女性主义文学批评的显著特点。性别诗学的建构，同样要借鉴女性主义文学批评在方法上的开放性，从历史学、社会学、人类学、宗教学、心理学等学科中汲取养分。

总体来看，正如有学者总结的那样："中外性别诗学都还不是以完善的学科形态出现的。如此情形，只能从已有的性别诗学理论和实践来分析，看来，'性别诗学'的确还处于建构进程中，是女性主义文学及批评理论发展到一定程度自然浮现的，尽管目前可以说是还处于学科的无名状态，与行进中的'女性主义诗学'有关，但更具性别包容性。"[①] "性别诗学"体现了女性文学界对于某种自洽的理论体系的渴望，但是能否实现"性别诗学"的建构，还需在实践中摸索、探索。

---

① 万莲子：《性别：一种可能的审美维度——全球化视域里的中国性别诗学研究导论（1985—2005 大陆）》（下），《湘潭大学学报》2006 年第 1 期。

2020 年文学研究发展报告

李　琳　马　征　张　聪　范利伟

2020 年的中国文学研究，一方面不断增强关注现实、把握现实的力度，在历史与现实的交织中更为深刻体认文学“经世”的价值功能；另一方面在深厚的学术积淀中变革拓新，反思文学研究方向调整、边界拓展、视域融合、史料挖掘等问题，以反映和应对复杂多变的文学现象，在理论和实践的互动中寻求问题解答和方向引导。在 21 世纪第三个十年即将到来之际，总结文学研究的宝贵经验，展望发展前景，拓展未来之路，对于民族文化传承、时代精神形塑、文化共同体建构具有重要意义。

一　年度重要学术现象

国家层面对于学科发展的战略规划、文学研究自身的更新迭代、世界范围的疫情暴发、科学技术的迅猛发展，深刻影响了 2020 年文学研究的学科方向、问题关切、生产与传播方式等。

国家政策引导影响文学研究学科发展方向。教育部 2020 年 1 月发文，决定在部分高校开展基础学科招生改革试点的“强基计划”。其中涉及的文科学科主要包括历史、哲学和古文字，传统文科中的文学被摒在外，引发了传统文学是否属于基础学科与是否需要加强的热议。8 月，全国研究生教育会议决定新增“交叉学科”作为学科门类。11 月，教育部发布《新文科建设宣言》。“新文科”和交叉学科建设将给未来的文学研究、文学教育带来深远影响，文学研究者结合学科现状积极探讨政策性变化带来的机遇挑战，《中国社会科学报》为此组织了“数字人文视域下的新文科建设”特别策划等。

文学研究学术生产、传播方式新变加速。一是疫情影响下，传统的线下聚集式的学术交流、传播方式，加快向线上以及线上、线下结合的云端交流传播方式转变。二是原有的学术成果发表方式、评价方式、学术秩序加速发生变化。预发表、开放获取、交互平台等，将成为未来学术发表、评价的重要渠道。网站、微信公众号、微信群等具有即时评议和交互功能的媒介，使得精准推送与交互式阅读更为便捷。一些学术公众号如“中国学派”“学术派”等在学界影响较大。学术批评的时效性大为增强，围绕“清平乐”读音等问题，学者通过各种新媒介平台参与讨论、回应学术争论，形成新的学术热点。学术传播在普及化、大众化的同时，也出现扁平化的传播趋势。

文学研究者群体代际更迭更趋明显。以“70 后”“80 后”为主的学术群体，通过举办读书会、组建学术微信群、组织专栏文章、论文结集等学术活动，凸显作为新生代学术力量的问题意识和自觉反思。“从艺术哲学到艺术媒介”跨学科青年工作坊、“2020 青年学者词学研讨会”等一系列以青年学者为主体的学术活动，呈现出小而精的特色。继《文献》杂志推出“文献学青年谈”专栏后，“书目文献”公众号推出“青年学者说文献学”专栏。这些都体现出新生代学者主动参与议题设置、引导学术潮流的努力。

学术纪念活动引发对经典学术问题的重新讨论。2020 年适值恩格斯 200 周年诞辰、钱锺书 110 周年诞辰等，有关的经典学术命题被重新讨论。学者们提出应重视恩格斯对马克思主义文艺学说构建的巨大贡献，而对钱锺书等的学术纪念活动，则引发了文学研究具有范式意义的问题探讨，学界再议“回归文学本位”、“诗史”与“心史”之辨、“有思想的学术和有学术的思想”等话题，反思文学研究中思想性、文学性缺乏的问题。

二 年度学术发展方向

处在变化生长期的中国文学研究，一方面在丰厚学术积累基础上不断深化已有学术议题，努力完成历史化、经典化的发展使命；另一方面回应诸多新的文学现象和现实挑战，不断寻找新的学科生长点，固本开新、转型拓路。

1. 面向“当代”的马克思主义文艺理论研究

建构新时代具有中国特色的文学研究学科体系、学术体系和话语体系，坚持马克思主义在文学研究中的指导作用，并创造性地将之与中国文学实践相结合是核心要义。

在研读经典中把握马克思主义文论精髓。只有通过对经典文本的解读和阐释，才能更加准确理解马克思主义文艺思想的精神实质和意义价值。“回到马克思”，回到经典文本、回到马克思主义经典作家的思想理论体系被学界不断重申。孙文宪认为，马克思对文学艺术问题的阐释往往夹杂在非文艺问题的论述中，要有机把握其文论话语特有的互文结构。姚文放通过解析经典文本，从政治经济学角度考量马克思对艺术本质的认识。

在体系建构中强调马克思主义文论的中国形态。中国当代文艺理论体系建设，是在马克思主义基本原理指引下的当代创造，是马克思主义与本土文学实践的有效结合，因此，强调马克思主义文论的中国形态是中国文艺理论走向体系成熟的重要尺度。胡亚敏认为，中国形态的马克思主义文学批评的价值重建应坚持人的、社会的和审美的三个维度。季念和季水河认为，马克思主义文学批评的中国形态出现于20世纪20年代，它改变了中国文学批评的思维方式和话语体系。

在文学实践中推进中国马克思主义文论建设。中国马克思主义文论建设，是党和国家领导人以及知识界立足当代文艺发展实践和中国文艺历史传统，共同努力得来的智慧结晶。习近平总书记关于新时代中国特色社会主义文艺的重要论述，深刻回答了当代文艺事业繁荣发展的根本性问题，是新时代中国特色社会主义文艺发展的理论指南。丁国旗认为，习近平总书记有关文艺的系列重要论述，体现出鲜明的马克思主义文艺理论中国化、时代化、大众化、具体化的方法论特性。张清民比较了毛泽东主席《在延安文艺座谈会上的讲话》和习近平总书记《在文艺工作座谈会上的讲话》，认为两个讲话体现了党领导文艺的内在思想逻辑。

2. 面向“现实”的文学研究

2020 年，随着一系列重大事件的发生，文学介入现实的功能再次得到强调，彰显出马克思主义文艺的人民性价值内涵，以及研究者对文学社会影响力的重视与思考。

表现抗疫和脱贫攻坚等重大事件的文学创作成为研究热点。研究者及时关注反映现实动态的诗歌、散文、报告文学以及通过微信、微博、微视频等新媒体平台传播的文艺作品，肯定其凝聚人心、鼓舞士气的作用。《光明日报》《文艺报》等媒体开设专栏讨论这些作品。另如吴思敬对抗疫诗歌的评论、丁晓原论脱贫攻坚题材的报告文学等，都体现了文学研究者关怀现实的巨大热忱。一如历史上文学汇入时代“大合唱”的特殊时刻，人们更看重文学发挥见证历史、激励人心的作用，以及这背后所蕴含的精诚品格和民族情怀。但研究者也对“现实关怀”提出与历史相匹配的艺术性要求。

面对现实、文学何为的理论诉求及历史梳理备受关注。“文以传道”“诗言志”“经国之大业、不朽之盛事”的价值承载和功能传承是中国文学的优良传统，在当下时代语境中，文学研究从历史传统和思想资源上再次探讨文学的价值、功能问题。疫情促使学者反思研究的意义和价值。在“面对灾害，文学何为”的问题反思中，刘跃进认为，古代文学中对自然的敬畏、国家的认同和民族强盛的期盼等，在今年疫情防控过程中得到了全新诠释；王立等对明清避灾驱疫、御灾叙事、应灾心态等作了探索，都堪与现实相发明。一些学术会议则以主题聚焦形式体现了强烈的现实关怀与家国情怀，如“中国新文学的现实关怀”学术研讨会聚焦中国现当代文学现实关怀这一传统的发展与演变，思考当下应如何深入理解“现实”概念。

3. 文学研究基本问题再思考

理论、历史与经典的学术三分对应于文学研究即是文学理论、文学史与文学批评，这是文学研究的核心问题。关于文学本质与功能、文学研究对象与方法、文学史书写、文学经典、文体与文本等的探讨，一直都是学界关注的焦点。

推进文学研究“三大体系”建设。在新时代语境下，构建具有自身特质的文学研究学科体系、学术体系、话语体系，是当代学术的发展方向。无论是文学研究的理论体系研究还是话语体系研究，均呈现出向中国文学传统、文化资源回溯的趋向。南帆提出，当前文学理论体系的构建应回归中国的文学传统，将文化结构、现代性、审美与文学传统四种因素之间的互动纳入视野。董学文认为，中国文学理论话语体系的当代构建，要破除“唯洋是从”的思维定式和“以洋为尊”的话语模式，体现话语建设的主体性。李伟昉回顾、审视比较文学中国学派的创建过程，提出创建中国自己的学术思想、话语体系的意涵。“诗话”“文话”“词话”“小说话”等中国传统批评文体研究成为填补文学理论、文学批评之间鸿沟的积极尝试。关键词研究受到关注，金惠敏、高玉从方法论的角度强调了关键词对于文学话语研究的枢机性意义，《中国文学批评》《中国社会科学报》等均组织专题文章对“意象”“文心”“文德”“诗兴”“事象”等文论关键词展开讨论。

省思文学研究方向。在文学研究经历了方法论热潮、文献考证热彼此消长的研究局面后，近一两年来，一些学者不约而同地发问，文学研究的未来走向是什么？文学究竟该怎样研究？有感于文学研究“非文学化”趋向的日益严重，一定程度上存在文献挤压批评，以考据取代分析，以文学外围的论述置换对作品体悟解读的现象，张伯伟提出要回归文学本体研究，提倡语文学与文学理论结合下的文学研究。王水照通过回顾钱锺书的学术人生，指出文学研究要坚持文学本位、坚持文学—文化—文学的研究路线。而对于是否需要坚持以文学为中心，究竟应当向内还是向外，有无必要坚持本质论或是转向知识论等，赖大仁认为有必要提升到文学理论研究的观念与方法层面进行认真总结反思。

拓展文学研究边界。社会生活的加速变迁正在重新定义文学，文学的边界和内涵不断拓展丰富。现代文学甚至当代文学研究因史学化倾向的加强而向传统经典文学“归队”，网络文学正在成为真正意义上的“当代文学”。一些网络小说的点击率和销售量远超传统经典作家的作品，尤其通过改编成影视、网络游戏等，正成为今天最具影响力的文学存在。邵燕君认为，在以互联网为媒介的新消遣文学中，个人可自由“登录”不同的文学空间，也需理解、遵循不同空间的文学原则。相较于网络文学类型、题材等常规性研究内容，网络文学场域诸要素越来越受到学者们的重视。学者们认为，网络文学研究需要在产业、技术、管理、舆论、消费等场域要素的复杂互动中建构新的批评话语。随着文学边界的拓展，图像、声音、影像等也都成为文学研究的关注对象。赵宪章继续推进“文学与图像”研究，傅修延探讨听觉对文学叙事的影响，康凌从声音视角关注左翼诗朗诵的意义和作用，翟业军在文学与电影的关联中勾勒艺术传承的脉络。

更新文学研究方法。20 世纪以来的文学理论体系不仅源于批评实践，更吸收了文学之外其他学科理论的有益成分。跨界研究和交叉学科带来的科际整合，让文学研究的生态和形态大为改观。学者们不断从历史学、社会学、地理学、人类学、语言学等角度深入文学研究，打开文学与其他学科的“连接通道”。蒋承勇提倡文学研究在学科间性基础上的跨学科互涉与对话，《文学评论》推出“‘社会史视野下的中国现当代文学’笔谈”，提倡文学研究的整体性特征。家族文学、都市文学、社团文学、民间文学等的研究，也越来越多的从历史活动场景中理解文学的发生、接受与影响。文学研究地理空间视角的转向，引发了文学研究“地方路径”的思考。张光芒通过发现、挖掘和采取地方路径，改变了将整体的文学史视为不同地域文学史的总和、地方被整体“格式化”的现象。王明珂、徐新建等有关文学与人类学跨学科理论与方法的对话，封宗信考察现代语言学理论与文学批评理论的交集，进而探讨文学批评的转向与语言学范式转向之间的关系，聂珍钊从伦理学视角认识文学的伦理本质和教诲功能，都体现出面对复杂性、综合性的文学现象，多学科理论、方法介入文学研究的有效性。需要警惕的是，新方法必须建立在有效的文学史实践基础上，且应与社会历史语境形成密切互动。

再议文学批评、文学理论关系。2020 年，一些研究者对文学批评、文学理论之间的隔膜状态表达了担忧和不满。这一方面表现在批评缺少理论支撑，缺乏理论深度，未能给理论研究提供足够有价值的思想资源；另一方面表现为理论研究一定程度上脱离文学实践，从理论走向理论，过度追求形而上的理论体系建构。研究者多从文学批评、文学理论的一些病相入手，对这一问题进行深入反思。贺绍俊认为，80 年代的“美学热”所涉及的理论问题对于当时批评家打破思维定式和寻找理论突破方向具有重要启示作用，文学批评的学理化、多样化对于促进当下文学批评发展具有重要意义。我们需要确立批评主体的自觉性和对批评对象的整体认识，增强批评的理论深度和现实向度，在实践中真正发挥文学批评阐释当下文学的有效性。

加强文学阐释学研究。文学阐释学研究依然延续了前几年的热度，受到文学研究界的持续关注。继“强制阐释”“公共阐释”“构建中国阐释学”主题讨论后，阐释学研究从各方面都在深入推进。阐释的本质是什么，阐释为何而生，因何而无穷？张江认为，在心理学视域下，阐释的本质为“自证”。以阐释本质为起点的心理学与阐释学研究具有广阔的理论前景。《探索与争鸣》等刊物组织了多期阐释学研究的专栏文章，周宪、张政文、丁帆、李春青等围绕阐释的有限与无限、公共理性等话题展开了多维度、开放性的深度讨论。

深化文学史写作研究。文学史写作的兴起是现代学术体系的产物，

“五四”以来的种种文学史叙述，已基本形成纵向以朝代进行历史分期、横向以文体类型和作家作品分类的整体框架，这既为学科发展提供了相对稳定的研究框架，也在某种程度上造成了研究的“惰性”，乃至形成文学研究创新的樊篱，当下文学实践的阐释要求正在倒逼文学史研究的更新。李杨认为，今天的“文学史”框架甚至“文学”概念已失去了概括和描述当代文学的能力，有必要重新审视以“纯文学”为对象、“四分法”为基本架构的“文学史”体制和观念。一些学者在原有文学史叙述基础上，探讨长时段、多角度审视下的文学史研究可能性。从长时段历史视野出发，将宋代文艺置于“唐宋变革”与“宋元近世”交集的历史演进视野进行考察受到关注。在文学史写作实践基础上，颜水生、贺仲明、陈培浩等对于文学史意识形态属性、审美属性、知识属性等的再思考，也体现了学界对于文学史本质属性的理论关怀。文学史经典作家、作品的解读及演变研究，依然是学界的主攻方向。孙郁、郜元宝等的鲁迅研究，王兆胜、赵勇等的路遥研究，《中国社会科学》等组织的路遥专题论文，《中国文学批评》等组织的路遥研究专栏，以及葛晓音、徐兴无等对于古代经典的解读，袁行霈、陈尚君、莫砺锋、周裕锴等对古代文学经典的普及，都凸显了经典研究之重要意义。《文学遗产》组织的七十年分体文学学术史的专栏论文，提出要把握原生文学史和“文献中的文学史”的关联和区别，探究“文献背后的事实”。有关文学史写作的探讨，既是近些年来“重写文学史”思潮的延续，也体现了文学研究界在新的时代语境和文学场景下，以历史化方式对思想文化进行敏锐观察，重建整体性文学史的努力。

重视文学史料学研究。文学史料学建设受到重视，研究呈现出丰富样貌。一是文学研究史料利用范围不断拓展。黄发有认为，除了关注传统的图书和期刊史料，报纸、边缘刊物、内部资料、作家和批评家关于文学话题的书信、读者来信等史料亟须深入整理。古代文学研究者在传统史料之外，也重视对新材料如出土文献和域外汉籍的挖掘和利用。《安徽大学藏战国竹简（一）》的出版引发了学界关于安大简《诗经》文本性质、文字训释、文本次序、早期《诗》学传授问题等的热议。散佚在世界各地，尤其是日本、朝鲜半岛、越南等东亚汉文化圈的域外汉籍中新史料的持续挖掘和集成研究，也使得学者们提出的以汉文化圈为单元的古代文学研究成为可能。二是文学史料研究视角不断丰富。吴俊从文献学、国家文学制度、网络新媒介等多维视野考察当代文学史料研究，为文学史料研究开辟新路径。龙其林以陈平原以史证图、读图出史研究方法为例，认为宜将图像史料作为文学研究的方法加以运用。三是史料研究的价值追求应该倡扬。学者们认为，史料研究不能缺乏思想的穿透力，史料研究背后应体现出相应的逻辑、观念和理论系统，呈现出学术价值思考的深度。当下技术进步为史料的收集、利用及保存带来极大便利，但也产生了负面影响，比如史料的泛滥、碎片化倾向等。未来如何有效分析和使用网络空间产生的史料成为重要研究方向。

4. 数字人文视野下的文学研究

尽管数字人文的发展依靠现代技术，但它绝不仅仅是一种技术，而是一种方法论意义上的新研究范式。

数字人文的研究实践。文学研究界积极围绕数字人文新变推动文学研究的科学化、实证化发展。数字人文视野下的文本挖掘、语言计算、机器学习与人工智能、社会网络与地理信息系统等，都进入了文学研究者视野。《中国社会科学》《中国现代文学研究丛刊》《数字人文》等刊物都发文分析数字人文在古代文学、现当代文学研究实践中的现状和前景，如王兆鹏以唐宋、六朝文学地图平台建设为例探讨数字人文的研究实践，刘石探讨大数据技术在古代文学经典文本分析研究中的应用，王贺具体分析“数字人文”在现代文学研究中的应用与问题，赵薇借助计算批评发现“文本”生产背后更深刻的文化逻辑，徐永明探讨数字人文的可视化实践，姚达兑借重释“歌德与世界文学事件”探索传统学科与数字人文研究相结合的路径等。

数字人文的理论创新。数字人文对于文学研究的意义，不仅是解决文学研究的具体问题，更应在实践研究基础上面向未来，提炼出影响、改变或引导新时代文学研究格局的研究范式和理论话题。数字媒介、人工智能、后人类状况成为本年度文艺理论研究的热点话题。刘方喜认为，当下需要超越观念论旧范式，扬弃生产工具与主体对立的二元论，构建 AI 时代的文化哲学新范式。单小曦提出，针对人工智能的文艺研究范式，必须从基于人类文化视野再现论、文本论、接受论向超人类文化视野下的媒介论转型。王晓华认为，后人类美学是一种涵括了人类、机器、自然存在的交互美学。郑永晓重申创建“数字文献学”、张三夕呼吁古籍研究应建立“数据思维”等。以上都反映了学界在新技术革命背景下努力更新思维方式所进行的积极探讨。

如何看待传统研究与数字人文之间的关系，将数字化研究方法与纯理论的演绎方法相结合等，都需要在大量实践基础上进行深入探讨。客观来说，目前数字人文研究中新方法新技术很多还停留在尝试阶段，但文学研究必须直面新媒介技术所带来的各种挑战，以积极主动姿态完成传统研究方法和新研究方法的有机融合，推动学科研究方法的更新与转型。

三　今后文学研究展望

在现实图景、文学场域和学科转型的变化中，中国文学研究因应时代需求夯实发展根基、建构思想体系。今后的文学研究将继续以马克思主义为指导，深刻把握学术演进的历史谱系和当代语境，不断推进学科体系、学术体系和话语体系的建设和创新。

推进回应时代、视域广阔的文学研究。习近平总书记《在文艺工作座谈会上的讲话》中指出：“文艺是时代前进的号角，最能代表一个时代的风貌，最能引领一个时代的风气。”文艺现象、文学思潮是时代社会现象、社会思潮中最生动、敏锐的组成部分。以文艺之笔真切反映新时代伟大历史变革的风云际会，文学从来不仅仅只是时代的理性“观察者”，更是时代的热情“参与者”。如何回答时代问题，突破当下反映现实力度不够的艺术困境和“没有文学的文学理论”的理论困境？文学需要与时代相铆合，超越个人视野、学科内部“知识空转”的局限，更加关注与国家、人类发展息息相关的重大问题，秉持更宽广的社会历史视野和更高远的人文理想，在创作与研究的互动中，从审美、情感、意义层面更好的发挥文学共情沟通、介入现实、引领时代风气、建构民族文化共同体的功用，迈向更为广阔、深沉的文学世界。

推进融会贯通、整体观照的文学研究。在日益规范的学科建设过程中，文学研究一方面形成了自成一体的学科体系，但另一方面也出现了条块分割、壁垒森严的界限分野，造成了文学批评与文学理论、古代文学与现代文学、中国文学与外国文学以及文学与其他学科的相互隔膜、固守疆域。面对变动不居、互联互通的文学本身以及文学边界的不断拓展，这样的研究格局未免显得滞后。因应日新月异的文学现实，将文学研究与历史、哲学、社会等结合，可以突破学科壁垒，打通古今中西，树立面向未来的“大文学”观念。这种追求整体性视野的多学科互涉研究，将有助于催生新的研究视角和研究方法，将文学研究置于人类精神文明的一体性中进行系统把握，更加准确认识符合文学发展实际的历史样貌，更好地体现文学研究本应具有的宏大视野和思想高度。

推进更具活力、创新发展的文学研究。思想匮乏与创新意识缺乏的具体表现就是研究的模式化与形式僵化，这种现象的存在阻滞了文学研究的活力激发和创新发展。文学研究需要跟从文学发展实践的步伐而不断创新发展。首先，面对新科技发展的革命性力量，积极探索数字人文视野下文学研究的观念更新和方法创新。其次，面对新媒介发展而导致的文学新变，积极探索文学研究的边界扩展与方法融合。再次，面对五四以来所形成的现代学术观念，进行新时代背景和思想资源下的批判性的问题反思和理论建构。如反思西方概念、术语、体系割裂中国文学史、错置文学现象的问题，现代性概念的价值、重建问题，“人”的文学的思想传统与理论局限问题等。在对中国社会历史深刻洞察和整体把握的基础上，鼓励基于视野、角度和方法不同的创新性研究，既致力寻求共识，又拥抱多样性，将有助于建设更具主体性的中国文学研究，开创生机盎然、百花齐放的文艺发展、文学研究新的黄金时代。

以文传道，其道日昌。文赓学脉，其象日新。新时代的文学研究者，只有创作出真正具有学术创造力、思想穿透力、精神感召力的时代“精神史”，反映时代学术变革、体现时代学术特征、呈现时代学术气象、代表时代学术方向，才能继往开来、推陈出新，为描绘未来中国哲学社会科学事业恢宏灿烂的光辉前景贡献自己的力量。

新时期文学研究的偏向与调整

王兆胜

在所有文学学科中，中国现当代文学研究的“饱和度”可能最高。作为一门显学，在如此短的时间里汇聚了庞大的研究队伍，不能不说是个奇迹。其间，既有值得总结的经验，也有应该汲取的教训。目前，中国现当代文学研究在不断拓展和深化的过程中，也有难以为继的不足，需要进行反思和做出调整。

一　资料性与思想性

资料之于研究的重要性不言自明。具体到中国现当代文学，资料几乎与其研究相伴而行，甚至直接关乎研究的广度、深度、力度，也标志着研究的突破性与跨越性发展。如薛绥之的鲁迅研究，林非之于散文、范伯群之于通俗文学、孔范今之于现代小说、朱金顺之于新文学史料、陈子善之于张爱玲、张桂兴之于老舍；又如刘增人和黄发有之于文学期刊，吴秀明之于中国当代文学；另如近年来李宗刚出版了多部（套）中国现当代文学研究资料，还有金宏宇和徐勇的版本与副文本研究，彭林祥的中国现代文学广告研究①等，都是可圈可点的。②

① 彭林祥：《中国现代文学广告的价值》，《中国社会科学》2016 年第 4 期。

② 在中国现当代文学研究中，以资料见长的学者还不止于此，可谓大有人在。就此，研究者可展开进一步的深入研究。需要说明的是，由于资料的根基作用，这些学者的研究基础扎实、功力深厚，特别是那些年长学者，其学术造诣是非常高的。

不过，另一情况和趋势也同时产生，即中国现当代文学研究中资料性有弥漫甚至覆盖之势，它成为影响研究者的一大困境。这具体表现在三个方面：第一，各类课题项目中，资料性内容占比相当大，这既与当下的新媒体大数据资料库建设有关，也与人们的“资料思维”相连，也不排除一些有目的性的跟风。应该说，高度重视和大力强调资料在研究中的重要性并不过分，但要避免课题中的“资料”跟风，更要避免以“资料”之名行投其所好之实，还要避免被“资料性”遮蔽了主体性。第二，在硕士、博士论文中存在着对资料的过分追求。翻开许多硕士和博士论文，里面的知识性和资料性内容占比相当大，这既包括前期研究成果的烦琐梳理，也包括大量的常识性陈述，还包括呈堆积化的观点引注，而真正能显示出作者自己的话语部分则相当薄弱。不少硕士、博士论文往往给人这样的感觉：“又大又厚一张皮”里包裹着苍白的内容，巨大的论述空间不得不用很多“资料”进行填补。第三，不少学者包括有的知名学者之研究也被“资料”闭锁。一篇文章往往包含铺天盖地的“资料”，设想一下：如将其“引注”删除，所能剩下的属于作者自己的表述恐怕就不多了。这就造成研究者极大的局限：只有依靠别人的话才能证明自己的观点，有人甚至离开别人的观点就不会“说话”，也无法写文章。然而，此类文章还常被美其名曰：言必有据、学院派研究、有系统的知识谱系，它们实则是一种懒汉式研究，是知识和资料的简单搬运工。

我们决不反对“资料”在研究中的具体应用，更对倾其一生做资料梳理、发掘、斟酌，特别是不断有新资料和新发现的学者充满敬意，他们是一些为后来研究者架起学术“天梯”的人。不过，我们也要强调，学术研究不要用别人的资料和观点充斥自己的论文，也不要做没有思考或思想的学问。更需要强调的是，真正在资料中有所开拓和发现的学者，其实也是有思想的，是独特的思想和价值观使其在资料的甄别中不断地有发现和突破。只有认识到这一点，才能避免机械地理解论文写作过程中的“资料性”问题。

二　碎片化与整体性

随着中国现当代文学研究的深化，许多领域都得到开拓，所剩空间在逐渐缩小。今天，在此领域中要想找到一个有价值的选题往往是很难的，这确是一个客观事实。不过，当前学界似乎走入了一个怪圈：在中国现当代文学研究中，碎片化倾向愈加明显，有些文章狭窄逼仄得让人无语。

翻开一些学术杂志，整体性研究变得越来越少，碎片化研究越来越多。这包括：其一，单个作者作品研究盛行以至于泛滥。以往，特别是 20 世纪八九十年代，中宏观研究以现象、思潮研究为主，我们比较容易看到那些有分量、力量、气势的研究；相反，作家作品研究算是微观的了。而今的情势正相反：作家作品研究成为主体，也成为刊物的主打；中宏观研究则较难看到，更不要说那些富有思想性和文化深度的宏大问题的研究了。其二，作家作品研究又被分得很细，像鲁迅、张爱玲、钱锺书、赵树理、汪曾祺、路遥等人的研究都在走向细化。某种程度上说，这是好事，因为通过细化研究可达到中宏观研究所达不到的地方，但这种细化有时也有碎片化之嫌，即许多研究往往属于过度阐释，与主旨、主题关系不大或游离于主题。其三，在发掘一些被人忽略的选题时，有碎片化的不足。目前，不少研究特别是硕士和博士论文选题过“小”，不少人总是从“边边角角”去寻找研究对象，一般来说这也有意义，但是，也要避免过于拔高和夸大边缘作家作品之价值，因为经过文学史淘洗过的作家作品，不是所有遗漏都有重要价值，还需站在整个文学史背景下对之加以认真考察和仔细判断。

如从补漏拾遗角度打捞某些被忽略的作家作品，这对中国现当代研究是有益的，但一定要赋予某些影响不大的作家作品以巨大的价值意义，甚至无原则地进行拔高，也是不恰当的。事实上，我们在发掘曾被遗漏和低估的作家作品时，一定要有整体感，要站在文学史、文化史上对其独特价值进行审视。另外，要改变“捡漏儿”的惯性思维，而要从整体上关注那些重要的事件、作家作品，特别是一些重要重大问题。如在中国现当代文学研究中，现在还远未到资源枯竭和山穷水尽的地步，像散文就是一个未被开垦的处女地，其研究空间和价值是巨大的。季羡林曾对散文评价甚高，有石破天惊之感。面对人们长期以来对小说和诗歌等文体已形成的共识，他认为："中国是世界上散文第一大国"，在中国古代只有"诗文"并称，没小说的什么地位。"我认为'五四'运动以来中国文坛上最成功的是白话散文"，它"给'五四'以后的中国文坛增添了无量光彩"，而"小说，包括长篇、中篇和短篇，以及戏剧，在形式上完全西化了"。"戏剧亦然，不必具论"，"至于新诗，我则认为是一个失败。至今人们对诗也没能找到一个形式"。[①] 这样的评判是否准确，我们姑且不论，但季羡林如此推崇散文成就，与当下人们普遍不重视、看不起散文，特别是不愿意研究的现象，形成鲜明对照。另如，经过改革开放四十年，许多母题、现象、问题都得到关注和探讨，像吴义勤的新潮小说研究，张清华的先锋派文学研究，谭桂林的佛学与中国现当代文学的关系研究，李宗刚的中国现当代文学中的父权、母爱叙事研究，[②] 都很有代表性。不过，与当下充斥的更多碎片化研究相比，这样的宏阔选题却变得越来越少。

三　滞后性与前瞻性

不少中国现代作家是有前瞻性的，如梁启超的《少年中国说》和李大钊的《青春》就是如此。中国当代作家在很长一段时间也是有方向感的，像许多国体文学作家刘白羽、杨朔、秦牧、魏巍等都写出不

① 季羡林：《漫谈散文》，《三真之境：季羡林散文精选》，海天出版社 2001 年版，第 1—2 页。

② 可参照吴义勤的《新潮小说与 21 世纪中国文学的未来》（《新华文摘》1997 年第 3 期），张清华的《从启蒙主义到存在主义——当代中国先锋文学思潮论》（《中国社会科学》1997 年第 6 期），谭桂林的《20 世纪中国文学与佛学》（安徽教育出版社 1999 年版）和《现代中国佛教文学史稿》（安徽教育出版社 2015 年版），李宗刚的《父权缺失与五四文学的发生》（《文史哲》2014 年第 6 期）。

少经典作品，为新中国成长做出巨大贡献。改革开放初期的巴金、冰心、臧克家、林非等人，以《随想录》《无士则如何》《博士之家》《招考博士生小记》等关注现实问题，进行新的思想解放，都是值得给予充分肯定的。然而，随着市场化、商品化、信息化特别是新媒体技术的冲击，文学创作开始迷失了方向，至少是大大滞后于时代。这在当代文学研究中也有突出表现。

一是研究者跟不上作家创作，只跟在作家后面匆忙地进行解释，更缺乏对于现实的高度重视和大胆超越，未来性向度既不明确也缺乏长远考量，这就导致批评和研究的严重滞后状态。当研究者的主体性被弱化或丧失，他就只能亦步亦趋，失去了明确的方向和目标，以至于迷失了自我。二是许多研究者不读作品，更不要说细读、精读，于是用各种理论大词进行套用，写出自己不懂、作家不认的花样文章。这也是为什么，不少当代作家对评论家和学者没有敬意，甚至觉得他们的评论和研究与自己的创作无关，根本看不到问题的症结，更不能对其创作起到引导与启示作用。三是研究者缺乏真知灼见，在知识和概念的硬壳中艰难穿行，进行所谓的“强制阐释”①，这势必落后于学术、时代、社会，更难以获得穿透力和前瞻性。一方面，不少学者由于视野所限和对现实的冷漠，对于身处百年未有之大变局，很难做出正确选择和准确的价值判断；另一方面，与我们长期以来刻板的知识生产和学术运作方式有关，学院派研究在这样的潮流下明显失去了方向感和引领性。可以说，在五四时期和改革开放初期知识分子所具有的前瞻性，在当下的文学研究中渐行渐远，甚至已经很难看到了。

没有思想和智慧作为引擎，学术研究就会失去方向和动力，也不会真正获得广大的读者受众。在新时代，学术与文化的引领性和预见性变得越来越重要，这就需要具备富有远见的成熟的认知能力。作为时代和社会的敏感神经，文学研究有着义不容辞的责任和使命感，在

---

① 张江：《强制阐释论》，《文学评论》2014 年第 6 期。

这方面学者还有很多工作可做。如在城乡关系中，我们的当代作家和学者普遍趋向于保守，即存在强烈的“乡土情结”和“都市恐惧症”[①]，缺乏长远的建构意识和引导性。试想，如在改革开放前十年哪怕是数载，有研究者能对中国都市建设提出更具个性特色和文化内涵的建议，我们的建筑也不至于变成今天这样的千篇一律，即火柴盒式的呆板局面。在改革开放初期，不少作家和学者为国家和社会贡献了自己的聪明才智，提出了富有前瞻性的建设性意见，如巴金的《随想录》振聋发聩，但是，后二十年，他们却明显滞后于时代，更没能为中国社会的战略发展提供应有的智力与智慧支撑。

四　顺势化与反思性

不知从何时起，中国现当代文学批评和研究变得越来越惯于“说好话”，五四时期及之后很长一段时间的热烈争鸣与严厉批评现已很难看到，甚至变得有些销声匿迹。换言之，目前的文学研究界，“顺势”研究越来越多，“逆势”甚至反思性和批判性研究越来越少，这是一个值得注意的严峻问题。

“顺势”研究有其优点：它能充分看到作家作品的价值，以低调甚至谦虚谨慎的态度对待作品，以避免过高估计批评家和研究者自身的水平和作用，更不容易使自己变得自高自大、狂妄无知。但这也存在一个很大的问题：批评家和学者对作家作品缺乏挑剔的眼光，不能看到和指出其局限和不足，将自己与作家放在同一水平上，不能发挥作为一个批评家和学者的独特眼光，久而久之容易失去自己的独特判断力和审美力。“顺势”研究大致有以下情况：一是圈子研究。学者和作家的关系非同一般，有的甚至是黏在一起的朋友关系，所谓的评论就是“多说好话”和“大肆吹捧”。与作家有着共同的利益使研究者只能说“好”，不能说“差”，更不能说“坏”。二是跟风研究。不

---

① 王兆胜：《困惑与迷失——论当前中国散文的文化选择》，《当代作家评论》2003 年第 6 期。

少研究者与作家并不熟悉，更不是朋友和利益相关者，但这也不能影响到前者对后者的认同甚至崇拜，于是，目中所见处处为“是”，所看到的也是处处闪着耀眼的金光。可以说，不少研究者缺乏反思意识和批评精神，也没有基本的鉴赏能力和审美判断，那么他的研究就很难提出有针对性的问题，更不要说尖锐的批评意见。因此，只在“顺流而下”中不断地褒扬作家作品，成为不少研究者的基本思维定式。三是为研究而研究。不少研究者往往缺乏文学史、文化史背景，也没有基本的公正公平和客观判断，所以容易出现将自己的研究对象“一味地说好”和“无限地拔高”的局限。似乎说自己的研究对象不好，就降低了选题的价值似的，于是一个很一般甚至拿不上台面的作家作品，却被研究者捧上天并赋予了巨大价值。在边缘作家的发掘和研究中，此类情况最为常见。四是研究名作家的情结所致。如今的当代文学研究有这样的趋向：哪个作家有名，学者就跟在后面研究；名作家出版一部作品，学者就争相对之进行阐释，于是出现跟在名家名作后面有无数“研究者”的局限。相反，名不见经传的作家，即使作品写得再好，也往往少有甚至无人问津。五是变脸研究。学界常出现这样的情况：对于同一个研究对象，同一个研究者在不同的时间和场合竟会得出完全相反的结论。这当然并非毫无道理，因为时代在变，人的观念和认识也在变，所得出的结论就不可能一成不变，但其存在的最大问题是价值观的不确定和不稳定，所得结论的变化太快。这是一个世纪以来应该进行反思的：为什么对于不断变换自己观点的人，人们容易给予赞许；而对那些坚守自己的观点者，人们却多有存疑，甚至以保守者视之并予以否定？比如，长期以来，人们对辜鸿铭的整体评价不高，这不仅因为他的不少观点语出惊人的怪诞，更因为他是一个保守主义者，而且是一个守旧者和不变者，于是给予他严厉的批判和嘲讽。不过，林语堂对辜鸿铭却赞赏有加，他这样评价辜鸿铭：“他是具备一流才智的人，而且最重要的是他有见识和深度，不是这时代中的人能有的。”林语堂更加佩服的是，辜鸿铭能在众说纷纭中坚持己见，更能在这个没有操守的易变世界中不轻易改变自己的看法。[①]近现代以来，中国往往不缺少变化的思想者，但稳定的有真知灼见的思想者却特别难得。

“顺势”研究是当前存在的最突出的问题之一，这就使一些有问题的作家作品得不到批评，对于那些普遍被看好的经典作家作品缺乏反思和批评，而刚刚出道的作家则会被吹捧得发晕。以余光中、李国文、史铁生、张承志、苇岸、周涛这样的优秀作家为例，至今对他们的褒扬之声不断，但反思性的研究极为少见，[②] 这就造成学界的“顺势”研究将其存在的不少问题和局限简单地遮蔽掉了。

五　技术性与审美化

科学技术特别是互联网传媒大大改变了人们的生活方式和作家的创作方式，也影响了研究者的研究方式。就作家而言，至今仍保持原来纸本写作的人越来越少；就学者来说，不用电脑写作的人可能也极为少见。从正面说，不论是作家还是学者，新科技一定为他们带来便捷与效率，但也要注意其负面影响。中国现当代文学研究者在这方面也不例外。

技术给中国现当代文学研究带来的积极作用，在此不赘述，在此，主要谈谈其负面影响。一是剪贴。以往，大家引用别人的文字，往往需要跑很远的路，有的甚至免不了舟车劳顿，从小地方到大城市的图书馆，但这种求知方式有个优点，即对他人的研究成果充满敬畏，自己也保持着谨慎态度，还会反复进行核对，以免出错。如今，有了剪贴技术，只要动动手，转瞬之间即可将别人的观点插入自己的文章。但这也带来不少问题，即在自己的文章中大量堆积着他人的材料和观

---

① 参见林语堂《八十老翁心中的辜鸿铭》，黄兴涛编《旷世怪杰：名人笔下的辜鸿铭　辜鸿铭笔下的名人》，东方出版社 1998 年版。

② 我对这些作家都写过批评文章，在肯定其价值的同时，指出其局限和不足。可以说，反思性和批评性是我的评论和研究的一个重要维度。

点，研究者连抄写一遍和核对一下正误的耐心也没有，从而导致不应有的诸多错误。因此，剪贴技术在方便的情况下，也导致了“资料性”论文的大量出现，转引者跟着原作者的引文一起错，这是一种典型的懒汉式研究和写作。二是统计。现在不少文学研究论文有大量表格、数据，特别是大数据为研究提供了巨大方便。从表面看来，这是一种新技术催生研究的有效方法，但其中存在的问题也是非常明显的，如不动脑筋、不考虑具体语境、忽略数据的真实性，都会将研究导向失误甚至于虚假。另如，从读者、传媒、生产等角度研究文学，不少人可能就忽略了当时的社会与文学产品存在的虚假接受问题，从而导致表面数字的正确精微所遮蔽的实际虚假。三是模式化。时下有血有肉、有文学性、有心灵参与、有审美趣味的论文极不易见，倒是概念化、模式化、格式化的研究非常盛行。究其原因，新科技的影响不可忽略：研究者像机器一样操作、运行、选择、表述，于是成为千人一面、毫无生气、面目可憎的论文写作。读这样的论文仿佛在受刑遭罪，也是没有多少收获和乐趣的苦差事。对于高科技要有清醒的认识，它是一把“双刃剑”，具有正负面的双重影响[①]，文学研究者对此不可不慎重考虑。

读鲁迅的小说史研究、李长之的鲁迅研究、宗白华的艺术研究，甚至读梁启超、梁漱溟、钱穆、费孝通的论文，都有一种普遍感觉，那就是：在自然、平淡、常识性的表述中，有真知灼见，充满灵性与诗性，是智慧与美的显现。今天，能达到这样高度和境界的学者比较少见，倒是被技术化了的人甚多，这在今后是需要进行一番审美洗礼的。

六　僵固化与创新性

就数量来说，中国现当代文学研究论文呈几何倍数增长，其间也不乏有价值的成果，但毋庸讳言，真正发自内心，经过头脑思考，有

---

① 中国科学技术协会学会学术部编：《高科技的未来——正面与负面影响》，中国科学技术出版社 2007 年版。

新意的经典之作，并不易得。这就造成这样的现象：一方面，众多学术刊物在铺天盖地的投稿论文面前，选择起来感到无能为力；另一方面，真正的优秀之作又极为难得。我们面临学术研究被固化、硬化、僵化、异化的危险，特别需要呼唤有创见的论文出现。习近平总书记指出："创新是文艺的生命。文艺创作中出现的一些问题，同创新能力不足很有关系。""文艺创作是观念和手段相结合、内容和形式相融合的深度创新，是各种艺术要素和技术要素的集成，是胸怀和创意的对接。要把创新精神贯穿文艺创作生产全过程，增强文艺原创能力。"① 文艺创作是如此，当前的文学研究更应是这样，创新成为新时代文艺创作和研究的一个急迫任务和重要使命。

关于观念的固化和僵化。中国现当代文学研究作为一门学科至今已经较为成熟，许多观念被固定下来，但也要看到，观念的固化甚至僵化严重束缚研究的推进和创新。这在新与旧、传统与现代、城与乡、中与外之间等都是如此。我们似乎进入一个固定的观念轨道，在惯性和自足中运行，从而导致研究过于墨守成规。其实，今天有许多研究观念都需要进行反思和调整，也需要不断地进行大胆创新。比如，"人的文学"观念在五四时期甚至较长一段时间是有积极意义的，因为自由、民主、平等和科学特别是人的解放和个性解放已经深入人心，然而，这一观念的局限并未受到人们的足够重视，其负面影响更被淡化了。如人的个性不受限制后的欲望膨胀，爱情至上导致的道德伦理特别是天地伦理的丧失，对于天地失去了敬畏和谦卑之心的自大狂，集体、群体被个体覆盖甚至践踏，都是"人的文学"不受规约后产生的弊端。关于这一点，在这次新冠肺炎疫情防控中得到了很好的验证：西方式的个性张扬和自由追求决定了疫情很难得到控制，我国的制度优势和集体主义精神在疫情防控中得以彰显。因此，中国现当代文学研究要想真正得到历史性突破，反思、突破和更新观念至为重要。

---

① 习近平：《在文艺工作座谈会上的讲话》（2014年10月15日），《十八大以来重要文献选编》（中），中央文献出版社2016年版，第124页。

关于方法和路径的依赖。目前，中国现当代文学研究主要还是学院派研究模式，这一方法有其学理性强的特点，但也有过于刻板和模式化的不足。当这样的文章看多了，特别是学院派研究积重难返，就会形成一种新的八股文风气。这主要表现在以下三个方面：首先，三段论式的结构，即先梳理当前此问题的研究成果，后堆积与此问题相关的理论，再以个案论证自己的选题。其次，理论先行的分析论证，即预设一个理论模型，以此为标杆，用作品进行说明甚至填充，从而造成理论大于作品、主题大于结论的不足的问题。最后，叙述方式和语言表述死气沉沉。文章不是越写越明白，而是越表述越糊涂；西化的长句子拖泥带水不说，细加分析还有不少的语法错误；有的文章经过千回百转的论证，结果得出一个人人都知道的常识结论。至于说灵气、才情、文气、诗意，往往像沙漠抽水一样难得。在此，作家毕飞宇用心用力所做的“文学论”① 值得学院派研究、学习和借鉴。我曾谈到“作家的散文论”②，多是充满生命质感、有创新认识、灵动飘逸、无八股气的妙文。

中国现当代文学本身具有强烈的时代感，也是最鲜活、最灵敏、最多样化的，对之进行学理性思考，特别是用科学的理论与方法进行阐释，无疑是必要的，也是一条重要的深化之路。不过，我们不能进入模式化、形式主义、八股文的写作，这就难免将论文写“死”，从而造成与研究的问题无关甚至相去甚远。新时代的中国现当代文学研究，应成为虎虎有生气的新的创造性活动。

---

① 毕飞宇：《小说课》，人民文学出版社 2017 年版。

② 王兆胜：《关于中国现当代作家的“散文批评”》，《当代文坛》2020 年第 3 期。

后　记

改革开放四十年，中国社会发生了翻天覆地的变化。这对我们每个人来说，也都产生了巨大的深刻影响。

中国社会科学杂志社文学部也不例外。多年来，不断有人进出，主任换了又换。这颇似树叶与花朵，年年都有生长和花开，在经过季节的变换后，又有了来年的新绿和绽放。

与不少同事的变动不同，我待在文学部的时间可能最长，从1996年来单位，至今正好25个年头。回想起来，仿佛是一场梦，进杂志社时我还是个小伙子，转眼间就到退休年龄。像舞台上一个角色，在转身后即将离开舞台，走进幕后或归于生活的日常，突然发现时光如水。因此，本书也算一个收束和一次告别罢。

除了我，还有李琳和杨阳，她们都在文学部工作了十多年。何兰芳、许航、黄维政三人多年前已离开文学部，到别的单位了。新来的张聪、范利伟，他们虽没参与之前的课题，后来也有贡献。马征文学出身，他不在文学部，但也参与后来的补充写作，贡献了自己的一份力量。副主任聂双没直接参加这个课题，也给了大家不少支持帮助。

在这个集体课题中，我和李琳做得多些，但也是集体的智慧结晶。此书的出版来得晚了，但也是件有意义的事，除了学术，它至少记载了我们的过往，以及大家在一起时的努力奋斗。

本课题得到中国社会科学杂志社的经费资助。感谢当时的高翔总编辑、张江副院长、王利民常务副总编辑，感谢现任的方军总编辑，是他们的大力支持，特别是对于学术的热爱，才使这项成果有机会付梓面世。

感谢中国社会科学出版社的赵剑英社长、魏长宝总编辑、郭晓鸿主任，感谢为此书付出辛苦的编辑员工，是他们的厚爱和辛勤工作使本书得以完善和出版。

2021 年 7 月 22 日

王兆胜于北京